文学话语的设问辞格

历时视角的个案分析

张春泉 著

西南师范大学出版社
国家一级出版社 全国百佳图书出版单位

图书在版编目（CIP）数据

文学话语的设问辞格：历时视角的个案分析 / 张春泉著. — 重庆：西南师范大学出版社，2021.1
ISBN 978-7-5697-0453-2

Ⅰ. ①文… Ⅱ. ①张… Ⅲ. ①文学语言－辞格－研究
Ⅳ. ① I045

中国版本图书馆 CIP 数据核字 (2020) 第 269603 号

文学话语的设问辞格：历时视角的个案分析

WENXUE HUAYU DE SHEWEN CIGE：LISHI SHIJIAO DE GE'AN FENXI

张春泉　著

责任编辑： 何雨婷
装帧设计： 闰江文化
排　　版： 吴秀琴
出版发行： 西南师范大学出版社
地址：重庆市北碚区天生路 2 号
邮编：400715　市场营销部电话：023-68868624
经　　销： 新华书店
印　　刷： 重庆市正前方彩色印刷有限公司
成品幅面尺寸： 148mm × 210mm
印　　张： 10.125
字　　数： 250 千字
版　　次： 2021 年 1 月　第 1 版
印　　次： 2021 年 1 月　第 1 次印刷
书　　号： ISBN 978-7-5697-0453-2

定　　价： 68.00 元

目录

前言

本书主要辑录笔者研讨文学话语之设问辞格的部分论文文稿。辑录的文稿均已公开发表过,出处都注明于文章末尾。此次结集出版只是在行文体例上做了一些调整,内容皆未做改动。这本集子《文学话语的设问辞格:历时视角的个案分析》和此前出版的《文学话语的语音修辞:历时视角》在某种意义上可以说是姊妹篇:二者都是我们关于文学话语的某种专题思考,都主要是从历时视角展开;《文学话语的语音修辞:历时视角》主要侧重于“音”,本书则主要侧重于“义”;《文学话语的语音修辞:历时视角》侧重于语言要素(语音),本书则主要侧重于辞格(设问)。

文学话语是话语的一种。“话语”是当今学界一个使用频率较高的概念术语。我们关于“话语”的概念主要从周礼全、郑远汉、黄华新、陈宗明等学者的界定。周礼全先生指出:“语言是一个符号系统,言语则是人们应用语言传递讯息的活动。一个和言语密切相关的重要概念是话语。话语是在一个语境中说话者用来传递讯息所说出的一串语音或写出的一串笔画。话语可以具有一个语词、一个词组或一个语句的形式。"[①]类似地，郑远汉先生指出："话语的工具是语言，话语是使用语言的结果。"[②]"修辞活动又是在话语中进行的，离开话语就无所谓修辞。"[③]黄华新、陈宗明的《符号学导论》指出："修辞是通过话语的表情达意，用以取得最佳的表达效果。"[④]"文本是由句子组成的话语单位。它可以是一首短诗，也可以是一次长篇演说，或者是一部著作。"[⑤]具体而言，"话语可以分为对象话语和元话语"[⑥]，"能被特定接受者接受的语言是话语，言语则正是由语言到话语的过程，话语是结果。话语有口头的和书面的"[⑦]。

由于多学科关注"话语"，虽然其侧重点并不完全相同，但要更好地研究话语，我们以为，宜在语义学、语用学、语法学、修辞学、逻辑学等学科方向背景下展开。话语有词语、句子、篇章（文本）等结构单位。如上所述，话语还有元话语和对象话语语层。换一个角度看，如果要谈"修辞话语"的学科归属，似乎可以属于"篇章语言学"和"领域语言学"，亦可属于修辞学。话语有不同的适用（适当使用）领域。笔者关注较多的是文学、法律、学术等领域。本书主要辑录的是我们关于文学话语的考察，主要着眼于设问辞格。

设问，陈望道、郑远汉等学者都正确地把它作为一种辞格，也有着一致的界定。据陈望道《修辞学发凡》载："胸中早有定见，话中故意设问的，名叫设问。这种设问，共分两类：（一）是为提醒下文而问

①周礼全：《逻辑——正确思维和成功交际的理论》，人民出版社，1994，第7页。

②郑远汉：《论话语义同语言义的联系和区别》，《福建师范大学学报：哲学社会科学版》，2008年第4期。

③郑远汉：《论话语义同语言义的联系和区别》，《福建师范大学学报：哲学社会科学版》，2008年第4期。

④黄华新、陈宗明：《符号学导论》，东方出版中心，2016，第10页。

⑤黄华新、陈宗明：《符号学导论》，东方出版中心，2016，第162页。

⑥张春泉：《叙事对话与语用逻辑》，中国社会科学出版社，2011，第9页。

⑦张春泉：《论接受心理与修辞表达》，中国社会科学出版社，2007，第66页。

的，我们称为提问，这种设问必定有答案在它的下文；（二）是为激发本意而问的，我们称为激问，这种设问必定有答案在它的反面。”[①]“这个界说是分明的，其他各修辞著作和教材的提法与此类似，可作为我们辨异的基础。”[②]郑远汉在《辞格辨异》中统一把“提问”和“激问”总称为“设问”，其他的一般疑问句仍叫“疑问”或“疑问句”，指出“有疑”“无疑”是区别设问与非设问的主要标准。“不能就句论句，必须联系上下文，正确地领会文意，分析的结论应该是同文意一致的。”[③]郑远汉先生重视设问的“文意”和上下文语境。

或者可以说，设问既是一种辞格，也是问句的一种，即一般所谓无疑而问。问句尤其能体现言语的过程性，便于表征认知过程。设问在某种意义上更能体现言语博弈过程。包含设问的问句相比陈述句、祈使句、感叹句等其他句类而言，可同时兼有叙事性和主体性，有些情形下还具有审美性，尤能体现修辞主体或语篇的话语风格。

需要说明的是，“话语”虽然是一个较为新颖的术语，但这并不妨碍从历时视角考察之。毕竟，“中国几千年的语言文字都不仅仅是语言形式，而是带着思想、载负情感、富有文化、凝聚美感的话语和篇章”[④]。这里还需说明的是，我们只是一种历时视角，未及系统整理和研究汉语设问辞格发展史，即使我们另题探究的《中国辞格审美史·设问审美史》也不是真正意义上的汉语设问辞格发展史，[⑤]后者也只是一个大致框架。相应地，我们的所谓分期也很粗糙，并非严格意义

①陈望道：《修辞学发凡》，上海教育出版社，2001，第134页。

②郑远汉：《辞格辨异》，湖北人民出版社，1982，第74页。

③郑远汉：《辞格辨异》，湖北人民出版社，1982，第77页。

④王宁：《中国语言文字学面临的抉择》，《励耘语言学刊》2017年第1辑。

⑤张春泉、张艺娇：《中国辞格审美史·设问审美史》，载宗廷虎、陈光磊主编《中国辞格审美史》，吉林教育出版社，2019。

上的汉语史分期，系统的汉语设问辞格史研究将是值得进一步拓展的另一个课题。

最后，我们注重历时视角的个案分析。这里所谓“个案”主要是指着眼点为专书，即集中关注某一种著作中的问句。这一方面是因为在我们看来，专书是最大的语篇，也可作为相对完备的文本话语语境；另一方面还因为专书研究亟待加强。据有关论者统计，“为纪念《马氏文通》100周年(1898—1998)，南昌大学中文系孙力平等先生特意编纂了一份《中国古汉语语法研究论文索引》(孙力平等.中国古汉语语法研究论文索引[A].语言研究集刊(第七辑)[M].南京:江苏教育出版社，2000.)。根据他们比较全面详尽的调查统计，一百年来中国古汉语语法研究方面的论文共约2700篇。他们把这些文章分为18个大类，其中专书研究的论文数量最多，共约502篇，约占19%；而在专题研究和断代研究中，还有不少文章是以专书研究为基础的，如果把这些文章都计算在内，专书语法研究的数量就更多了。同时从发展速度来看，若以20年为一个小的发展阶段，则专书语法研究中的绝大多数都是20世纪80、90年代的作品。这是非常值得注意的动向”[①]。进一步观察，“从研究的内容上看，一方面，涉及的范围已大大拓宽；另一方面，仍存在着比例失调的问题。请看以下统计数字：虚词，287篇，占专书语法研究文章总数的57.4%；实词，65篇，占13%；语法结构，28篇，占5.6%；句式，91篇，占18.2%；复句，11篇，占2.2%；句群，3篇，占0.6%；其他，15篇，占3%”[②]。以上是21世纪初的统计数据，“近年来，专书句法结构的研究引起了学界越来越多的关注，出现了

①何乐士:《专书语法研究的回顾与展望》,《湖北大学学报》(哲学社会科学版),2001年第6期。
②何乐士:《专书语法研究的回顾与展望》,《湖北大学学报》(哲学社会科学版),2001年第6期。

一些专书句法结构和断代句法结构研究的论著，但在总体数量上仍然不够”[1]。以上资料虽然主要描述的是语法学专书研究概况，但不难理解，其对话语修辞研究，对文学话语的设问辞格研究也有重要的参考意义。

①孙习成：《〈三朝北盟会编〉述补结构研究》，博士学位论文，苏州大学2016，第1页。

第一篇

上古文学话语的设问辞格

《诗经》中的组合问及其修辞价值

组合问,是一种尤重对话过程的言语行为,在表现形式上体现为问句组合或问答句组合。问句组合,即两个或两个以上问句的并置,问句之间一般不会插入表达其他语气的句子。问答句组合,形成一问一答的连续的问答序列。诗词曲赋等韵文体中的组合问,虽使用频率不高,但独具语用修辞价值。着眼于语言运用,我们可以从动态视角考察典型韵文体《诗经》中的组合问。

《诗经》组合问在形式上有二句组合问、多句组合问等类型,一般都有疑问标记,且在形式上较《离骚》《天问》简单。作为问答序列(含零答句形式),《诗经》组合问颇具修辞价值,它有助于接受者认知、审美、认同。

一、研究概况及语料来源

古往今来研究《诗经》的著作可谓汗牛充栋,"明季以来的《诗》学最大的贡献是古韵和训诂两事,这都是语言学上的事"[1](P11)。在语言学内部，《诗经》语法和修辞研究相对较为薄弱。

当今学界，杨合鸣的《诗经句法研究》较早从语法学角度系统研究了《诗经》，在静态的句法结构上的研究卓有成效。该著十分精当地概括了《诗经》句法的五个鲜明特点：一是据音节划分诗句；二是句加衬字；三是将词语并列或重叠；四是句子成分多省略；五是将词序倒置。[2](P2~3)《诗经句法研究》主要研究短语和句子这些典型的语法单位，不涉问答句组合这样的动态超句单位。

夏传才的《诗经语言艺术新编》较早地全面考察了《诗经》语言的艺术特征。该著指出："《诗经》的语言是先秦汉语的优秀的代表。"[3](P1)该著综合研究了《诗经》词汇的丰富、声韵的音乐性、句式的多变化、修辞的生动形象等。《诗经语言艺术新编》在讨论"赋"时，对《诗经》的对话、设问和反问有一定的关注，只是尚未专题探讨其组合问。

动态的问句，尤其是在古汉语中更具语用修辞价值的组合问，研究者甚少。笔者此前关于《孟子》和《论语》问句（含组合排比问）的系列论文（《〈孟子〉疑问句及其语用价值》[4]、《〈孟子〉中排比问的修辞效用》[5]、《〈论语〉和〈孟子〉排比问的语用比较》[6]）的主要研究范围是散体文，未及韵文体言语作品。

本文以《诗经》组合问为主要研究对象。例句主要出自程俊英《诗经译注》[7]，另参余冠英《诗经选》[8]。

二、《诗经》组合问的基本形式

从疑问标记上看，《诗经》组合问都有相应的疑问词语。疑问词语中有单音节形式的,如“何”“胡”“宁”“曷”“爰”等;亦有双音节形式的,如“于以”“于何”等;还有“岂”与“必”的配套形式。就组合方式而言,《诗经》组合问包括同类组合与异类组合。

以问句的数目而言,《诗经》组合问有二句组合问、多句组合问、三句组合问及三句以上组合问等情形。

1. 二句组合问

即两个问句的直接组合。构成二句组合问的问句可以是特殊疑问句和一般疑问句,更多的是无疑而问的设问和反问。例如:

(1)胡能有定? 宁不我顾?(《邶风·日月》)

“胡”为疑问副词:“为‘为何’‘何故’之意。”[9](P120)“宁”,王引之的《经传释词》释为“乃”。[10](P126)杨树达的《词诠》亦解释为“副词”“乃也”。[9](P170)程俊英的《诗经译注》释之为:“宁,何。有人说‘宁’即‘乃’。亦通。”[7](P50)例(1)两个问句均为特殊疑问句,都是质问,带有较强的责备口气。类似地:

(2)胡能有定? 宁不我报?(《邶风·日月》)

再如:

(3)亦又何求? 如何新畬?(《周颂·臣工》)

在《离骚》中亦有类似的组合问。例如:

(4)既干进而务入兮,又何芳之能祇? 固时俗之流从兮,又孰能无变化?(《离骚》)

例(4)每个问句在结构形式上相对复杂。以上四例均由两个问句直接组合而成，均无须回答，无相应的答句。

2. 多句组合问

这里所说的多句组合问包括三句组合问及三句以上组合问。是三个问答对（含零答句形式）或三个以上问答对（含零答句形式）的直接组合。这里所谓“零答句形式”即因不需或不必回答而在话语形式上不出现答句的情形。

《诗经》中，三句组合问较为少见，较为典型的三句组合问仅见一例：

(5)爰居爰处？爰丧其马？于以求之？于林之下。（《邶风·击鼓》）

“爰”，《词诠》释为“语首助词”“无义”[9](P448)。程俊英的《诗经译注》释之为：“与‘于何’‘于以’同义，就是‘在何处’。”[7](P54)余冠英的《诗经选》解释为：“疑问代名词，就是在何处。这句是说不晓得哪儿是我们的住处。”[8](P30)我们同意后两位先生的看法，此处的“爰”为“在何处”之意。上例三个问句直接组合，前两个问句无答句，第三个问句有答句。

《诗经》中，三句以上组合问在形式上较为灵活。例如：

(6)岂其食鱼，必河之鲂？岂其娶妻，必齐之姜？

岂其食鱼，必河之鲤？岂其娶妻，必宋之子？（《陈风·衡门》）

上例，是四个反诘问的直接组合，“岂”与“必”配套作为形式标记，两个四音节形式整体构成一个问句，与例(1)(2)(3)(5)规整的四音节问句不同。再如：

(7)①彼何人斯？其心孔艰。②胡逝我梁？不入我门。③伊谁云从？维暴之云。

④二人从行，谁为此祸？胡逝我梁？不入唁我。始者不如今，云不我可？

彼何人斯？胡逝我陈？我闻其声，不见其身。不愧于人？不畏于天？

彼何人斯？其为飘风。胡不自北？胡不自南？胡逝我梁？祇搅我心。(《小雅·何人斯》)

上例在形式上更为灵活，四节在整体上可构成一个较大的组合问，其中①至③有问有答。紧接着的④后的句子，问句和答句形成错综。又如：

(8)于以采蘩？于沼于沚。于以用之？公侯之事。于以采蘩？于涧之中。于以用之？公侯之宫。(《召南·采蘩》)

“于以”，“在何，在什么地方”之义。“于”，杨树达的《词诠》释之为“介词”“表方所”[9](P432)。“以”，《词诠》释之为：“疑问代名词”“假借为‘台’，何也。”[9](P350)杨合鸣的《〈诗经〉疑难词语辨析》指出：“训‘于以’为‘于何’较为正确。”[11](P10)杨合鸣先生的分析甚是。上例问句重复了两次，答句紧随其后，在两节之中连续四问，是问答紧密结合的组合问。

与《诗经》可以并称的《离骚》中亦有类似的三句以上组合问。例如：

(9)曰："两美其必合兮，孰信修而慕之？ 思九州之博大兮，岂唯是其有女？"曰："勉远逝而无狐疑兮，孰求美而释女？ 何所独无芳草兮，尔何怀乎故宇？ 世幽昧以眩曜兮，孰云察余之善恶？"(《离骚》)

上例是直接引语，每个问句都有疑问词语作为标识，使用了"孰""岂""何"等表示疑问语气的词语，整体上在诗句音节配置方面更为自由。

与《离骚》同属于楚辞的《天问》则是组合问的极致。《天问》全诗多为四言，兼有三言、五言、六言、七言，偶有八言，与《诗经》在句法形式上类似，往往"据音节划分诗句"。《天问》全篇自始至终，完全以问句构成，对天、地、社会、历史、人生提出170多个问题。全篇形成一个大的组合问，被人们称为奇文。《诗经》组合问似可看作《天问》的某种源头，或者可以说《天问》的"奇"并不是"空穴来风"(宋玉《风赋》)。

三、《诗经》组合问的主要修辞价值

以上表明，构成《诗经》组合问的问句都有特定的疑问标记，虽总数并不多，但十分别致卓异，俨然一道醒目的"风景线"。《诗经》组合问使用于"赋"，可于平铺直叙中见峻拔灵动，于语之林中见思之路，颇具修辞价值。修辞是以语言为媒介，以生成或建构有效话语为旨归的一种广义对话。修辞价值是修辞动机、过程与效果的统一。

《诗经》中问句的修辞价值，正如夏传才先生所言，一方面，就反问而言，“同平铺直叙的表达相比较，运用反问能加强语气，加重语言的力量，激发读者的感情和给读者深刻的印象”[3](P131)。另一方面，设问“它先提出问题，吸引人们注意，或启发人们思考，随后给予精要明确的答案，或就此发端抒情”[3](P129)。一言以蔽之，《诗经》中的问句有助于表达与接受的互动。

相对于一般问句（含反问和设问）而言，组合问作为问答句（含零答句形式）的组合，语气更强，更显表达与接受互动的“过程性”。在我们看来，作为一种有标记（疑问词语）且在语气上整体连续不离散的话语，《诗经》组合问凸显了修辞的过程性（尤指心理过程）；作为一种修辞行为，《诗经》组合问受修辞心理的支配，亦体现了修辞的过程性，体现了修辞过程的认知性、审美性、认同性。

首先，《诗经》中的组合问体现了“思”的过程。以对话形式体现出来的组合问有助于激活主体的联想和想象，有助于及时提取主体背景知识，有助于引导和激发主体的思考，有助于接受者对修辞话语意义内容的认知。

例如：

（10）彼人之心，于何其臻？曷予靖之，居以凶矜？（《小雅·菀柳》）

“曷”为疑问副词，“为何”“何故”之义。[9](P114)询问与质问相结合，整个组合问作为诗歌的结尾发人深思。

在一定意义上与认知相伴相生的是说理。“值得一提的是，说理是一种对话，但它不要求所有的对话者在场。例如，一个人可以根据假想的读者及其反应进行写作。”[12](P36)《诗经》组合问常常对假想的听者发问，引发读者联想、思考。组合问至少由两个问句组合而成，相对于单独的问句而言，它更有利于推理，有益于说理。似乎可以说，“说理”是表达者的修辞动机之一，“认知”是在接受者那里体现出来的一种修辞效果。“说理”和“认知”统一于“思”。

第二，审美与认知同属于人的需要，《诗经》组合问也可在一定程度上满足人们的审美需要。一般而言，美是感动，是情绪情感的“流动”；美在感人，美在心灵的沟通与共鸣。以话语为美的载体的审美过程即为修辞审美。事实上，“句子是最基本的言语单位，也是最基本的审美单位”[13](P103)。这就是说，《诗经》组合问中的问句作为句子有“资格”作为审美对象。

《诗经》组合问之所以别具审美价值，在一定意义上是因为“组合问”如前所述，至少是两问直接组合，若每一个问句问到或涉及一个问题，则两个或两个以上的组合问必定兼涉至少两个事物。这样势必能有效调动听读者的联想、想象等审美心理活动。例如：

(11)天何以刺？何神不富？(《大雅·瞻印》)

上例由“天”联想到“神”，由“刺”联想到“富”。

(12)厌浥行露，岂不夙夜？谓行多露。谁谓雀无角？何以穿我屋？谁谓女无家？何以速我狱？虽速我狱，室家不足！谁谓鼠无牙？何以穿我墉？谁谓女无家？何以速我讼？虽速我讼，亦不女从！(《召南·行露》)

上例由一个反诘问发端，然后以问答问，形成一个质问序列，语气十分强烈。读者很容易通过这些组合问与原作者和问话者产生共鸣。上例以情动人，体现了《诗经》组合问的审美价值。再如：

(13)胡然而天也？胡然而帝也？(《鄘风·君子偕老》)

上例的“胡”为“为何”之意，“然”是“这样”的意思。前后两句并置，“天”与“帝”并列，内涵丰富。整个组合问是全诗第二节的结尾，本来在前文分项写“君子偕老”的服饰、尊贵、美丽，这里的组合问在整体上取“天”和“帝”的意象概括转指其美，“这是卫国人民讽刺宣姜的诗”[7](P83)，“这是用丽辞写丑行的手法”[7](P83)。该例一方面通过两个问句关涉“天”和“帝”，有益于充分穷尽列举；另一方面，话题一转，有助于人们联想、思考其与所指之间的曲折关系，即如郑远汉先生所言：“或者运用能表（形式）与所表（意义）之间曲折联系的方法，以调动听读者的联想、想象等心理活动，从而感受到言语的蕴藉美，即言语内蕴美。”[13](P103)通过组合问，上例表达的动机、过程及效果统一于审美，耐人寻味。

进一步说，“诗者，志之所之也；在心为志，发言为诗。情动于中而形于言，言之不足，故嗟叹之；嗟叹之不足，故永歌之；永歌之不足，不知手之舞之足之蹈之也”。《毛诗序》这段话体现了“诗”的过程性，凸显了“诗”的话语形式的超音段特征，单一的问句一般不足以充分表达“嗟叹之不足”的超音段特征，《诗经》组合问正是这些超音段特征的典型载体。

第三，除了认知和审美，《诗经》组合问还有助于表达意图的实现：多次的问答组合（含自问自答），可以有效促进人们的修辞认同。修辞认同是表达者和接受者（含假想的接受者）主体交互的结果，体现了以理服人。《诗经》中的组合问可以作为一种言语策略，相对于单一问句，有利于主体之间更充分的言语交互作用。例如：

(14)于以采苹？南涧之滨。于以采藻？于彼行潦。于以盛之？维筐及筥。于以湘之？维锜及釜。于以奠之？宗室牖下。谁其尸之？有齐季女。(《召南·采苹》)

上例将特殊疑问句与答句直接组合。“问”与“答”有效关联，由处所、工具而人物，层层推进，在表达上全面、周到、细致，在总体上是连贯的，此时的组合问无疑具有篇章衔接和组织功用。问答的多次交互作用，有助于表达者充分表述自己的意图、动机、需要，有助于交际双方的互相认同。

按照马斯洛的“需要层次学说”，认知和审美需要满足以后，人还会有自我实现的需要，[14](P449)自我实现与否可以通过他人的是否认同体现出来。以话语为媒介的认同即修辞认同，修辞认同过程是主体言语交互并满足自我实现需要的过程。《诗经》组合问可以因“问”与“答”的连续作用而促进接受者对表达意图的认同。

事实上，“诗是最精妙的观感表现于最精妙的语言，这两种精妙都绝对不容易得来的，就是大诗人也往往须费毕生的辛苦来摸索。作诗者多，识诗者少”[15](P308)。“作诗者”为表达者，“识诗者”为接受者，表达和接受是相对而言的，但二者并不对称，有时即所谓“作诗者多，识诗者少”。要取得表达和接受的对称和谐，则需要表达和接受(含通过设问体现出来的不在场的假想的接受者)双方的言语交互作用，需要取得接受者的认同。

结语

诗与语言的关系是“天然”的，诗是典型的语言艺术。诗在风格上有含蓄，有直白，有委婉曲折，有直抒胸臆；在言语形式上可以有独白直叙，可以有对话互动。这里所谓“对话”，可以是对话的主体都在场，也可以只是单个的语用主体在场。问答是诗中对话的“有意味形式”，是典型的修辞行为。

《诗经》组合问尤能体现修辞行为的过程性，是认知、审美、认同的过程，是主体言语交互并自我实现的过程。在“思”、联想、想象、共鸣、互动过程中，组合问起着关联和促动作用。

《诗经》作为一部历久弥新的经典，今人可以从不同视角解读之，其语义语法、语用修辞等方面的价值不可低估。在此意义上，诚如傅斯年所言：“我们研究《诗经》应当有三个态度：一、欣赏它的文辞；二、拿它当一堆极有价值的历史材料去整理；三、拿它当一部极有价值的古代言语学材料书。”[1](P11)“欣赏文辞”需要修辞学指导，另外，无论是“历史材料”，还是“古代言语学材料书”都需要不断挖掘，都可以古为今用。

参考文献：

[1]傅斯年.诗经讲义稿(含《中国古代文学史讲义》)[M].北京:中国人民大学出版社,2004.

[2]杨合鸣.诗经句法研究[M].武汉:武汉大学出版社,1993.

[3]夏传才.诗经语言艺术新编[M].北京:语文出版社,1998.

[4]张春泉.《孟子》疑问句及其语用价值[J].毕节师范高等专科学校学报,2000(2).

[5]张春泉.《孟子》中排比问的修辞效用[J].修辞学习,2007(3).

[6]张春泉.《论语》和《孟子》排比问的语用比较[J].云南师范大学学报,2007(6).

[7]程俊英.诗经译注[M].上海:上海古籍出版社,1985.

[8]余冠英.诗经选[M].北京:人民文学出版社,1979.

[9]杨树达.词诠[M].北京:中华书局,1954.

[10]王引之.经传释词[M].长沙:岳麓书社,1985.

[11]杨合鸣.《诗经》疑难词语辨析[M].武汉:崇文书局,2002.

[12]鞠实儿.论逻辑的文化相对性——从民族志和历史学的观点看[J].中国社会科学.2010(1).

[13]郑远议.修辞风格研究[M].北京:商务印书馆,2004.

[14]叶奕乾,何存道,梁宁建.普通心理学(修订版)[M].上海:华东师范大学出版社,1997.

[15]朱光潜.诗论[M].北京:生活·读书·新知三联书店,1998.

原载于《北方论丛》2010年第6期

《史记》『太史公曰』中的设问及其互文性

司马迁《史记》彪炳青史，堪称史学和文学经典，其中的“太史公曰”颇耐人寻味。简单地说，“太史公曰”介于“文本”和“副文本”之间。在一定意义上说，《史记》“太史公曰”是具有较强互文性的语篇。互文性语篇“太史公曰”中的设问独具语用价值。

作为元语言的“太史公曰”中的设问因其语形语义上的特殊性，相对于《史记》中更为常见的对象语言(叙事性话语)更具思辨性。此外，元语言和对象语言整体上互文见义。就结构形式而言，这些设问主要有单一标记型、复合标记型、并用标记型等类型，零标记型极少，复合标记型最为常见。复合标记型包括连续式和离散式两类，后者如“岂……哉”等，更易于互文见义。就语用逻辑而言，“太史公曰”中的设问也可蕴涵一定的断定，总体上有助于凸显思考问题的深度，升华史识。

现有的《史记》及其“太史公曰”研究成果可谓汗牛充栋，主要是从史学、文学批评等方面着眼。已有的为数不多的关于“太史公曰”的语言学研究亟待更为集中和深入。盖业明《〈史记〉“太史公曰”研究》第三章"'太史公曰'的艺术特征"第二节"'太史公曰'的抒情特征"里对设问句和反问句略有提及："为了加强情感的表达，'太史公曰'中运用了大量的感叹句、设问句、反问句、对偶句。有时还对这些句式加以连用，更具抒情意味。"[①]惜乎其语焉不详，且未及集中地考察我们所说的设问这种句类。这里我们从修辞学、语用学角度探讨《史记》"太史公曰"中的设问及其互文性。

本文的语例文本点读主要依据中华书局1982年版（2012年重印）《史记》（全十册）[②]，另参阅岳麓书社2012年版《史记》[③]。

一、"互文"和"设问"的语用契合

"'互文'之'互'指存在于当下的文本与之前、共时的源文本成分间有以互动关系制约下的组合关系、共现关系、重写关系。这些关系显示为当下文本与源文本间互依互存、不同层次参互的空间结构关系；而'互文'之'文'理论上是一个集合名词、抽象概念，实质上指由当下文本成分与源文本成分构建的共组文本，是互为存在前提的互文本。"[④]"太史公曰"主要分布于《史记》中相对独立的语篇的末尾，是评述性的话语，与其前文互依互存。"从文本内部看，互文本体现为当下文本成分与源文本成分间的互涉关系；从文本外部看，互文本体现为处于不同空间层次上、不同来源的源文本按不同的方式参加到当下文本中来所形成的空间结构关系。"[⑤]从文本形式上看，"太史公曰"

①盖业明：《〈史记〉"太史公曰"研究》，硕士学位论文，辽宁师范大学2010，第23页。
②司马迁：《史记》（全十册），中华书局，1982。
③司马迁：《史记》，岳麓书社，2012。
④祝克懿：《互文：语篇研究的新论域》，《当代修辞学》2010年第5期。
⑤祝克懿：《互文：语篇研究的新论域》，《当代修辞学》2010年第5期。

一般都有明显的标记语，即“太史公曰”，以此做出提示，其往往在语层上为“元语言”，与《史记》中以描写史实为主的其他“对象语言”在语层上互相依存，互文见义。“太史公曰”中的设问尤能体现互文语篇的主体性。或者可以说，互文，不只是纯粹的结构关系，它还可以有一定的主观性、主体性。这种主体性有助于强化和凸显互文结构的语义张力。

这里关于“设问”的界定从陈望道的《修辞学发凡》：“胸中早有定见，话中故意设问的，名叫设问。这种设问，共分两类：（一）是为提醒下文而问的，我们称为提问，这种设问必定有答案在它的下文；（二）是为激发本意而问的，我们称为激问，这种设问必定有答案在它的反面。”[①]这一界定显然从宽，实际上包括一般所说的设问和反诘，在书面表达形式上既可缀以问号，亦可是感叹号（惊叹号）。《史记》“太史公曰”中有一定量的设问，我们知道，《史记》一百三十六条“太史公曰”涉及了广泛的思想内容，[②]通过设问，形成作者和读者的一定互动，亦即某种意义上的对话。

设问句与感叹句都可表达较为强烈的语气，二者常有纠结。《史记》“太史公曰”中也常见感叹句。例如：

（1）太史公曰：张季之言长者，守法不阿意；冯公之论将率，有味哉！有味哉！语曰“不知其人，视其友”。（《史记·卷一百二·张释之冯唐列传第四十二》）

（2）尧虽贤，兴事业不成，得禹而九州宁。且欲兴圣统，唯在择任将相哉！唯在择任将相哉！（《史记·卷一百十·匈

①陈望道：《修辞学发凡》，上海教育出版社，2001，第134页。

②俞樟华：《试论〈史记〉中的“太史公曰”》，《浙江师范学院学报》1982年第2期。

奴列传第五十》)

(3)观庆父及叔牙、闵公之际，何其乱也？隐、桓之事；襄仲杀嫡立庶；三家北面为臣，亲攻昭公，昭公以奔。至其揖让之礼则从矣，而行事何其戾也？(《史记·卷三十三·鲁周公世家第三》)

上例例(3)应标记为感叹句。以上三例均为感叹句。其中例(1)、例(2)感叹句直接复现，例(3)"何其……也"结构框架上为拷贝式，语气均进一步得到加强。

我们以为，虽然均可表达强烈语气，设问句和感叹句还是有所不同。第一，二者的语义不尽相同。设问的语气往往在其反面，感叹则在正面。第二，在形式上设问句比感叹句的标记语更复杂，往往有语气词、疑问副词、代词或这些语词的复合。第三，从表达者的角度看，"叹"与"问"可"共时"同步，然而从接受者的接受实际看，未必如此。尤其是本无标点符号标记的上古文献，接受这些上古文献一般是先接受感知已有的语言形式本身，比如我们所说的疑问标记"乎""邪""也""与""何""哉"及其复合形式等，而不一定是语义语气，更不会是标点符号(因为其时并没有标明)。第四，一般而言，感叹句不表达命题，设问(无疑而问)句可表达命题。感叹句自身无所谓真假，设问可以蕴涵某种断定。就《史记》"太史公曰"中的设问而言，在可断定为设问句，抑或可断定为感叹句时，宜断定为设问，因为《史记》毕竟是"究天人之际，通古今之变，成一家之言"(司马迁《报任安书》)的史书，常常位于这部经典史书结尾(偶见于开头或中间)的尤见作者史识的"太史公曰"中的设问，可以有，也更倾向于做某种断定，虽然这种断定还带有某种主体性。第五，“问”和“叹”作为不同的语类，其交互和纠结也是颇有韵味的，值得和需要品尝。在本文，我们先后指出了19处“宜标记为问号”的情形。我们的表述是“宜”，而不是“一定得”，这是感叹类问句，或曰“问”和“叹”的交互纠结使然。

就标记形式而言，设问的标记形式可以分为如下四类。其一，零标记形式，是不用疑问标记语的形式。其二，单一标记形式，是指在一个问句中只有一个单一的词作为疑问标记。其三，复合标记形式，是指由两个或两个以上的表示特定语气的标记词直接组合或配套使用所形成的非单一标记。其四，并用标记形式，是指两套或两套以上的标记语并置，该标记语所标记的是两个或两个以上句子形成的设问句组。这里，根据“太史公曰”标记语的使用情况，分单一型标记语设问、复合型标记语设问、并用型标记语设问等三类讨论。

据我们初步统计，《史记》“太史公曰”中较为典型的设问共89句。其中较为典型的零标记问句仅见1句：

(4)太史公曰：先人有言：“自周公卒五百岁而有孔子。孔子卒后至于今五百岁，有能绍明世，正《易》传，继《春秋》，本《诗》《书》《礼》《乐》之际？”意在斯乎！意在斯乎！小子何敢让焉。(《史记·卷一百三十·太史公自序第七十》)

二、单一型标记语设问

前文已述及，单一标记形式，是指在一个问句中只有一个单一的词作为疑问标记。《史记》“太史公曰”单一标记语主要有“乎”“邪”“也”“与”“何”“哉”。其中，“乎”的独立性并不甚强，往往需要“得”

"不""其""盖"等助动词、副词与之搭配使用。因这些助动词、副词本身不直接表示疑问语气且语气不太强，故我们仍将这种情形下的"乎"视为单一型标记语，区别于下文所说的离散型复合标记语。例如：

（1）勾践可不谓贤哉！盖有禹之遗烈焉。范蠡三迁皆有荣名，名垂后世。臣主若此，欲毋显得乎？（《史记·卷四十一·越王勾践世家第十一》，问句下的下划线为笔者所加，下同）

上例"乎"附着在"得"之后，表示反诘语气。上例于中华书局2012年重印本中做陈述句，书面上句尾标记为句号。我们以为，该例还是标记为问号为宜，因为其不是以纯粹感叹为主，其语义在语表的反面，故标记为问号，是为设问。

（2）太史公曰：吾适北边，自直道归，行观蒙恬所为秦筑长城亭障，堑山堙谷，通直道，固轻百姓力矣。夫秦之初灭诸侯，天下之心未定，痍伤者未瘳，而恬为名将，不以此时强谏，振百姓之急，养老存孤，务修众庶之和，而阿意兴功，此其兄弟遇诛，不亦宜乎？何乃罪地脉哉？（《史记·卷八十八·蒙恬列传第二十八》）

上例于中华书局2012年重印本中标记为问号，于岳麓书社2012年版中标记为感叹号。我们以为宜标记为问号，因"不亦宜乎"和"何乃罪地脉哉"均主要是也首先是表达反诘语气，实际表达的语义与语形语表所表达的相反，是反诘问。"不亦宜乎"几乎是一个相对固定的结构，与"得乎"类似，带有某种准"构式"性质，以否定的形式表示肯定。类似地：

(3)不务出此，而天下已集，乃谋畔逆，夷灭宗族，不亦宜乎？(《史记·卷九十二·淮阴侯列传第三十二》)

上例于中华书局2012年重印本中和岳麓书社2012年版中均标记为感叹号。我们以为宜标记为问号。

(4)以太公之圣，建国本，桓公之盛，修善政，以为诸侯会盟，称伯，不亦宜乎？洋洋哉，固大国之风也！(《史记·卷三十二·齐太公世家第二》)

(5)太史公曰：李斯以闾阎历诸侯，入事秦，因以瑕衅，以辅始皇，卒成帝业，斯为三公，可谓尊用矣。斯知六艺之归，不务明政以补主上之缺，持爵禄之重，阿顺苟合，严威酷刑，听高邪说，废嫡立庶。诸侯已畔，斯乃欲谏争，不亦末乎！人皆以斯极忠而被五刑死，察其本，乃与俗议之异。不然，斯之功且与周、召列矣。(《史记·卷八十七·李斯列传第二十七》)

上例“不亦末乎”与“不亦宜乎”在结构和语用上相似，于中华书局2012年重印本和岳麓书社2012年版中均标记为感叹号。我们以为宜标记为问号，因其首先是主要表达反诘语气，在语义上实际表达的是形式(语表)的反面。类似的还有下例中的“不已亏乎”：

(6)太史公曰：《春秋》推见至隐，《易》本隐之以显，《大雅》言王公大人而德逮黎庶，《小雅》讥小己之得失，其流及上。所以言虽外殊，其合德一也。相如虽多虚辞滥说，然其要归引之节俭，此与《诗》之风谏何异？扬雄以为靡丽之赋，劝百风一，犹驰骋郑卫之声，曲终而奏雅，不已亏乎？余采其语可论者著于篇。（《史记·卷一百一十七·司马相如列传第五十七》）

上例“此与《诗》之风谏何异”于中华书局2012年重印本中、标记为句号，于岳麓书社2012年版中标记为感叹号。我们以为宜标记为问号，表达反诘语气，真实语义在语表的反面。且在同一部《史记》里语义和语表几乎完全相似的“此与晋之里克何异？”中华书局版和岳麓书社版均标记为问号。

(7)而吕不韦由此绌矣。孔子之所谓“闻”者，其吕子乎？（《史记·卷八十五·吕不韦列传第二十五》）

上例“其吕子乎”中的“其”表示语气，以问句的形式表达感叹语气。

(8)信哉！夫高祖起微细，定海内，谋计用兵，可谓尽之矣。然而刘敬脱挽辂一说，建万世之安，智岂可专邪！叔孙通希世度务制礼，进退与时变化，卒为汉家儒宗。“大直若诎”，道固委蛇，盖谓是乎？（《史记·卷九十九·刘敬叔孙通列传第三十九》）

上例“盖谓是乎”与“其吕子乎”类似，可看作感叹类问句，属于较为典型的无疑而问，带着较为强烈的感情情绪色彩。

与“乎”类似，“邪”亦可单用，表示设问语气。例如：

(9)太史公曰：仲尼有言曰“君子欲讷于言而敏于行”，

其万石、建陵、张叔之谓邪？是以其教不肃而成，不严而治。(《史记·卷一百三·万石张叔列传第四十三》)

上例的“其”也表示语气，多少带有一定的揣测性，其语用效果与下例类似。

(10)太史公曰：吾适楚，观春申君故城，宫室盛矣哉！初，春申君之说秦昭王，及出身遣楚太子归，何其智之明也！后制于李园，旄矣。语曰“当断不断，反受其乱”。春申君失朱英之谓邪？(《史记·卷七十八·春申君列传第十八》)

此外，“也”“与”“何”“哉”也可标记设问句。例如：

(11)太史公曰：传曰“其身正，不令而行；其身不正，虽令不从”，其李将军之谓也？余睹李将军悛悛如鄙人，口不能道辞。及死之日，天下知与不知，皆为尽哀。彼其忠实心诚信于士大夫也？谚曰“桃李不言，下自成蹊”。此言虽小，可以谕大也。(《史记·卷一百九·李将军列传第四十九》)

上例也表示某种揣测，但主要还是传信，而不是传疑。

(12)操行之不得，悲夫！势之于人也，可不慎与？弃疾以乱立，嬖淫秦女，甚乎哉，几再亡国！(《史记·卷四十·楚世家第十》)

上例以否定的形式表示肯定，带有一定的反诘语气。

(13)甫瑕虽以劫杀郑子内厉公，厉公终背而杀之，此与晋之里克何异？守节如荀息，身死而不能存奚齐。变所

从来，亦多故矣！(《史记·卷四十二·郑世家第十二》)

上例也是无须回答的非真实疑问句，表示肯定。

(14)成王作《颂》，推己惩艾，悲彼家难，可不谓战战恐惧，善守善终哉？(《史记·卷二十四·乐书第二》)

以上单一型话语标记设问的语气总体上都相对较为舒缓，都不是真实疑问句，传信不传疑。

三、复合型标记语设问

复合型标记语设问，是指用复合标记形式标记的设问，是句子，而不是句组。复合标记形式，是指由两个或两个以上的表示特定语气的标记词直接组合或配套使用所形成的非单一标记。这种标记形式的设问在“太史公曰”中比例最大，可再分连续式和离散式两类讨论。

(一)连续式

所谓连续式复合型标记语，是指标记设问的复合型标记语的构成成分中间没有插入其他成分。“太史公曰”中这类标记语主要有“何者”“曷尝”“何哉”“何尝”“何也”等。分述如下：

1. 何哉

(1)然卒死亡，何其悲也！或父子相杀，兄弟相灭，亦独何哉？(《史记·卷三十七·卫康叔世家第七》)

(2)太史公曰：余登箕山，其上盖有许由冢云。孔子序列古之仁圣贤人，如吴太伯、伯夷之伦详矣。余以所闻由、光义至高，其文辞不少概见，何哉？(《史记·卷六十一·伯夷列传第一》)

(3)太史公曰：魏豹、彭越虽故贱，然已席卷千里，南面称孤，喋血乘胜日有闻矣。怀畔逆之意，及败，不死而虏囚，身被刑戮，何哉？中材已上且羞其行，况王者乎！彼无异故，智略绝人，独患无身耳。得摄尺寸之柄，其云蒸龙变，欲有所会其度，以故幽囚而不辞云。(《史记·卷九十·魏豹彭越列传第三十》)

(4)太史公曰：甚矣蒯通之谋，乱齐骄淮阴，其卒亡此两人！蒯通者，善为长短说，论战国之权变，为八十一首。通善齐人安期生，安期生尝干项羽，项羽不能用其策。已而项羽欲封此两人，两人终不肯受，亡去。田横之高节，宾客慕义而从横死，岂非至贤！余因而列焉。不无善画者，莫能图，何哉？(《史记·卷九十四·田儋列传第三十四》)

(5)太史公曰：张苍文学律历，为汉名相，而绌贾生、公孙臣等言正朔服色事而不遵，明用秦之《颛顼历》，何哉？周昌，木彊人也。任敖以旧德用。申屠嘉可谓刚毅守节矣，然无术学，殆与萧、曹、陈平异矣。(《史记·卷九十六·张丞相列传第三十六》)

上例例(5)“太史公曰”在相应语篇篇中，而不是篇尾和篇头。中华书局2012年重印本点读为“而绌贾生、公孙臣等言正朔服色事而不遵，明用秦之《颛顼历》”，岳麓书社2012年版点读为“而绌贾生、公孙臣等言正朔服色事而不遵（明）〔用〕，用秦之《颛顼历》”。我们从中华书局版，结合上下文（尤指其后的设问“何哉”），“何哉”问的是事件，而不是名称（原文所言之“秦之《颛顼历》”）。由此可见，问句对语境营造和对语言线性生成的影响，并由此体现某种互文性。

2. 何者

（6）太史公曰：匈奴绝和亲，攻当路塞；闽越擅伐，东瓯请降。二夷交侵，当盛汉之隆，以此知功臣受封侔于祖考矣。何者？自《诗》《书》称三代“戎狄是膺，荆荼是征”，齐桓越燕伐山戎，武灵王以区区赵服单于，秦缪用百里霸西戎，吴楚之君以诸侯役百越。（《史记·卷二十·建元以来侯者年表第八》）

（7）汉独有三河、东郡、颍川、南阳，自江陵以西至蜀，北自云中至陇西，与内史凡十五郡，而公主列侯颇食邑其中。何者？天下初定，骨肉同姓少，故广强庶孽，以镇抚四海，用承卫天子也。（《史记·卷十七·汉兴以来诸侯王年表第五》）

3. 曷尝

（8）太史公曰：自初生民以来，世主曷尝不历日月星辰？及至五家、三代，绍而明之，内冠带，外夷狄，分中国为十有二州，仰则观象于天，俯则法类于地。（《史记·卷二十

七·天官书第五》)

上例“太史公曰”居于篇章中间。

4.何尝

(9)太史公曰:自古圣王将建国受命,兴动事业,何尝不宝卜筮以助善?唐虞以上,不可记已。(《史记·卷一百二十八·龟策列传第六十八》)

上例“太史公曰”分布于该语篇的篇首,于中华书局2012重印本中标记为感叹号。我们以为宜标记为问号,表达反诘语气。

5.何也

(10)秦取天下多暴,然世异变,成功大。传曰“法后王”,何也?以其近已而俗变相类,议卑而易行也。(《史记·卷十五·六国年表第三》)

(二)离散式

离散式标记语,是指复合型标记语的构成成分之前插入了其他成分。《史记》“太史公曰”中“岂……哉”模式的最为常见。

1.岂……哉

(11)太史公曰:洋洋美德乎!宰制万物,役使群众,岂人力也哉?余至大行礼官,观三代损益,乃知缘人情而制礼,依人性而作仪,其所由来尚矣。(《史记·卷二十三·礼书第一》)

《史记卷二十三·礼书第一》一篇有两则“太史公曰”,分别居于篇首和篇尾，上例位于篇首。

(12)太史公曰：世言荆轲，其称太子丹之命，“天雨粟，马生角”也，太过。又言荆轲伤秦王，皆非也。始公孙季功、董生与夏无且游，具知其事，为余道之如是。自曹沫至荆轲五人，此其义或成或不成，然其立意较然，不欺其志，名垂后世，岂妄也哉！(《史记·卷八十六·刺客列传第二十六》)

以上两例结构相似，均为“岂”后紧跟实词，然后缀以虚词“也”和“哉”，实为“岂……也哉”格式。其中，例(11)的实词为体词性成分，例(12)的实词为谓词性成分。例(12)于中华书局2012年重印本和岳麓书社2012年版中均标记为感叹号。我们以为宜标记为问号：一方面，在同一部书中结构即语境相似的例(11)等即标记为问号；另一方面，其实际语义(语里)与语形语表所表达的意义相反(意即“不妄”)，其原文表达的是反诘语气，是反诘问。

(13)太史公曰：吾适丰沛，问其遗老，观故萧、曹、樊哙、滕公之家，及其素，异哉所闻！方其鼓刀屠狗卖缯之时，岂自知附骥之尾，垂名汉廷，德流子孙哉？余与他广通，为言高祖功臣之兴时若此云。(《史记·卷九十五·樊郦滕灌列传第三十五》)

上例“岂”后跟相对完整的主谓短语，以“哉”煞尾。

(14)太史公曰：楚之先岂有天禄哉？在周为文王师，封楚。及周之衰，地称五千里。(《史记·卷一百一十六·西南夷列传第五十六》)

(15)太史公曰：英布者，其先岂《春秋》所见楚灭英、六，皋陶之后哉？身被刑法，何其拔兴之暴也！项氏之所坑杀人以千万数，而布常为首虐。功冠诸侯，用此得王，亦不免于身为世大僇。祸之兴自爱姬殖，妒媢生患，竟以灭国！(《史记·卷九十一·黥布列传第三十一》)

以上两例“岂……哉”在句中做谓语。

(16)素无行，信谗，故诛其良将李牧，用郭开。岂不缪哉？秦既虏迁，赵之亡大夫共立嘉为王。王代六岁，秦进兵破嘉，遂灭赵以为郡。(《史记·卷四十三·赵世家第十三》)

(17)内见疑强大，外倚蛮貊以为援，是以日疏自危，事穷智困，卒赴匈奴，岂不哀哉？(《史记·卷九十三·韩信卢绾列传第三十三》)

(18)太史公曰：天道恢恢，岂不大哉？谈言微中，亦可以解纷。(《史记·卷一百二十六·滑稽列传第六十六》)

《滑稽列传》共有两则“太史公曰”，上例居于篇首“孔子曰”之后。

以上三例于中华书局2012年重印本和岳麓书社2012年版中均标记为感叹号。我们以为标记为问号为宜，因其表达的真实语义在语表的反面，是设问，表达反诘语气。以上三例均为“岂不……哉”格式，以否定的形式表示肯定，句式简短，精警有力。“岂不”和“哉”之间是一个实词。类似地：

(19)太史公曰：淳于髡仰天大笑，齐威王横行。优孟摇头而歌，负薪者以封。优旃临槛疾呼，陛楯得以半更。岂不亦伟哉！(《史记·卷一百二十六·滑稽列传第六十六》)

《滑稽列传》共有两则“太史公曰”，上例“太史公曰”居于篇中。

(20)安危之机，岂不以谋哉？(《史记·卷十一·孝景本纪第十一》)

(21)太史公曰：余寻曹共公之不用僖负羁，乃乘轩者三百人，知唯德之不建。及振铎之梦，岂不欲引曹之祀者哉？如公孙强不修厥政，叔铎之祀忽诸。(《史记·卷三十五·管蔡世家第五》)

本卷有两则“太史公曰”，本例见于篇末。篇中还有一则，只是其中并无问句。

以上三例也是“岂不……哉”格式，其中的变项(即“岂不”和“哉”之间的成分)是短语。

(22)《尚书》有唐虞之侯伯，历三代千有余载，自全以蕃卫天子，岂非笃于仁义、奉上法哉？汉兴，功臣受封者百有余人。(《史记·卷十八·高祖功臣侯者年表第六》)

上例是“岂非……哉”格式，中间的变项也是短语。

2. 岂……邪

(23)太史公曰：吾闻之周生曰“舜目盖重瞳子”，又闻项羽亦重瞳子。羽岂其苗裔邪？(《史记·卷七·项羽本纪第七》)

上例“岂……邪”做谓语。

(24)诸侯发难,不急匡救,欲报私雠,反以亡躯。语曰“变古乱常,不死则亡”,岂错等谓邪!(《史记·卷一百一·袁盎晁错列传第四十一》)

上例“岂……邪”相对独立。在“邪”前有“谓”,“谓”大致有“说的是”之意。上例于中华书局2012年重印本和岳麓书社2012年版中均标记为感叹号。我们以为宜标记为问号,因“岂……邪”的语义指向并不是较为明确的形容词或副词,该句凸显的仍然是反诘语气,而不是感叹语气,尽管其裹挟有感叹。

(25)太史公曰:女无美恶,居宫见妒;士无贤不肖,入朝见疑。故扁鹊以其伎见殃,仓公乃匿迹自隐而当刑。缇萦通尺牍,父得以后宁。故老子曰“(美好)〔夫兵〕者不祥之器”,岂谓扁鹊等邪?若仓公者,可谓近之矣。(《史记·卷一百五·扁鹊仓公列传第四十五》)

上例“谓”的位置与例(24)互补,实际为“岂谓……邪”格式。中华书局2012年重印本中为“美好者不祥之器”,岳麓书社2012年版作“(美好)〔夫兵〕者不祥之器”。

3.岂……乎

(26)谚曰:“人貌荣名,岂有既乎?”於戏,惜哉!(《史记·卷一百二十四·游侠列传第六十四》)

《游侠列传》共有两则“太史公曰”,分别分布于篇首和篇尾。上例分布于篇尾。“岂……乎”为反诘语气,通过反诘表示某种感慨。上例于中华书局2012年重印本和岳麓书社2012年版中标记为感叹号。我们以为宜标记为问号，如此语气更显豁。

(27)秦政不改，反酷刑法，岂不缪乎？故汉兴，承敝易变，使人不倦，得天统矣。(《史记·卷八·高祖本纪第八》)

(28)太史公曰：荆王王也，由汉初定，天下未集，故刘贾虽属疏，然以策为王，填江、淮之间。刘泽之王，权激吕氏，然刘泽卒南面称孤者三世。事发相重，岂不为伟乎！(《史记·卷五十一·荆燕世家第二十一》)

上例于中华书局2012年重印本和岳麓书社2012年版中均标记为感叹号。我们以为宜标记为问号，因改句所表达的实际语义是语表的反面，表达反诘语气，故宜标记为问号，为反诘问。当然，其内容表示赞美，整体属于我们所说的感叹类问句，或者可以说，该句在语义语气上首先表达反诘，因反诘强调其感叹语气。

以上两例“岂……乎”格式，均为否定形式表示肯定，以反诘语气为主。

4.何……乎

(29)若夫穰苴，区区为小国行师，何暇及司马兵法之揖让乎？世既多司马兵法，以故不论，著穰苴之列传焉。(《史记·卷六十四·司马穰苴列传第四》)

(30)九卿碌碌奉其官，救过不赡，何暇论绳墨之外乎！(《史记·卷一百二十二·酷吏列传第六十二》)

《酷吏列传》共有两则“太史公曰”，分别分布于该篇的篇首和篇尾。上例居于篇尾。

以上两例均在“何”之后紧接名词“暇”，“何暇”之后跟谓词性成分。

5. 何……哉

(31)太史公曰：余读孟子书，至梁惠王问“何以利吾国”，未尝不废书而叹也。曰：嗟乎，利诚乱之始也！夫子罕言利者，常防其原也。故曰“放于利而行，多怨”。自天子至于庶人，好利之弊何以异哉！（《史记·卷七十四·孟子荀卿列传第十四》）

上例于中华书局2012年重印本和岳麓书社2012年版中均标记为感叹号。我们以为宜标记为问号，因比例首先是表达反诘语气，且其语义在语表的反面。

上例“何……哉”句式整体做谓语。

(32)栾布哭彭越，趣汤如归者，彼诚知所处，不自重其死。虽往古烈士，何以加哉？（《史记·卷一百·季布栾布列传第四十》）

上例于中华书局2012年重印本和岳麓书社2012年版中均标记为感叹号。我们以为宜标记为问号，因其主要凸显的是反诘语气，通过反诘体现某种礼赞。

(33)太史公曰：法令所以导民也，刑罚所以禁奸也。文武不备，良民惧然身修者，官未曾乱也。奉职循理，亦可

以为治，何必威严哉？(《史记·卷一百一十九·循吏列传第五十九》)

《循吏列传》共有两则“太史公曰”，分别分布于该篇的篇首和篇尾。上例居于篇首。

以上两例“何……哉”句式相对独立。

6. 曷……焉

(34)无异故云，事势之流，相激使然，曷足怪焉？(《史记·卷三十·平准书第八》)

上例于中华书局2012年重印本中做陈述句，句尾标记为句号。我们以为，该例还是标记为问号为宜。只是其为无疑而问的设问，所以尽管放在篇尾，也不妨碍其语气的表达，毕竟其无须回答。再说，同一版本的《史记》“太史公曰”篇尾标记为问号的不乏其例，例如《史记卷三十三·鲁周公世家第三》《史记卷三十七·卫康叔世家第七》等。“曷”与“焉”之间插入的成分简短，为一状中短语，该句反诘语气相对平缓。类似地：

(35)虽伊尹、周公，何以加哉！亚夫之用兵，持威重，执坚刃，穰苴曷有加焉！足己而不学，守节不逊，终以穷困。悲夫！(《史记·卷五十七·绛侯周勃世家第二十七》)

上例“何以加载”和“曷有加焉”于中华书局2012年重印本和岳麓书社2012年版中均标记为感叹号。我们以为宜标记为问号，因其首先是反诘语气，感叹语气是通过反诘语气凸显的，感叹的内容是原句语表的反面。

7.曷……乎

(36)天方令秦平海内，其业未成，魏虽得阿衡之佐，曷益乎？（《史记·卷四十四·魏世家第十四》）

上例“曷”与“乎”之间的成分亦较为简短。

8.况……乎

(37)太史公曰：召公奭可谓仁矣！甘棠且思之，况其人乎？（《史记·卷三十四·燕召公世家第四》）

(38)太史公曰：晋文公，古所谓明君也，亡居外十九年，至困约，及即位而行赏，尚忘介子推，况骄主乎？灵公既弑，其后成、景致严，至厉大刻，大夫惧诛，祸作。（《史记·卷三十九·晋世家第九》）

(39)虞卿料事揣情，为赵画策，何其工也！及不忍魏齐，卒困于大梁，庸夫且知其不可，况贤人乎？然虞卿非穷愁，亦不能著书以自见于后世云。（《史记·卷七十六·平原君虞卿列传第十六》）

(40)太史公曰：穰侯，昭王亲舅也。而秦所以东益地，弱诸侯，尝称帝于天下，天下皆西乡稽首者，穰侯之功也。及其贵极富溢，一夫开说，身折势夺而以忧死，况于羁旅之臣乎！（《史记·卷七十二·穰侯列传第十二》）

(41)太史公曰：昔者虞舜窘于井廪，伊尹负于鼎俎，傅说匿于傅险，吕尚困于棘津，夷吾桎梏，百里饭牛，仲尼畏匡，菜色陈、蔡。此皆学士所谓有道仁人也，犹然遭此灾，况以中材而涉乱世之末流乎？其遇害何可胜道哉！（《史记·卷一百二十四·游侠列传第六十四》）

《游侠列传》共有两则“太史公曰”，分别分布于篇首和篇尾。上例分布于篇章开头部分。

以上五例“况”与“乎”之间的成分由简而繁。

9.况……也

（42）及其调和谐合，鸟兽尽感，而况怀五常，含好恶，自然之势也？（《史记·卷二十四·乐书第二》）

上例“况……也”之前缀以虚词“而”。

10.孰……焉

（43）太史公曰：盖孔子晚而喜《易》。《易》之为术，幽明远矣，非通人达才孰能注意焉？故周太史之卦田敬仲完，占至十世之后；及完奔齐，懿仲卜之亦云。（《史记·卷四十六·田敬仲完世家第十六》）

上例于中华书局2012年重印本中标记为感叹号，作为感叹句。我们以为宜标记为问号，因其表达较为强烈的反诘语气，相对于感叹而言，更凸显反诘，且在语义上该句其实是“非通人达才不能注意焉”，实际上表达的是原句语表形式的某种否定，故确定为反诘句（我们所说的“设问”之一）为宜。“孰……焉”与其之前的成分“非通人达才”构成某种条件关系的紧缩结构。与之类似，“太史公曰”中还有“孰……哉”格式的设问。如下文所引《史记卷六十六·伍子胥列传第六》的“非烈丈夫孰能致此哉”。值得注意的是，“孰……焉”和“孰……哉”格式的设问前面都有“非”和指人名词性成分，表示强调。

11.恶……哉

(44)使楚王戊毋刑申公，遵其言，赵任防与先生，岂有篡杀之谋，为天下僇哉？贤人乎，贤人乎！非质有其内，恶能用之哉？甚矣！“安危在出令，存亡在所任”，诚哉是言也！（《史记·卷五十·楚元王世家第二十》）

上例“恶……哉”前后与多个感叹句直接组合。

12.恶……乎

(45)当是之时，吏治若救火扬沸，非武健严酷，恶能胜其任而愉快乎！言道德者，溺其职矣。（《史记·卷一百二十二·酷吏列传第六十二》）

《酷吏列传》共有两则“太史公曰”，分别分布于该篇的篇首和篇尾。上例居于篇首“孔子曰”和“老氏称”之后。上例于中华书局2012年重印本和岳麓书社2012年版中均标记为感叹号。我们以为宜标记为问号，表达反诘语气。

(46)今自张骞使大夏之后也，穷河源，恶睹本纪所谓昆仑者乎？故言九州山川，《尚书》近之矣。至《禹本纪》《山海经》所有怪物，余不敢言之也。（《史记·卷一百二十三·大宛列传第六十三》）

以上两例“恶”和“乎”之间为谓词性成分。上例于中华书局2012年重印本中为“余不敢言之也”，于岳麓书社2012年版作“余(不)敢言之也”。我们以为，结合前文（尤指设问句“恶睹本纪所谓昆仑者乎”表示否定），该句宜为否定形式。

四、并用型标记语设问

并用型标记语设问，是指用两套或两套以上标记语标记的设问，这类设问在形式上一般为句组。例如：

（1）太史公曰：怨毒之于人甚矣哉！王者尚不能行之于臣下，况同列乎！向令伍子胥从奢俱死，何异蝼蚁。弃小义，雪大耻，名垂于后世。悲夫！方子胥窘于江上，道乞食，志岂尝须臾忘郢邪？故隐忍就功名，非烈丈夫孰能致此哉？白公如不自立为君者，其功谋亦不可胜道者哉！（《史记·卷六十六·伍子胥列传第六》）

上例前后两个设问分别以“岂……邪”和“孰……哉”为标记语，设问句之间形成因果关系。

（2）太史公曰：吴王之王，由父省也。能薄赋敛，使其众，以擅山海利。逆乱之萌，自其子兴。争技发难，卒亡其本；亲越谋宗，竟以夷陨。错为国远虑，祸反近身。袁盎权说，初宠后辱。故古者诸侯地不过百里，山海不以封。“毋亲夷狄，以疏其属”，盖谓吴邪？“毋为权首，反受其咎”，岂盎、错邪？（《史记·卷一百六·吴王濞列传第四十六》）

上例两个设问均先引用，然后述评，表示揣测语气的设问句和表示反诘的设问句形成并列关系。

(3)居今之世，志古之道，所以自镜也，未必尽同。帝王者各殊礼而异务，要以成功为统纪，岂可绲乎？观所以得尊宠及所以废辱，亦当世得失之林也，何必旧闻？于是谨其终始，表其文，颇有所不尽本末，著其明，疑者阙之。后有君子，欲推而列之，得以览焉。（《史记·卷十八·高祖功臣侯者年表第六》）

上例也是两个设问句直接组合，表示并列关系。

(4)管仲，世所谓贤臣，然孔子小之。岂以为周道衰微，桓公既贤，而不勉之至王，乃称霸哉？语曰“将顺其美，匡救其恶，故上下能相亲也”。岂管仲之谓乎？

方晏子伏庄公尸哭之，成礼然后去，岂所谓“见义不为无勇”者邪？至其谏说，犯君之颜，此所谓“进思尽忠，退思补过”者哉！假令晏子而在，余虽为之执鞭，所忻慕焉。（《史记·卷六十二·管晏列传第二》）

上例疑问标记语分别为“岂……乎”和“岂……邪”。“岂……乎”中间的成分和“岂……邪”中间的成分可形成主谓关系。此外，该句组前后均有相应的设问构成其上下文语境。

以上四例为两个设问直接组合，形成组合问，成为一个句组。

(5)秦既称帝，患兵革不休，以有诸侯也，于是无尺土之封，堕坏名城，销锋镝，锄豪杰，维万世之安。然王迹之兴，起于闾巷，合从讨伐，轶于三代，乡秦之禁，适足以资贤者为驱除难耳，故愤发其所为天下雄，安在无土不王？此

乃传之所谓大圣乎？岂非天哉？岂非天哉？非大圣孰能当此受命而帝者乎？(《史记·卷十六·秦楚之际月表第四》)

上例由5个问句直接组合,语气强烈。上例“岂非天哉？岂非天哉？”于中华书局2012年重印本中作“岂非天哉,岂非天哉!”。我们以为宜标记为“岂非天哉？岂非天哉？”。主要原因:一则其本身有较强的反诘语气,二则其前后文均为问句。

(6)至若蜀守冯当暴挫,广汉李贞擅磔人,东郡弥仆锯项,天水骆璧(推减)〔椎成〕,河东褚广妄杀,京兆无忌、冯翊殷周蝮鸷,水衡阎奉朴击卖请,何足数哉？何足数哉？(《史记·卷一百二十二·酷吏列传第六十二》)

《酷吏列传》共有两则“太史公曰”,分别分布于该篇的篇首和篇尾。上例居于篇尾。上例复现同一个问句,以加强反诘语气。上例于中华书局2012年重印本和岳麓书社2012年版中均标记为感叹号。我们以为宜标记为问号。

(7)太史公曰:张耳、陈馀,世传所称贤者;其宾客厮役,莫非天下俊桀,所居国无不取卿相者。然张耳、陈馀始居约时,相然信以死,岂顾问哉。及据国争权,卒相灭亡,何乡者相慕用之诚,后相倍之戾也！岂非以势利交哉？名誉虽高,宾客虽盛,所由殆与太伯、延陵季子异矣。(《史记·卷八十九·张耳陈馀列传第二十九》)

(8)然士亦有偶合,贤者多如此二子,不得尽意,岂可胜道哉！然二子不困厄,恶能激乎？(《史记·卷七十九·范

睢蔡泽列传第十九》)

以上两例均有"岂……哉"作为标记语,语气十分强烈。例(7)"岂……哉"在后,例(8)"岂……哉"在前。

以上设问句组的语气均比单一标记的问句和复合标记的问句要强烈一些,语义逻辑也更复杂,更易于互文见义。

"太史公曰"主要分布于相应语篇的篇末,偶见于篇首和篇中。其中的设问除了一例无标记语(即零标记形式)之外,都有标记语。标记语有单一型、复合型、并用型三种类型,以复合型(尤指离散式复合型)标记语的使用最为常见。就单个标记疑问的词(而不是短语)而言,根据使用次数,我们初步统计,由高到低依次为:哉(36次),岂(34次),乎(32次),何(29次),邪(10次),也(10次),况(8次),恶(4次),孰(4次),焉(3次),与(1次)。此外,还有辅助性的疑问标记语"不""非""其""亦"等。暂未见"矣"等标记疑问语气的情形。

《史记》"太史公曰"中的设问总体上有助于凸显思考问题的深度,强化情绪情感的主体性,升华史识。"太史公曰"在文体学上跟其前后问世的"乱曰""赞曰"等较为接近,它既不同于一般语篇的"后记"或"书后",也不是自然的"结语"。在此似可引入波兰逻辑学家塔尔斯基(Alfred Tarski)的"语层"概念,即自然语言可分为对象语言和元语言两个层次。简单地说,后者(元语言)是用来解释和说明前者(对象语言)的。"太史公曰"中的语言主体属于元语言,在我们看来,元语言和对象语言整体上互文,互相依存。作为元语言的"太史公曰"中的设问因其语形语义上的特殊性,相对于《史记》中更为常见的对象语言(叙事性话语)更具思辨性。

此外,"《史记》的语言,在现在看来全部是所谓文言而不是白话,但它是在当时口语的基础上提炼加工的书面语，与当时语言是相当接近的”①。尤具主体性的设问似更接近当时的口语实际。《史记》“太史公曰”中的设问不仅具有语用价值，也具汉语史意义，其语气标记语在语法史、词汇史上的语料价值也值得当今学界重视。

原载于《浙江社会科学》2019 年第 5 期

①游国恩、王起、萧涤非、季镇淮、费振刚主编《中国文学史(一)》，人民文学出版社，1963，第162页。

第二篇

中古文学话语的设问辞格

中古时期赋和骈文中的设问辞格及其审美价值

设问在语言运用过程中体现出来的审美功能主要有动态美、朴素美、力量美、节奏美和均衡美。考察表明，设问辞格在秦汉魏晋南北朝时期（大致属于中古时期）的赋体、骈文体中得到了较为普遍的运用。就外部而言，其审美特点的形成受到了时代基调、社会文化等因素的影响；在审美态质上以节奏美为主，兼具气势美、蕴藉美等；在内部结构上主要通过发达的形式标记和结构特殊的设问表现出来。

一、设问、中古设问与审美

修辞学界较为普遍的设问分类是从语义表达的角度来分，陈望道的《修辞学发凡》从发问的目的角度将设问分为两类：一为提问，即为提醒下文而问，其必定有答案在它的下文；二为激问，即为激发本意而问，其必定有答案在它的反面。沈谦在《语言修辞艺术》中也对设问进行了同样的分类，只是解说略有不同：一为提问，自问自答，先提出问题，引发对方好奇与注意，再自行作答；二为激问，问而不答，以问句表达确定意思，答案必在问题的反面。显然，我们此处所探讨的是广义的设问，其中，“提问”即所谓的狭义的设问，“激问”即通常所说的反诘问。

“审美与认知同属于人的需要……一般而言，美是感动，是情绪情感的‘流动’，美在感人，美在心灵的沟通与共鸣。以话语为美的载体的审美过程即为修辞审美。”[1]事实上，“句子是最基本的言语单位，也是最基本的审美单位”[2]。所以，运用设问辞格产生的问句作为句子有“资格”作为审美对象。设问在语言运用工程中体现出来的审美功能主要有以下五种。一是动态美。“从动和静上说来，可分为静美和动美……动美和静美相反，是活动状态的美。”[3]设问所具有的动态美是一种蕴含着静态美和浓厚思辨色彩的特殊的美的形态。二是朴素美。设问由于特殊的语言表达需要而生，语气、声调应和作者意欲抒发的思想感情、文章的轻重缓急与意义相调和，自然而简朴。三是力量美。陈望道在《作文法讲义》之“文章底美质”一章中说：“知识的美质就是‘明晰’，感情的美质就是‘遒劲’，审美的美质就是‘流畅’。”此处的“遒劲”便是我们所说的力量美，其力量的源泉在于发问者的感情。设问是重要的传情手段，使用设问辞格的多位于感情蓄积待发处，感情的强烈使其充满力量。四是节奏美。“节奏控制了材料，从而变异出一种新的激情和热情……许多平淡、琐屑甚至刻板的内容，经过节奏的征服，都可以变为诗。”[4]因此我们可以说，富于节奏感的东西是十分具有美感的，其在语言运用中主要表现为语气的抑扬顿挫和轻重缓急。表现在书面语言中，则主要是句子的张弛、长短，标点符号的变化以及声韵是否和谐。设问在具体使用过程中常常是张弛结合，询问句与反诘问构成的问答式颇为普遍，多个反诘问构成的排比问之后也往往有一个陈述句做解释说明，于是文章便有了抑扬顿挫的节奏之美。五是均衡美。均衡之所以成为一种美就在于它以相互对立冲突的形式呈现了和谐统一的内容。设问的形体即问与答是相互对立的形式。即便如此，设问的问与答的分量却是相互平衡的，任何一方都不能离开另一方而单独存在。这种平衡的实现，主要体现在问句和答语在语义上互相呼应，彼此渗透，相互牵连而共同表达一个完整内容，因而体现了一种均衡美。

中古时期赋体和骈体文中的设问有着类似的审美功能，以节奏美为主，兼具气势美、蕴藉美等。赋体与骈文体是仅于这一时期才得到大发展的极具时代色彩的两种文体。这两种文体的共同特点为重视语言形式上的优美和感情上的气势，虽然在某种程度上与诗歌相似，但其设问的运用与同时期的诗歌相比具有明显的进步意义，已带有隋唐诗文的一些特点，因此能够体现与其他文体不同的审美价值，这主要通过发达的形式标记和结构特殊的设问表现出来。

二、中古设问的形式标记

受特殊文体特点的影响，赋体和骈文体中的设问在形式标记方面比先秦文学和同时期的其他文体都要发达，其中最具进步意义的发展表现在对肯定/否定意义的表达上：一是肯定形式标记萌芽；二是出现了新的凝固型短语；三是体现语义逻辑关系及语义类型的形式标记更发达。

（一）肯、否定形式标记不对称的僵局得到调和

无论是先秦文学还是本时期的其他文体中，设问的肯、否定形式标记都形成了一个极不对称的格局，几乎没有明显的肯定形式标记。而在赋体和骈文体中，设问中开始以"有"作为表示肯定意义的形式标记，这在一定程度上是对肯、否定形式标记不对称局面的一种调和，同时也为人们在运用设问传情达意时增加了一种手段。因为在反诘问中，通常以肯定形式表否定意义，否定形式表肯定意义，从而增加文章的言外之意。有了明确的肯定形式标记就使这种表达方式在形式上的特点更加突出，也为蕴藉、婉曲等审美意义增加了形式上的支撑。"有"作为肯定形式标记较典型的用法是先与反诘副词连用，再一起与语气词套用。例如：

（1）岂有百万义师，一朝卷甲，芟夷斩伐，如草木焉！（庾信《哀江南赋·序》）

（2）鲁之敬姜，妇人之聪明耳，然推其机综，以方治国，安有丈夫学文，而不达于政事哉？彼扬马之徒，有文无质，所以终乎下位也。（刘勰《文心雕龙·程器·第四十九》）

以上划线句子中，例（1）为反诘副词与"有"连用，例（2）为疑问代词与"有"连用，将肯定形式标记"有"用于反问句中表否定意义。与句中没有典型肯定形式标记的反诘问相比，这种表达方式使问句的形式和内容形成了更大的冲撞，曲折表意的手段更为明显，增添了语言的蕴藉美。同时，内容与形式完全相反，更能达到反讽的效果，从而实现强烈情感的释放，因此兼具讥刺的力量美。

得益于肯定形式标记的产生，还出现了将肯、否定形式标记分别用于反问句的两个分句之中的语言现象，使其在形式和意义上都能形成对比。例如：

(1)赞曰：瞻彼前修，有懿文德。声昭楚南，采动梁北。雕而不器，贞干谁则？岂无华身，亦有光国？(刘勰《文心雕龙·程器·第四十九》)

上例划线句子前半部分用反诘副词“岂”和表否定义的动词“无”连用，后半部分用表递进义的连词“亦”与表肯定义的动词“有”连用。于同一句中设置两个意义反用的形式标记，使反诘语气表达得更充分，作者的意图体现得更清楚，增添了表达的明晰美；“有”和“无”在形式和意义上都形成了鲜明的对比，两个部分互相对称，具有整齐、对称之美；表肯、否定的形式标记出现于同一句中，实现了肯、否定形式标记的对称与平衡，具有和谐美。

(二)新的凝固型短语

赋体和骈文体中新产生的凝固型短语主要有“岂不、岂非、岂云”。其中，“岂不、岂非”都是反诘副词与否定副词合成，都常作为副词用于反问句，且常常与语气词“哉”套用，传达感叹语气，但二者意义略有不同，“岂不”意为“难道不”，“岂非”意为“难道不是”。“岂云”由“岂”与动词“云”合成，相当于现代汉语的“难道说”，足见其历史价值。例如：

(1)昔《储说》始出，《子虚》初成，秦皇汉武，恨不同时；既同时矣，则韩囚而马轻，岂不明鉴同时之贱哉！(刘勰《文

心雕龙·知音·第四十八》)

(2)触类以推，表里必符，岂非自然之恒资，才气之大略哉！(刘勰《文心雕龙·体性·第二十七》)

(3)使骐骥得系羁兮，岂云异夫犬羊？(贾谊《吊屈原赋》)

前两例分别用“岂不”和“岂非”与语气词“哉”套用，皆为使用否定形式表肯定意义，将反诘副词与否定副词合用，属双重否定，再配之以表感叹语气的句末语气词“哉”，传达出强烈的情感，具有气势铿锵的力量美。于学术著作中伴随着如此强烈的情绪情感，先形成一种凌驾于读者之上的气势，而后使读者在其言简意赅的解释中产生共鸣，显出一种独特的朴素与崇高相互交织的美感。同时，这种表达方式使语言具有很强的主体性，融感性与理性为一体，于语言与创作意图之间显露出和谐之美。此可看作《文心雕龙》之所以成为一部伟大的学术著作的又一原因。例(3)未使用语气词，仅以凝固型短语“岂云”作为反问语气的形式标记，动词“云”与“岂”的配合使语言增添了一种动感，并非对话，却能明显感受到作者那种与读者互动从而获得共鸣的强烈愿望，使话语获得极强的生命力，具有一种灵动美。

(三)语义逻辑关系及语气类型的形式标记更发达

赋体和骈文体中的设问集众家之长，出现了多种语义逻辑关系及语气类型，且在形式标记方面十分发达。这与辞赋大家们重视语言形式上的美感相关，集中体现在以下几种设问之中。

1. 测度式设问

本时期赋体、骈文中的测度式设问形成了一系列表测度语气的形式标记套用方式。此处以《文心雕龙》中的测度式设问为例。

一是表测度语气的副词"其/可"与表疑问语气的语气词"乎/耶/与"等配套使用。例如：

(1)又子云《羽猎》，鞭宓妃以饟屈原；张衡《羽猎》，困玄冥于朔野。娈彼洛神，既非魍魉，惟此水师，亦非魑魅；而虚用滥形，不其疏乎？此欲夸其威而饰其事，义睽剌也。(刘勰《文心雕龙·夸饰·第三十七》)

(2)管仲有言："无翼而飞者声也，无根而固者情也。"然则声不假翼，其飞甚易；情不待根，其固匪难；以之垂文，可不慎与？(刘勰《文心雕龙·指瑕·第四十一》)

例(1)划线句子为"其"与"乎"套用的测度式设问，问句之后紧接答语，可见其为无疑之问。例(2)划线句子为"可"与"与"套用的测度式设问，由前文的说明可看出此为测度式反诘问。由上两例可看出，否定副词常与测度语气副词连用，以协助表达反诘语气，增强确定之意。测度式设问的特点是以半进半退的语气忖度，探询语气表达确定无疑的意义。此种设问用于学术著作之中，无疑能增强语言的诱导性，帮助读者加深对内容的理解，因此具有循循善诱的思辨美和娓娓道来的从容美。

二是选择连词"抑亦"与"乎"配套。例如：

(1)赋宪之谥，短折曰哀。哀者，依也，悲实依心，故曰哀也。以辞遣哀，盖下流之悼，故不在黄发，必施夭昏。昔

三良殉秦，百夫莫赎，事均夭枉，《黄鸟》赋哀，抑亦诗人之哀辞乎？（刘勰《文心雕龙·哀吊·第十三》）

上例用选择连词“抑亦”与“乎”套用表测度语气。作者先对何为“哀”做了详细的说明，再举出一些例子，然后发出测度问，颇有“难道不是”之意。此问的发出是为了加深读者对“哀”的理解，将测度问用于举例说明之中，极具诱导、点拨之意，因此具有思辨美。“抑亦”原为上古汉语中表选择关系的连词，于此表测度，可视为中古汉语对上古汉语的一种继承中的发展。

2. 递进式设问

本时期赋体、骈文中的递进式设问形成了一套典型的句子模式，且具有一定的稳定性。这种模式以三分句为常，第一个分句句首用让步连词“虽”；第二分句句首或句中用情态副词“犹”；最后一个分句为递进连词“况”引导的反诘问，有时与语气词套用，有时单独表反诘语气，通常不在句中使用疑问代词或副词，属于最典型的递进式设问。例如：

（1）夫美锦制衣，修短有度，虽玩其采，不倍领袖，巧犹难繁，况在乎拙？（刘勰《文心雕龙·熔裁·第三十二》）

（2）虽有金石之坚，犹将销铄而挺解也，况其在筋骨之间乎哉？故曰：纵耳目之欲，恣肢体之安者，伤血脉之和。（枚乘《七发》）

上两例中划线句子先在第一分句用让步连词“虽”发端，再用情态副词“犹”引导的第二分句对让步条件可能带来的结果或影响进行说明，最后用递进连词“况”引导反诘问表肯定意义。采用三段式问句的形式，可在形式、语义以及语气上形成层层递进的从容不迫之感，既增强了语言的条理性，又能使说理清晰明了，因此这类递进式设问具有明晰美和从容美。

3. 假设式设问

本时期赋体、骈文中的假设式设问将否定副词“不”和表存现的动词“有”连用作为假设连词，表“如果没有”之意，可看作对表“如果不是”义的副词“非”的一种发展。例如：

> (1) 赞曰：不有屈原，岂见《离骚》？惊才风逸，壮志烟高。山川无极，情理实劳。金相玉式，艳溢锱毫。(刘勰《文心雕龙·辨骚·第五》)

上例划线句子前一分句用“不有”为假设连词，第二分句用反诘副词“岂”表反问语气，全句意为“如果没有屈原，怎么会有《离骚》”？先用表否定意义的假设连词虚拟一个条件，再用反诘问逼出正意，从而达到双重否定的效果，具有语气上的力量美。读者阅读至此问时，自然会对问题所涉内容进行反思，再通过下文得出答案，与作者产生共鸣，其中有一个作者与读者进行互动的过程，因此具有思辨美和动态美。

4. 让步式设问

本时期赋体、骈文中出现了用语助词帮助表达反诘语气的让步式设问。例如：

> (1) 虽信美而非吾土兮，曾何足以少留！(王粲《登楼赋》)

上例中"曾"为"语助词，无意义"[5]。"往往赋予句子某种语气"[6]，在疑问代词前用语助词增强语气，可使作者的怀才不遇之感情得到更大程度的释放，从而增强语言的感染力和力量美。同时，此赋为骚体赋，每句都有严格的字数要求，因此此处语助词"曾"的使用也可视为凑足音节的一种手段，从而保证语言的节奏美。

三、中古结构特殊的设问

赋体和骈文体中出现了两种在句法结构上较为特殊的设问：紧缩式设问和复合式设问。

（一）紧缩式设问

紧缩式设问即原本由两个被逗号隔开的分句构成的设问以紧缩式复句的形式出现。赋体和骈文体中的设问以紧缩复句的形式出现常常是因为感情表达或用语凝练的需要，往往成为后世语言运用中的固定格式，既具有时代价值，又有历史意义。紧缩式设问主要见于让步式设问和假设式设问中。

（1）春草碧色，春水绿波，送君南浦，伤如之何！（江淹《别赋》）

（2）圣贤书辞，总称"文章"，非采而何？夫水性虚而沦漪结，木体实而花萼振：文附质也。（刘勰《文心雕龙·情采·第三十一》）

例（1）"伤如之何！"是让步式设问的紧缩形式，意为"即使伤心，又能怎么样呢”！此处的紧缩目的有二：一为适应节奏的需要，前面三个短句均为每句四言，紧缩之后保证了句式的整齐，为文章增添了节奏美；二为实现情感的释放，当反诘语气通过短句的形式传达时，显得更直接，语调也更急促，往往能够表达出强烈的情感，具有语调铿锵的力量美。例(2)“非采而何?”是假设式设问的紧缩形式，意为“如果不是文采又是什么呢”?《文心雕龙》属骈文体，所以此处紧缩亦有文体格式的要求，是为增强语言的节奏美。同时，紧缩形式的凝练、简洁特点能满足作者强调其学术观点的需要，达到表意清晰明了的目的，具有明晰美。问句之后即为对“采”所做的解释，因此，此问还有引出下文的作用，保证了文意的畅达，兼具流畅美。

(二)复合式设问

我们在导论中列举设问的种类时已讲到，复合式设问多由一个发语词、介词或名词性主语统领两个或多个单一设问，使几个单一问句凝聚为一个整体，成为一个大的设问。这种形式的设问具有极强的系统性和整体性。复合式设问的运用在《文心雕龙》中比较突出，这与其学术著作的性质是分不开的，下面列举其典型用例：

(1)是以言峻则嵩高极天，论狭则河不容舠，说多则子孙千亿，称少则民靡孑遗；襄陵举滔天之目，倒戈立漂杵之论；辞虽已甚，其义无害也。且夫鸮音之丑，岂有泮林而变好？荼味之苦，宁以周原而成饴？并意深褒赞，故义成矫饰。大圣所录，以垂宪章。孟轲所云，“说诗者不以文害辞，不以辞害意”也。(刘勰《文心雕龙·夸饰·第三十七》)

(2)若夫立文之道，惟字与义。字以训正，义以理宣。而晋末篇章，依稀其旨，始有"赏际奇至"之言，终有"抚叩酬酢"之语，每单举一字，指以为情。夫"赏"训锡赉，岂关心解?"抚"训执握，何预情理？雅颂未闻，汉魏莫用，悬领似如可辩，课文了不成义，斯情讹之所变，文浇之致弊。而宋来才英，未之或改，旧染成俗，非一朝也。(刘勰《文心雕龙·指瑕·第四十一》)

(3)至于班傅之《西征》《北征》，变为序引，岂不褒过而谬体哉！马融之《广成》《上林》，雅而似赋，何弄文而失质乎？又崔瑗《文学》，蔡邕《樊渠》，并致美于序，而简约乎篇。(刘勰《文心雕龙·颂赞·第九》)

前两例中划线句子分别用发语词"且夫"和"夫"统领两个反诘问，后一例用介词"至于"统领一个反诘问和一个特指问。这种设问形式使并列的两个目的趋同的问句凝聚为一个整体，颇有"形散而神聚"之效，使文章层次分明、条理清晰，从而更好地服务于学术说理。因此，复合式设问能增添语言的明晰美和齐一均衡之美。

结语

本时期赋体和骈文体中的设问辞格将节奏、音律上的美感和简洁美、力量美等其他审美功能融为了一体，独具特色。突出的审美功能背后有着深刻的社会文化动因。首先，楚文化一度繁荣，骚体赋正是在这一文化土壤中产生的，其设问继承了楚辞的铿锵夸饰之美。

其次，由于汉代儒学的影响和统治者对辞赋润色鸿业的需求，作家的文学激情虽然在散体赋中得到了充分抒发，却陷入了讽喻主题与题材表现的相互矛盾之中，因此散体赋的设问中交织着铺陈的气势美与情感的力量美。再次，东汉后期，文人的社会地位和心理状态发生了很大的变化。他们调和儒道，反映在文学方面，即作家热衷于表现个人生活与情感，抒情文学复兴。于是抒情小赋产生，其中的设问或自明心性，抒发愤悱；或寄情山水，发表对人生的慨叹，多带有清丽、超脱的自然美。

参考文献

[1]张春泉.《诗经》中的组合问及其修辞价值[J].北方论丛，2010(6).

[2]郑远汉.修辞风格研究[M].北京：商务印书馆，2004.

[3]陈望道.陈望道学术著作五种[M].上海：复旦大学出版社，2005.

[4]童庆炳.维纳斯的腰带[M].北京：中国人民大学出版社，2009.

[5]王兆鹏.中国古代文学作品选·魏晋南北朝隋唐五代卷[M].武汉：武汉出版社，2004.

[6]杨伯峻，何乐士.古汉语语法及其发展[M].北京：语文出版社，1992.

原载于《湖北理工学院学报》2013年第3期，署名张艺娇、张春泉

《文心雕龙》的设问辞格

刘勰《文心雕龙》兼具元语言和对象语言价值，即《文心雕龙》既是一部学术著作，同时又是一部文笔优美的骈体文作品，其中的问句颇具语用修辞价值。《文心雕龙》中的问句以设问为主，在周振甫的《文心雕龙今译》[1]，陆侃如、牟世金的《文心雕龙译注》[2]，范文澜的《文心雕龙注》[3]共同判定为问句（书面上标记为"？"）的所有35例中，仅有1例揣测问：

> 又古诗佳丽，或称枚叔，其《孤竹》一篇，则傅毅之词。比采而推，两汉之作乎？观其结体散文，直而不野，婉转附物，怊怅切情，实五言之冠冕也。（《明诗第六》）

其余的34例问句均为设问。

一、"设问"的界定及《文心雕龙》设问的研究意义

据陈望道《修辞学发凡》："胸中早有定见，话中故意设问的，名叫

设问。这种设问，共分两类：（一）是为了提醒下文而问的，我们称为提问，这种设问必定有答案在它的下文；（二）是为激发本意而问的，我们称为激问，这种设问必定有答案在它的反面。”[4](P140)不难看出，陈望道先生关于“设问”的界定包括人们一般所说的狭义的设问和反问，且在《修辞学发凡》所列的38种辞格中未收“反问”。本文所说的“设问”沿用《修辞学发凡》之界定。毕竟，陈望道先生关于辞格的分类，“经过十几次的修改”[4](P71)，是十分严谨的，且“对于名称，也很慎重，大抵都曾经过仔细的考量，又曾经过精密的调查，凡是本国原来有名称可用的都用原来的名称，不另立新名”[4](P71)。

此外，之所以沿用陈望道关于“设问”的界定，还因为《修辞学发凡》在界定“设问”时，所采用的例句多为古汉语。共14个例子中，古代汉语9例，现代汉语3例，另外2例的取材于近代白话本《红楼梦》。这表明《修辞学发凡》关于“设问”的界定可以涵括古今汉语，从这个意义上说陈望道关于“设问”的界定适用于《文心雕龙》。

《文心雕龙》中的设问作为一种独具修辞价值的语用现象，值得探讨。首先，《文心雕龙》作为中古汉语的研究对象，值得关注。张春泉《〈文心雕龙〉：作为中古汉语的研究对象》[5]指出，《文心雕龙》有可能、有必要作为中古汉语的研究对象。在当今学界，就语料而言，对《文心雕龙》作为对象语言的研究亟待加强。其次，就论题而言，关于设问的研究在中古汉语研究领域十分薄弱。刘开骅的《中古汉语疑问句研究》指出，《中古汉语疑问句研究》一书“只研究是非问句、特指问句、选择问句和正反问句四类真性疑问句。至于反诘问句和测度问句，除了在讨论个别问题时会顺带牵涉到而外，一般不做专门研究”[6](P5)。我们所说的设问包括反诘问，由此显示专题专书研究《文心雕龙》设问的必要性。

本文拟穷尽考察《文心雕龙》设问，探讨其形式标记、语用意义、共时表达功用和历时“承用”价值。文内所取例句的点读主要依周振甫的《文心雕龙今译》（中华书局，1986年），并参考陆侃如、牟世金之《文心雕龙译注》（齐鲁书社，1995年），范文澜之《文心雕龙注》（人民文学出版社，1958年）。本文探究的所有例句，《文心雕龙今译》《文心雕龙译注》《文心雕龙注》均标记为问句。

二、《文心雕龙》设问的形式标记

这里所说的形式标记，主要包括疑问代词、疑问副词、语气词等，《文心雕龙》设问的形式标记大体可分为单用、连用和配套使用三种情形。

（一）形式标记的单用

1.“……何?”形式

(1)时运交移，质文代变，古今情理，如可言乎！昔在陶唐，德盛化钧，野老吐“何力”之谈，郊童含“不识”之歌。有虞继作，政阜民暇，薰风咏于元后，“烂云”歌于列臣。尽其美者何？乃心乐而声泰也。至大禹敷土，九序咏功，成汤圣敬，“猗欤”作颂。逮姬文之德盛，《周南》勤而不怨；大王之化淳，《邠风》乐而不淫。(《时序第四十五》)

(2)虽复思经千载，将何易夺？及《离骚》代兴，触类而长，物貌难尽，故重沓舒状，于是"嵯峨"之类聚，"葳蕤"之群积矣。及长卿之徒，诡势瑰声，模山范水，字必鱼贯，所谓诗人丽则而约言，辞人丽淫而繁句也。(《物色第四十六》)

(3)昔诗人什篇，为情而造文；辞人赋颂，为文而造情。何以明其然？盖风雅之兴，志思蓄愤，而吟咏情性，以讽其上，此为情而造文也；诸子之徒，心非郁陶，苟驰夸饰，鬻声钓世，此为文而造情也。(《情采第三十一》)

2."……焉……?"形式

此时的"焉"作为语气词，是上古时期相关用法的承续，它往往兼有指代作用，含"于是""于此"之义。例如：

(4)若夫艳歌婉娈，怨志诀绝，淫辞在曲，正响焉生？然俗听飞驰，职竞新异；雅咏温恭，必欠伸鱼睨；奇辞切至，则拊髀雀跃。诗声俱郑，自此阶矣！(《乐府第七》)

(5)夫志在山水，琴表其情，况形之笔端，理将焉匿？故心之照理，譬目之照形，目瞭则形无不分，心敏则理无不达。然而俗监之迷者，深废浅售，此庄周所以笑《折扬》，宋玉所以伤《白雪》也。(《知音第四十八》)

3."况……?"形式

(6)夫美锦制衣，修短有度，虽玩其采，不倍领袖，巧犹难繁，况在乎拙？(《熔裁第三十二》)

4.“谁……？”形式

（7）若夫珪璋挺其惠心，英华秀其清气，物色相召，人谁获安？是以献岁发春，悦豫之情畅；滔滔孟夏，郁陶之心凝；天高气清，阴沉之志远；霰雪无垠，矜肃之虑深。（《物色第四十六》）

（8）形器易徵，谬乃若是；文情难鉴，谁曰易分？（《知音第四十八》）

5.“胡……？”形式

（9）然则圣文之雅丽，固衔华而佩实者也。天道难闻，犹或钻仰；文章可见，胡宁勿思？若徵圣立言，则文其庶矣。（《征圣第二》）

（二）形式标记的连用

《文心雕龙》设问的形式标记还可见双音节连用情形。所见连用的形式标记有“何哉？”“何则？”“何者？”“何谓”等。

这里所说的形式标记的连用，是疑问代词和语气词等的直接组合并用，这种情形有别于先秦句类形式标记的连用情况。先秦有较多语气词的连用，例如，“《论语》的句尾语气词用得特别多，两个语气词连用的有47处，三个语气词连用的有9处”[7](P309)。

1.“……何哉？”形式

（10）文之为德也大矣，与天地并生者何哉？夫玄黄色杂，方圆体分，日月叠璧，以垂丽天之象；山川焕绮，以铺理

地之形:此盖道之文也。(《原道第一》)

上例,陆侃如、牟世金的《文心雕龙译注》中[2](P96),“何哉”前有逗号与“生者”隔开。范文澜的《文心雕龙注》[3](P17)与周振甫的《文心雕龙今译》同,均不用逗号隔开。

(11)凡说之枢要,必使时利而义贞;进有契于成务,退无阻于荣身。自非谲敌,则唯忠与信。披肝胆以献主,飞文敏以济辞,此说之本也。而陆氏直称“说炜晔以谲诳”,何哉?(《论说第十八》)

2.“……何则?”形式

(12)及史迁各传,人始区详而易览,述者宗焉。及孝惠委机,吕后摄政,班史立纪,违经失实。何则? 庖牺以来,未闻女帝者也。汉运所值,难为后法。(《史传第十六》)

(13)方其搦翰,气倍辞前,暨乎篇成,半折心始。何则? 意翻空而易奇,言徵实而难巧也。(《神思第二十六》)

3.“……何者?”形式

(14)若夫陆贾《新语》、贾谊《新书》、扬雄《法言》、刘向《说苑》、王符《潜夫》、崔实《政论》、仲长《昌言》、杜夷《幽求》,或叙经典,或明政术,虽标“论”名,归乎诸子。何者?博明万事为子,适辨一理为论,彼皆蔓延杂说,故入诸子之流。(《诸子第十七》)

(15)颜延年以为:“笔”之为体,“言”之文也;经典则

“言”而非“笔”，传记则“笔”而非“言”。请夺彼矛，还攻其楯矣。何者？(《总术第四十四》)

4.“何谓……？”形式

(16)何谓“附会”？谓总文理，统首尾，定与夺，合涯际，弥纶一篇，使杂而不越者也。若筑室之须基构，裁衣之待缝缉矣。(《附会第四十三》)

以上连用的形式标记，与先秦语气词连用的情形又有共同点：除了“何谓”之外，都是处于句末的。这可看作对先秦语气词连用的一种承续。

(三)形式标记的套用

《文心雕龙》形式标记单音节配套使用的有“何……乎？”“何……耶？”“岂……哉？”“安……哉？”“岂……欤？”“安……乎？”“况……哉？”等。

1.“何……乎？”形式

(17)而《文赋》以为“榛楛勿剪，庸音足曲”，其识非不鉴，乃情苦芟繁也。夫百节成体，共资荣卫，万趣会文，不离辞情。若情周而不繁，辞运而不滥，非夫熔裁，何以行之乎？(《熔裁第三十二》)

(18)是以执术驭篇，似善弈之穷数；弃术任心，如博塞之邀遇。故博塞之文，借巧傥来，虽前驱有功，而后援难继。少既无以相接，多亦不知所删，乃多少之并惑，何妍蚩

之能制乎?(《总术第四十四》)

2.“何……耶?”形式

(19)夫设文之体有常,变文之数无方,何以明其然耶?凡诗赋书记,名理相因,此有常之体也;文辞气力,通变则久,此无方之数也。(《通变第二十九》)

3.“岂……哉?”形式

(20)昔庾元规才华清英,勋庸有声,故文艺不称;若非台岳,则正以文才也。文武之术,左右惟宜。郤縠敦书,故举为元帅,岂以好文而不练武哉?孙武《兵经》,辞如珠玉,岂以习武而不晓文也?(《程器第四十九》)

(21)夫人肖貌天地,禀性五才,拟耳目于日月,方声气乎风雷,其超出万物,亦已灵矣。形同草木之脆,名逾金石之坚,是以君子处世,树德建言。岂好辩哉?不得已也!(《序志第五十》)

4.“安……哉?”形式

(22)是以论如析薪,贵能破理。斤利者,越理而横断;辞辨者,反义而取通;览文虽巧,而检迹知妄。唯君子能通天下之志,安可以曲论哉?(《论说第十八》)

(23)鲁之敬姜,妇人之聪明耳,然推其机综,以方治国,安有丈夫学文,而不达于政事哉?彼扬马之徒,有文无质,所以终乎下位也。(《程器第四十九》)

5.“岂……欤?”形式

(24)然子夏无亏于名儒，浚冲不尘乎竹林者，名崇而讥减也。若夫屈贾之忠贞，邹枚之机觉，黄香之淳孝，徐干之沉默，岂曰文士，必其玷欤?(《程器第四十九》)

6.“安……乎?”形式

(25)暨乎汉世，承流而作。扬雄之诔元后，文实烦秽，沙麓撮其要，而挚疑成篇，安有累德述尊，而阔略四句乎?(《诔碑第十二》)

7.“况……哉?”形式

(26)王戎开国上秩，而鬻官嚣俗，况马杜之磬悬，丁路之贫薄哉?(《程器第四十九》)

三、《文心雕龙》设问的共时表达功用

由于设问是一种语用修辞现象，故我们在此首先分析其语用意义。

《文心雕龙》设问表达反诘和感叹等语用意义，且《文心雕龙》设问所表达的感慨咏叹意义和反诘意义没有泾渭分明的界限。这通过其特定的语气词不难看出。比如《文心雕龙》使用频率较高的一个语气词“哉”，诚如孙锡信先生所言：“‘哉’字在中古以后的主要功能是表达反诘语气，其次是由反诘引申出的感叹语气，‘哉’已基本不用于特指问句，特指问主要由‘耶’来表达，这种分工是六朝时期明朗化

的。”[8](P36)事实上，今人对《文心雕龙》设问所用的标点符号之不尽相同即说明了这种语义理解上的两可。

《文心雕龙》设问的言外之意也值得关注。其通常用肯定的形式表达否定的意思，以否定的形式表达肯定的内容。例如：

(27)《诗》文宏奥，包韫六义；毛公述传，独标“兴”体，岂不以‘风’通而‘赋’同，‘比’显而‘兴’隐哉？故“比”者，附也；“兴”者，起也。附理者切类以指事，起情者依微以拟议。(《比兴第三十六》)

上例“岂不以‘风’通而‘赋’同，‘比’显而‘兴’隐哉？”实为“以‘风’通而‘赋’同，‘比’显而‘兴’隐”。

(28)圣贤书辞，总称“文章”，非采而何？夫水性虚而沦漪结，木体实而花萼振：文附质也。(《情采第三十一》)

上例“非采而何？”实乃肯定他们具有文采，比一般的肯定形式语气更强。

表达功用植根于语用意义，表达功用在一定意义上是与修辞理据一致的。《文心雕龙》中的设问辞格具有一定的认知功用和审美功用。

认知，主要是指对事理的认识。设问有助于读者明确作者的思路，领会作者的意旨。《文心雕龙》设问常常通过疑问标记形式提请读者注意。例如：

(29)今操琴不调，必知改张，摛文乖张，而不识所调。响在彼弦，乃得克谐，声萌我心，更失和律，其故何哉？良

由外听易为察，内听难为聪也。故外听之易，弦以手定，内听之难，声与心纷；可以数求，难以辞逐。（《声律第三十三》）

（30）从质及讹，弥近弥淡，何则？竞今疏古，风昧气衰也。（《通变第二十九》）

上例通过提问的方式，便于读者沿着作者的思路去理解接受。具体以形式标记“岂……哉”而言，“‘哉’用在问句中多数是表示反诘语气，往往用‘哉’先提出一个问题，而后推言事理作答，反诘语气引起对方的注意，因而使事理的阐述达到更好的效果”[8](P16)。这里，《文心雕龙》中的“对方”即是读者，事理的阐述达到更好的效果，即体现了设问的认知功用。

另外，《文心雕龙》设问仍然保持了四六对形式，应该说这一形式有助于读者诵读和识记，亦有助读者的认知。

除了认知，《文心雕龙》设问还具有一定的审美功用。我们知道，《文心雕龙》中的设问或者表示轻微感慨咏叹，或者表达较为强烈的语气。例如：

（31）颜延年以为：“笔”之为体，“言”之文也；经典则“言”而非“笔”，传记则“笔”而非“言”。请夺彼矛，还攻其楯矣。何者?《易》之《文言》，岂非“言”文？若“笔”为“言”文，不得云经典非“笔”矣。（《总术第四十四》）

（32）古之将相，疵咎实多：至如管仲之盗窃，吴起之贪淫，陈平之污点，绛灌之谗嫉，沿兹以下，不可胜数。孔光负衡据鼎，而仄媚董贤，况班马之贱职，潘岳之下位哉？王戎开国上秩，而鬻官嚣俗，况马杜之磬悬，丁路之贫薄哉？然子夏无亏于名儒，浚冲不尘乎竹林者，名崇而讥减也。若夫屈贾之忠贞，邹枚之机觉，黄香之淳孝，徐干之沉默，岂曰文士，必其玷欤？(《程器第四十九》)

(33)鲁之敬姜，妇人之聪明耳，然推其机综，以方治国，安有丈夫学文，而不达于政事哉？彼扬马之徒，有文无质，所以终乎下位也。昔庾元规才华清英，勋庸有声，故文艺不称；若非台岳，则正以文才也。文武之术，左右惟宜。郤縠敦书，故举为元帅，岂以好文而不练武哉？孙武《兵经》，辞如珠玉，岂以习武而不晓文也？(《程器第四十九》)

以上例句都是设问的组合，即两个或三个设问辞格连用，具有较强的语气，颇具感性，自身即具有一定的审美价值。如前所述，《文心雕龙》设问表达反诘或感叹的语气。何为“语气”?“综合各家的说法，语气是跟说话人的心理状态、情绪愿望密切相关的。我们可以说：语气就是说话人对所说句子与现实关系所持的态度。”[7](P50)应该说，“心理状态、情绪愿望”的主体性、主观性是不言而喻的，设问是无须他人作答的问句，即“说话人对所说句子与现实关系所持的态度”是明朗的。此外，就形式而言，《文心雕龙》中的设问，尽管在能指形式上包含形式标记，但仍然主要以四六对的形式出现，保持了形式上的整齐。这些都是一定意义上的美，可作为美的载体，作为审美的对象。

四、《文心雕龙》设问的历时“承用”价值

这里所说的“承用”，是指《文心雕龙》中的设问历时承续了上古汉语的相关语言事实。“设问”是对特定语料的运用，作为一种辞格，它又有相对固定的格式，《文心雕龙》中的每一例设问都有形式标记，比如相应的语气词、疑问代词、疑问副词等，因此研究《文心雕龙》中的设问还可以具有汉语史意义。譬如有论者指出，“也”等“一批语气词主要用于秦汉以前，秦汉以后常用的语气词是‘也’‘矣’‘焉’‘耳’‘已’‘哉’‘乎’‘欤’‘夫’‘者’等十几个。这一批语气词均沿用至后代文言中，首先为中古汉语直接继承。不过中古时的承用明显带有一定的选择性。表现之一是‘欤’和‘夫’很少运用”[8](P25)。事实上，《文心雕龙》中用“欤”表示设问语气的用例有8例，具有一定的使用频率，明确了这点可以补充前修之未密。又如“焉”，前文已列，它可以作为反诘问的标记之一，亦具“承用”价值。诚如孙锡信先生所言：“文言传承的惯性作用是很强的，‘焉’的兼词用法不要说在中古有所保留，就是在晚近文人的笔下也时有出现。”[8](P36)

再如“抑亦”，有人指出，“抑亦”这一在上古表示选择问的疑问词语“在中古时期没有出现，这些关联词此期在实际语言中可能已经被淘汰或者基本不用”[6](P184)。之所以如此断言，可能是因为该论者主要关注当时的口语材料，未及关注骈文材料。事实上，“抑亦”存在于中古时期的《文心雕龙》中，如下例所示：

(34)赋宪之谥，短折曰哀。哀者，依也，悲实依心，故曰哀也。以辞遣哀，盖下流之悼，故不在黄发，必施夭昏。昔三良殉秦，百夫莫赎，事均夭枉，《黄鸟》赋哀，抑亦诗人

之哀辞乎?(《哀吊第十三》)

只是“抑亦”在语气上由侧重于表达选择问转变为可表达揣测问。

此外,由于《文心雕龙》对后世的影响巨大,其语言也会影响近代,乃至现代汉语,这是不言而喻的。

《文心雕龙》不仅具有以上微观上的“承用”价值,它还有文体语体等宏观方面的“承用”价值。《文心雕龙》作者明确(刘勰),成书年代清楚(南朝齐梁之际),成书于中古时期,“中古时期的文献中开始出现文言和口语交错的现象,这是一个产生显著差别的时期”[9](P12)。《中国中世语法史研究》在讲到中古汉语四个方面的“新的变化”时,把“四六基调的确立”作为其第二个新的变化,“骈文就建立在四字、六字的基调之上,舍去骈文绮丽的外观不谈,把它底层潜在的四六基调作为问题提出很有必要”[9](P7)。《文心雕龙》在文体上是骈文,人们一般把骈文归入文言之列,而《文心雕龙》设问辞格里使用了大量的语气词,语气词是表示人们说话口气的,这又类似于先秦时期的《论语》等,只是《文心雕龙》在句法音节配置上多囿于四六对,但如前引《中国中世语法史研究》所言,“四六基调”其实很重要,“因为连乍一看似乎正相反的《世说新语》中,已经可以看出同样的以四六为基调调整文句的倾向”[9](P7)。由这种文体语体的纠结显示出《文心雕龙》设问的独特文体史和语体史意义。

参考文献：

[1]周振甫．文心雕龙今译[M].北京：中华书局，1986.

[2]陆侃如，牟世金．文心雕龙译注[M].济南：齐鲁书社，1995.

[3]范文澜．文心雕龙注[M].北京：人民文学出版社，1958.

[4]陈望道．修辞学发凡[M].上海：上海教育出版社，1997.

[5]张春泉.《文心雕龙》：作为中古汉语的研究对象[J].长沙理工大学学报(社会科学版)，2009(2).

[6]刘开骅．中古汉语疑问句研究[M].哈尔滨：黑龙江人民出版社，2008.

[7]郭锡良.汉语史论集[M].北京：商务印书馆，1997.

[8]孙锡信．近代汉语语气词[M].北京：语文出版社，1999.

[9][日]志村良治．中国中世语法史研究[M].江蓝生，白维国译.北京：中华书局，1995.

原载于《北华大学学报》(社会科学版)2012年第1期

唐宋诗词中的设问辞格及其审美价值

根据陈望道《修辞学发凡》和沈谦《语言修辞艺术》中对设问的分类，我们将自问自答的“提问”和问而不答的“激问”都纳入本文的研究范畴。其中，“提问”即所谓的狭义的设问，“激问”即通常所说的反诘问。

设问在语言运用工程中体现出来的审美功能主要有以下五种。一是动态美。“从动和静上说来，可分为静美和动美……动美和静美相反，是活动状态的美。”[1](P69)设问所具有的动态美是一种蕴含着静态美和浓厚思辨色彩的特殊的美的形态。二是朴素美。设问由于特殊的语言表达需要而生，语气、声调应和作者意欲抒发的思想感情，文章的轻重缓急与意义相调和，自然而简朴。三是力量美。陈望道在《作文法讲义》的“文章底美质”一章中说：“知识的美质就是‘明晰’，感情的美质就是‘遒劲’，审美的美质就是‘流畅’。”此处的“遒劲”便是我们所说的力量美，其力量的源泉在于发问者的感情。设问是重要的传情手段，使用设问辞格的多位于感情蓄积待发处，感情的强烈使其充满力量。四是节奏美。“节奏控制了材料，从而变异出一种新的激情和热情……许多平淡、琐屑甚至刻板的内容，经过节奏的征服，都可以变为诗。”[2](P305)因此我们可以说，富于节奏感的东西是十分具有美感的，其在语言运用中主要表现为语气的抑扬顿挫和轻重缓急，表现在书面语言中，则主要是句子的张弛、长短，标点符号的变化以及声韵是否和谐。设问在具体使用过程中常常是张弛结合，询问句与反诘问构成的问答式颇为普遍，多个反诘问构成的排比问之后也往往有一个陈述句做解释说明，于是文章便有了抑扬顿挫的节奏之美。五是均衡美。均衡之所以成为一种美就在于它以相互对立冲突的形式呈现了和谐统一的内容。设问的形体即问与答是一对相互对立的形式，即便如此，设问的问与答的分量却是相互平衡的，任何一方都不能离开另一方而单独存在。这种平衡的实现，主要体现在问句和答语在语义上互相呼应，彼此渗透，相互牵连而共同表达一个完整内容，因而体现了一种均衡美。

唐宋时期呈现出多种文学样式共同发展的特点，其中诗歌和词体的文学价值尤为突出。由于唐代统治者兼容并蓄、开明的文化政策和宋代重视文学的风气，作品中的感情多为自然流露，少有矫饰之作，加之越来越重视音乐美的审美思想，所以唐宋时期诗词中设问的审美特点是朴素美、声韵美与多种美的结合。

一、唐宋诗歌中的设问与审美

唐宋时期诗歌中设问的审美特点是自然美、情韵美与多种美相结合，主要通过丰富的语义逻辑关系及语气类型和语用倒装式设问的大量使用表现出来。

(一)语义逻辑关系与语气类型

1. 特指式设问

一是询问句与陈述句组成的问答句大量出现。与先秦时期不同的是,这些问答句的主要作用并非《诗经》中特指式问答句的起兴作用,而是传达信息,同时增添语言的流畅美和抑扬相间的灵动美。这些问答句中,以特指时间、地点或原因的居多,也随之产生一些较通俗、常用的形式标记。特指时间的如“何当”,特指地点的如“何许”,特指原因的如“何事”。例如:

(1)君问归期未有期,巴山夜雨涨秋池。何当共剪西窗烛,却话巴山夜雨时。(李商隐《夜雨寄北》)

(2)适与野情惬,千山高复低。好峰随处改,幽径独行迷。霜落熊升树,林空鹿饮溪。人家在何许,云外一声鸡。(梅尧臣《鲁山山行》)

(3)马穿山径菊初黄,信马悠悠野兴长。万壑有声含晚籁,数峰无语立斜阳。棠梨叶落胭脂色,荞麦花开白雪香。何事吟余忽惆怅?村桥原树似吾乡。(王禹称《村行》)

上述例句中的划线句子均为特指式问答句。例(1)用“何当”特指时间,相当于“何时”;例(2)用“何许”特指地点,相当于“何处”;例(3)用“何事”特指原因,意为“因为什么事”,相当于“为何”。此处的问句主要用于引出下文,起传递信息的作用,从而保持行文的流畅。同时,例(2)中问句后面的回答以象征的方式给出,能够引发读者的无限联想。这使语言在明晰、流畅美之外仍不失含蓄、蕴藉之美。

二是一个问句往往被断开，常须将联中两句联系起来才能获得完整的语义内容。例如：

(1)羌笛何须怨杨柳，春风不度玉门关。(王之涣《凉州词》)

(2)如何四纪为天子，不及卢家有莫愁。(李商隐《马嵬》)

以上两个问句皆由两句诗组成，例(1)为特指式反诘问，例(2)为特指原因的特指问，但其后并无答语，为诗人与读者的一种互动，因此也可视为设问。两个问句的前一分句都只是一个完整问句的前半部分，须将后一分句与之联系起来才能获得问句意欲传达的全部内容。将一个问句分割为两句，看似成为语义流畅的阻碍，实则满足了诗歌格式上的要求，保证了诗歌的节奏美，且每一问句的两个分句末尾的字都平仄对仗，具有声韵美。同时，这种表达方式将两个分句紧紧联系在一起，增强了诗歌语言的整体性。

2.假设式设问

本时期诗歌中的假设式设问使用了假设连词“如”“向使”。其中“如”已十分具有现代意义，其表达效果与现代汉语中的“如果”类似；“向使”为假设连词的同义连用，相当于“如果”。易梦醇在《先秦语法》中将“向”放在舌音类的假设连词中，将“使”放在齿音类的假设连词中。例如：

(1)臣如忽至理，君岂弃此物？多士盈朝廷，仁者宜战栗！(杜甫《自京赴奉先县咏怀五百字》)

(2)周公恐惧流言后,王莽谦恭未篡时。向使当初身便死,一身真伪复谁知?(白居易《放言》)

上两例均为假设条件与反诘问相结合的设问。例(1)中的问句在前一分句用连词“如”标记假设关系,例(2)用假设连词的同义连用形式“向使”标记假设关系。基于假设条件发问,看似虚空无力,实则以对假设条件所生情形的质疑婉曲地表达了自己的观点,具有委婉、含蓄之美。此外,例(2)后一分句中以副词“复”表达递进关系,将假设连词与“复”配合使用,增强了语气,更有利于诗人感情、态度的传达,因此兼具力量美。

3.正反选择式设问

正反选择问是选择问的一种,也叫反复问。由于我们把与反复辞格相结合的多句组合设问命名为反复式设问,为了避免重复,我们把从正反两方面进行询问,表示是不是、有没有之意的问答句(包括零答句形式)称为正反选择问。“这类问句的特点是,句中必有否定副词‘不、未、非、否、无、毋’等。它的位置有二,一是在句中,一是在句末。构成正反问句的简缩形式,不必说‘有匕首不有匕首’,只要在前项句末加否定词就成了。”[3](P880)本时期诗歌中出现的正反选择式设问多于句末用否定词,如“无”。例:

(1)绿蚁新醅酒,红泥小火炉。晚来天欲雪,能饮一杯无?(白居易《问刘十九》)

上例划线处为句末用否定词“无”表正反选择的设问,句中既无疑问代词或副词,又无语气词,仅用一个否定词表两种选择,增添了诗歌语言的简洁、凝练之美。同时,诗人撷取一个冬日黄昏天寒欲雪之际的刹那感受，剪裁入诗，末尾的问句将其生活情趣完美地展现出来，具有朴素美和情韵美。

（二）语用倒装式设问大量出现

语用倒装式设问在先秦时期的诗歌中就已出现，但数量不多，而本时期诗歌中出现了大量的语用倒装式设问，所以将其视为一种传承中的发展。现列举典型用例如下：

（1）安能摧眉折腰事权贵，使我不得开心颜！（李白《梦游天姥吟留别》）

（2）日暮乡关何处是，烟波江上使人愁。（崔颢《黄鹤楼》）

（3）何人采国风，吾欲献此辞。（元结《舂陵行》）

以上例句皆为将问句前置的语用倒装式设问。其中，例（1）为对反诘问的倒装，问句前置之后突出了诗人愤世嫉俗、与世决绝的强烈情感，使语气更加坚定，后置的分句可视为问句发出的原因，作为对问句的语义补充出现。这种倒装既满足情感抒发的需要，又保证了语义的完整，因此兼有力量美和明晰美。后两例为特指问的倒装，目的在于传达内心的一种愿望，后面的分句不是对特指问的直接回答，而是将发问的原因作为的语义补充后置，这造就了一种非但未因没有答语而觉的语义残缺，反而多了一种余味无穷的蕴藉之美。

二、唐宋词体中的设问与审美

“词是隋唐之间新兴的一种合乐歌唱的诗体。所配的燕乐，杂‘胡夷、里巷之曲’，而以北朝隋唐传入的大量西域音乐为主。”[4](P181)“词改进了诗的句式过于严格以致死板、节奏过于整齐以致单调的不足，用各种长短句来表达深长、细腻、丰富的情感。”[4](P277)因此，词常被当作言情的诗体加以应用，并逐渐成为一种传统。宋词中流派众多，风格多样，就总体而论，主要有婉约、豪放、旷达、骚雅等，豪放旷达之词中的设问多具气势铿锵之美，婉约之词中的设问多具情韵灵动之美。加之词体特殊的文体特点，自然各种风格都兼具节奏美和朴素美。因此，宋词中设问的审美功能以灵动美或气势美为主，兼有朴素美和声韵美。在设问辞格的运用上，词体既利用了自身独特的语言风格和灵活的形式，又善于从其他文体中汲取精华，其审美功能具有一定的进步意义和鲜明的时代色彩。本时期词体中设问的审美价值主要体现在以下几个方面。

（一）形式标记发达

本时期词体中的设问为了与词体的文体特色相适应，使用了大量口语化色彩浓厚的形式标记，可从凝固型短语、形式标记连用和套用两个方面来看。

1. 凝固型短语

词体中产生的口语色彩浓厚的凝固型短语可根据其传达的言外之意来分类，表咏叹义的如特指数量的“几多、多少”，表无奈义的如“那堪、怎生”，表豪迈义的如“何妨”。

(1)细雨梦回鸡塞远。小楼吹彻玉笙寒。多少泪珠无限恨，倚栏杆。(李璟《浣溪沙》)

上例中划线句子为特指式设问，用特指数量的凝固型短语“多少”作为形式标记。“多少”为两个意义相反的形容词合成，虽特指数量，但用于零答句式问句中时，往往表达数量之多，此可视为语言运用中的一种不对称现象。将特指义虚化表达悲愁的情怀，是词人进行咏叹的一种手段，问句之后或无直接答语，或给出象征性回答，提问的目的仅在于传情，从而营造了一种沉郁美和隽永、蕴藉之美。

(2)多情自古伤离别，更那堪，冷落清秋节。(柳永《雨霖铃》)

(3)守着窗儿，独自怎生得黑。(李清照《声声慢》)

上两例均为反诘问，分别以凝固型短语“那堪”和“怎生”作为形式标记。其中，“那堪”意为“怎能承受/忍受”，“怎生”相当于“怎么”，二者皆常做疑问副词用，传达一种无可奈何之感，虽用于反诘问中，却无咄咄逼人的力量美，而多了一种凄婉之美。

(4)酒酣胸胆尚开张，鬓微霜，又何妨。(苏轼《江城子》)

上例中的划线句子为以凝固型短语“何妨”为形式标记的反诘问。“何妨”意为“又有什么关系”，常用于反诘问中传达一种满不在乎的豪爽情态。例中的“何妨”是对词人豪迈、从容和镇定之神气的完美诠释，具有一种旷达、超脱之美。

2.形式标记连用和套用

词体中的设问在形式标记连用和套用方面也体现出浓厚的口语色彩。

首先,连用方面的口语化主要表现为凝固型短语和语助词的连用。例如:

(1)黄金榜上,偶失龙头望。明代暂遗贤,如何向。(柳永《鹤冲天》)

上例划线句子为特指式反诘问,由凝固型短语“如何”与语助词“向”连用而成,意为“怎么办”。全句一共三个字,显得短促而随意,感情表露自然,毫无矫饰,十分符合口语的表达习惯,与前文一起形成长短句交错的抑扬顿挫之感,具有明晰美和节奏上的灵动之美。相对于诗歌严格的格律要求而言,具显出了词体得天独厚的传情写意功效。

其次,套用方面的口语化主要表现为疑问代词“何”与能愿动词“得”套用。例如:

(2)恐断红、尚有相思字,何由见得。(周邦彦《六丑》)

上例划线句子为疑问代词“何”与能愿动词“得”配套使用。疑问代词与能愿动词的常见搭配方式为连用,常常是出于文章表达凝练的需要,此处的套用实为未经连用时的原生态语言现象,显得更加自然,具有平易、晓畅之美。此外,这种用法十分具有现代意义,与现代汉语中常见的“何以见得”同理。

(二)组合设问大量使用

本时期词体在组合设问方面的突出审美价值主要表现为：一是好用特指问的排比式设问大量出现；二是于上、下阕同一位置设问构成广义二句组合设问。

1.排比式设问

本时期词体中有大量以特指问为主要构成要素的排比式设问，这一特点是对先秦时期排比式设问的传承。词体中的排比式设问通常将若干个特指问以并排列举的方式呈现，或间之以反诘问，问句之间多为单层语义关系，问句之后也多无答语，排比只为造就某种气势，抒写某种情怀。例如：

(1)断虹霁雨，净秋空、山染修眉新绿。桂影扶疏，谁便道、今夕清辉不足。万里青天，嫦娥何处，驾此一轮玉。寒光零乱，为谁偏照醽醁。(黄庭坚《念奴娇》)

(2)落日熔金，暮云合璧，人在何处。染柳烟浓，吹梅笛怨，春意几许。元宵佳节，融和天气，次第岂无风雨。来相召、香车宝马，谢他酒朋诗侣。(李清照《永遇乐》)

上两例划线处均为以特指问为主要构成要素的排比式设问。其中，例(1)由三个特指问直接组合，分别用疑问代词“谁”“何”特指人和地点，然而也并非实际询问，将特指问排比只为适境发表感慨，营造一种充满情趣的氛围，具有浓烈的情韵美。例(2)由两个特指问与一个反诘问直接组合，每一个问句都是应景而发，词人用三个无答之问为读者描绘了一幅带有几分哀思与愁怨的元宵晚景图，充满了凄清、婉约之美。同时,最后一问可视为对前两问的总结。如果说前两问重在绘景,最后一问则是将前文融入景中的情感汇集到了一起;但这并非突然爆发的强大力量,而是从第一问开始就用循序渐进的语调抒写凄婉,具有舒缓、从容之美。

2.独具特色的广义二句组合设问

本时期词体中出现了一种十分特别的组合设问,即由于在上、下阕同一位置设问而形成的广义二句组合设问。

(1)山抹微云,天粘衰草,画角声断谯门。暂停征棹,聊共引离樽。多少蓬莱旧事,空回首、烟霭纷纷。斜阳外,寒鸦万点,流水绕孤村。销魂。当此际,香囊暗解,罗带轻分。谩赢得青楼,薄幸名存。此去何时见也,襟袖上、空惹啼痕。伤情处,高城望断,灯火已黄昏。(秦观《满庭芳》)

(2)波不过横塘路。但目送、芳尘去。锦瑟华年谁与度。月桥花院,琐窗朱户。只有春知处。飞云冉冉蘅皋暮。彩笔新题断肠句。若问闲情都几许。一川烟草,满城风絮,梅子黄时雨。(贺铸《青玉案》)

上两例均于上、下阕同一位置设问,构成一个广义二句组合设问。例(1)为两个带有语义补充的特指式反诘问组成,例(2)为两个有象征性答语的特指式问答句组成。这种将两个问句遥遥相对的设问方式,使词的上、下阕在语义和语气上更加对仗,也加强了上、下阕之间的联系,使这种散文化和口语化色彩较浓的文体形散而神聚,增强了语言的凝聚力和整体性,因此具有对称美和均衡美。

（三）包孕式设问

所谓包孕式设问，即一个大问句中仍含有一个小问句，给人一种小问句被包裹在大问句之中的感觉。本时期词体中的包孕式设问数量很少，但仍是一种珍贵的语言现象，故此处单列出来进行说明。这种设问在词体中多作为零答句形式出现，意在传达一种难以言传的情思。例如：

（1）元嘉草草，封狼居胥，赢得仓皇北顾。四十三年，望中犹记，烽火扬州路。可堪回首，佛狸祠下，一片神鸦社鼓。凭谁问、廉颇老矣，尚能饭否。（辛弃疾《永遇乐·京口北固亭怀古》）

上例划线处为一个包孕式设问，其中，“廉颇老矣，尚能饭否”是“凭谁问”中“问”的内容，这就在一个大的问句中形成了两层语义结构关系，类似于转述时使用的结构。这种形式的设问生活气息浓郁，是对日常口语的一种实录性再现，而这恰好是词人情感的迸发处，于文学作品中以这种方式抒情，无疑使语言具有一种自然、朴素之美。

结语

设问辞格的审美价值在隋唐及宋时期获得了充分展现的平台，其背后有着深刻的社会文化动因。首先，唐朝统治者思想开明，所以各种社会思潮活跃，文人思想也比较开放，较少禁忌，表现在文学作品中就为本时期设问中朴素、平易、灵活的审美特色奠定了基础。其次，道教在唐朝被奉为国教，文人们的思想中大多有隐逸色彩，这为本时期设问中抒发的激昂奋发之感，展现在形式上的气势之美，以及于字里行间流露出的超脱、旷达之美奠定了思想上的基础。再次，文学运动的高涨促进了设问审美的发展，一是由白居易、元稹倡导的新乐府运动，二是以韩愈、柳宗元为领袖的古文运动。同时，西域少数民族乐曲及外国音乐大量传入，并逐渐形成了独具特色的隋唐燕乐，而词正是应这类乐曲所生的长短错落、抑扬婉转的歌词，这造就了词体中设问语言的节奏、声韵之美。因此，唐宋诗词中设问辞格的审美特点具有鲜明的时代特色。

参考文献：

[1]陈望道.陈望道学术著作五种[M].上海：复旦大学出版社，2005.

[2]童庆炳.维纳斯的腰带——创作美学[M].北京：中国人民大学出版社，2010.

[3]杨伯峻，何乐士.古汉语语法及其发展[M].北京：语文出版社，1992.

[4]郭预衡.中国古代文学简史[M].北京：首都师范大学出版社，1992.

原载于《阜阳师范学院学报》(社会科学版)2013年第3期，署名张艺娇、张春泉

第二篇

近代文学话语的设问辞格

元杂剧中的典型设问及其语用价值

戏剧作为一种文体，既有小说语言的自然、朴素，又有诗词歌赋语言的韵律、节奏，并将上述特点融合，形成了鲜明的文体特色。与小说类似，戏剧中的设问也主要用于人物对话之中来帮助人物形象的塑造。不同之处在于，戏剧中既有对话又有唱词，唱词一般为独白式抒写情怀，因此用到设问的地方也很多。

我们关于“设问”的界定从陈望道的《修辞学发凡》：“胸中早有定见，话中故意设问的，名叫设问。这种设问，共分两类：(一)是为提醒下文而问的，我们称为提问，这种设问必定有答案在它的下文；(二)是为激发本意而问的，我们称为激问，这种设问必定有答案在它的反面。”[1]这一界定显然从宽，实际上包括一般所说的设问和反诘，其在书面表达形式上既可缀以问号，亦可是感叹号(惊叹号)。本文所说的“典型设问”主要是指元杂剧中新出现的较为特殊的设问，这些设问可谓本色当行。

本文语料主要采自《元人杂剧选》[2]及《西厢记》[3]，参阅《新校元刊杂剧三十种》[4]。元杂剧中的设问有其特殊形式标记。举隅如下。

一、典型形式标记举隅

元杂剧中的设问抛弃了大量传统设问的形式标记，通过广泛吸纳、消化和发展，形成了一系列口语化色彩极为浓厚、更有利于传情达意的表达方式，其中较典型的形式列举如下。

（一）零标记（无疑问标记）设问出现

元杂剧中出现了一些无疑问标记的设问，即句中既无疑问代词或疑问副词，又无表疑问语气的语气词。如去掉句末作为书面标记的问号或感叹号，一般无法从句子本身获得其传达的真实信息。这种形式的设问显然是对现实口语的一种实录性采撷，体现了言文关系和谐化的发展趋势。例如：

(1)（卜儿哭上科云）天哪，兀的不是我媳妇儿！（关汉卿《感天动地窦娥冤·第三折》）

(2)（屠岸贾上云）某屠岸贾，只为公主怕他添了个小厮儿，久以后成人长大，他不是我的仇人？（纪君祥《赵氏孤儿大报仇·第一折》）

(3)且住，城里人耳目广，口舌多，倘见我讨毒药，可不嚷出事来？我前日看见南门外有个药铺，此处冷静，正好讨药。（关汉卿《感天动地窦娥冤·第二折》）

上三例中划线处均为无疑问标记的设问。例(1)意为“这不是我媳妇儿吗”？与前面的叹词一起传达出一种惊讶之意，惊讶之中更多的是内心的不敢或是不愿意接受，以感叹的语气发问更显出人物的情辞激切。正因为情绪激动，故其所言才无形式上的曲折，必以真切、自然的原生态语言展现出来。例(2)中的问句以测度的语气发出，传达的是内心的一种担忧。此处实为转述“公主”的心理活动，心中所想直接表现于语言便无暇顾及形式上的工整与否了。例(3)划线处的设问实则构成一假设复句形式。以上三例中的问句都突破了形式上的束缚，表现了人物的自然语言状态，口语化色彩十分浓厚，质朴而真切。

（二）非疑问代词或副词虚化为形式标记

为了适应表达口语化和传情自然的需求，剧作家们还于设问中使用了一些本非疑问标记的副词、动词或助词虚化而成的形式标记。其中较典型的有：能愿动词“敢”意志上的能动义虚化，与判断动词“是”凝结为反诘副词；趋向动词“来”虚化为语气词；用于陈述句表确定意义的语气词“的”活用为表疑问语气的语气词，或于句末配合反诘副词，或与疑问代词/疑问副词连用为疑问标记；或用兼表“果然、的确”和“究竟”义的副词“端的”。例如：

(1)(孤云)是哪一个下的毒药？(正旦云)不干小妇人事。(卜儿云)也不干老妇人事。(张驴儿云)也不干我事。(孤云)都不是，<u>敢是我下的毒来？</u>(关汉卿《感天动地窦娥冤·第二折》)

(2)(刽子手云)<u>难道你爹娘家也没的？</u>(关汉卿《感天动地窦娥说·第三折》)

(3)<u>想他家与咱家，有甚的亲和戚？</u>怎不记旧日夫妻

情意，也曾有百纵千随？（汉卿《感天动地窦娥冤·第二折》）

（4）（刽子手云）你的性命也顾不得，怕他见怎的？（关汉卿《感天动地窦娥冤·第三折》）

（5）（张驴儿云）你敢是不肯，故意将钱钞哄我？（关汉卿《感天动地窦娥冤·第一折》）

（6）端的是卿眇目，他双瞎？便宣的八百姻娇比并他，也未必强如俺娘娘带破赚丹青画。（马致远《破幽梦孤雁汉宫秋·第一折》）

例（1）划线处以反诘副词“敢是”与语气词“来”配套为形式标记。例（2）以反诘副词“难道”与语气词“的”配套为形式标记。例（3）以疑问代词“甚”与语气词“的”连用为形式标记，表虚无义。例（4）以疑问副词“怎”与语气词“的”连用为形式标记，相当于“难道”。例（5）单用“敢是”，且其前有第二人称代词“你”。例（6）用“端的”，以选择问的形式呈现。以上六例和传统的设问相比，都在形式上有了一定的突破。这些表达方式生活化，口语化色彩更浓，更能贴切地描绘人物形象，因此具有自然、朴素之美。这跟“甚么”等疑问标记相比较而言，更值得注意。例如：

（7）（卢医云）来到此处，东也无人，西也无人，这里不下手，等甚么？（关汉卿《感天动地窦娥冤·第一折》）

相对于特殊疑问标记，上例的疑问标记“甚么”即较为平易寻常。

（三）变式结构

这里所说的变式结构主要包括句法成分的易位和省略。例如：

（1）我死后，墓顶上谁定远乡牌？灵位边谁咒生天界？（康进之《梁山泊李逵负荆》）

（2）【柳叶儿】眼见的有家来难奔，畅好是短局促燕尔新婚。莫不我尽今生寡凤孤鸾运？你可也曾量忖，问山人，怎生的不拣择个吉日良辰？（石君宝《鲁大夫秋胡戏妻》）

例（1）中主语“谁”后置。例（2）目的状语省略。

当情辞激切之时，往往需要两问连发，但若保持完整的句式，形式标记的束缚往往会影响感情释放的程度，此时就需要形式简约、语速加快的省略式结构作为抒情方式。此外，也具叙事性的散曲亦有其例：

（3）【庆宣和】投至狐踪与兔穴，多少豪杰！鼎足虽坚半腰里折，魏耶？晋耶？（马致远《双调夜行船·秋思》）

上例划线句子意为“汉末魏蜀吴三国鼎立，却历时短暂，终皆归于晋，更何况魏晋的命运又怎么样呢”？两个问句均为仅留关键部分的省略式结构，以这种极简约的形式两问齐发，具有突出的力量之美。使用同形语气词，具有散曲突出的声韵之美，这种省略形式与前面紧缩式转折复句在语速上相协调，具有和谐之美。

（四）问句之后附有追加形式

当单纯发问不足以表达人物胸中积郁的情感时，作者往往紧接问句之后设一叹句或陈述句作为语义补充，以续胸中未了之音。例如：

(1)【倘秀才】本待闲散心追欢取乐，倒惹的感旧恨天荒地老。怏怏归来凤帏悄，甚法儿、捱今宵？懊恼！(白朴《唐明皇秋夜梧桐雨》)

(2)【圣药王】他每不识忧，不识愁，一双心意两相投。夫人得好休，便好休，这其间何必苦追求？常言道“女大不中留”。(王实甫《崔莺莺待月西厢记·拷红》)

上两例中问句之后的句子皆为对问句所做的语义补充。例(1)中的问句传达的是一种无可奈何之感，紧接着描述情绪状态的叹句对这种无奈之感做进一步强调。例(2)中的问句实为劝解之辞，后面的陈述句作为支撑其观点的依据出现，使其劝说显得更有说服力。两例都于问句之后增设语义补充，但丝毫没有赘余之感。如将其去掉，便会给人一种意犹未尽之感。因此，这种表达方式既帮助了情感的传达，又保证了语义的完整，兼有明晰美与和谐美。

二、语用功能

杂剧中的人物语言(尤其是唱词)具有极强的抒情性，为了满足各种抒情需要，作者所采用的抒情方式也呈现出多样化的特点，现对几种特点突出的方式进行说明。

（一）单一语用功能设问的呼告式传情

当剧中人物的感情积聚到一定程度而无法释放的时候，就需要一个倾诉或发泄的对象。由于所抒发的感情常常无法在现实中找到合适的寄托，所以这种对象多为虚拟的，是剧中人物赋予其生命。例如：

（1）【滚绣球】有日月朝暮悬，有鬼神掌着生死权，天地也，只合把清浊分辨，可怎生错看了盗跖颜渊？为善的受贫穷更命短，造恶的享富贵又寿延。天地也，做得个怕硬欺软，却原来也这般顺水推船。地也，你不分好歹何为地？天也，你错堪贤愚枉做天！哎，只落得两泪涟涟。（关汉卿《感天动地窦娥冤·第三折》）

（2）（末云）天，你有万物于人，何故争此一日？（王实甫《崔莺莺待月西厢记·第三本·第二折》）

（3）婆婆也，我若是不死呵，如何救得你？（关汉卿《感天动地窦娥冤·第二折》）

以上前两例划线处均为以天或地为抒情对象的设问，直呼天地发问，使其情感有了明确的接受者，情感迸发更为猛烈、直接，其传达的都是责备或怨愤之意。尤其是例（1），是对天地的一种控诉式反诘，感情之强烈，可撼天动地，具有突出的力量美。同时，此问亦是一种对命运和社会的哀叹，于一问中包含多种含义，故兼具婉曲、蕴藉之美。例（3）回到普通人伦，设问前呼告“婆婆也”，凄婉动人。以上各例均取得了完美的语用价值。

（二）复合语用功能的组合设问传达复杂感情

组合设问作为一种独特的传情方式，亦赢得了剧作家的青睐，其中较为独特的组合方式是将两个传达不同言外之意的设问直接组合，从而实现多种情感交织的表达效果。例如：

(1)（旦见夫人科）（夫人云）莺莺，我怎生抬举你来，今日做这等的勾当，则是我的孽障，待怨的谁是！我待经官来，辱没了你父亲，这等事不是俺相国人家的勾当。罢罢罢！谁似俺闺女的不长进！红娘，书房里唤将那禽兽来！（王实甫《崔莺莺待月西厢记·拷红》）

(2)（红唤末科）（末云）小娘子唤小生做什么？（红云）你的事发了也，如今夫人唤你来，将小姐许配与你哩。小姐先招了也，你过去。（末云）小生惶恐，如何见老夫人？当初谁在老夫人行说来？（王实甫《崔莺莺待月西厢记·拷红》）

(3)为甚么泪漫漫不住点儿流？莫不是为索债与人家惹争斗？我这里连忙迎接慌问候，他那里要说缘由。（关汉卿《感天动地窦娥冤·第一折》）

(4)（卜儿云）你老人家不要恼躁。难道你有活命之恩，我岂不思量报你？只是我那媳妇儿气性最不好惹的，既是他不肯招你儿子，教我怎好招你老人家？我如今拼的好酒好饭，养你爷儿两个在家，待我慢慢的劝化俺媳妇儿。待他有个回心转意，再作区处。（关汉卿《感天动地窦

娥冤·第一折》)

(5)婆婆也,我这寡妇人家,凡事也要避些嫌疑,怎好收留那张驴儿父子两个?非亲非眷的,一家儿同住,岂不惹外人谈议?婆婆也,你莫要背地里许了他亲事,连我也累做不清不洁的。我想这妇人心,好难保也呵!(关汉卿《感天动地窦娥冤·第二折》)

以上诸例中划线处均为表不同言外之意的两个或两个以上的设问组合而成的组合设问。例(1)中的三个问句可看作一个广义组合设问,前两个问句分别传达责备和无奈之意,后一问句中同时杂有责备与无奈两种情感。这种从责备到无奈,再到两种情感交织的变化,符合一个母亲在犯错的女儿面前的正常情感轨迹。三个传达不同感情的设问,将又爱又怨的复杂情感清晰地展现在读者面前,且丝毫感觉不到冲突,只有与人的真性情相符合的和谐,故此例兼有明晰美、和谐美和神肖美。例(2)中的两个问句分别具无奈和责备之意,不知所措是"张生"听到"老夫人"召唤之后做出的第一反应,在身处无奈之境时就将矛头指向了"红娘"。这种情感的变化是对人身处窘境时情感状态的自然描摹,毫无雕琢之痕,因此具有朴素美和神肖美。例(3)划线的两个组合设问构成因果关系,其中因果呈倒置型,前一个设问为结果,后一个设问表原因,如此表达精警动人,耐人寻味。例(4)通过设问组合,所传达的感情更为强烈复杂,饱含无可奈何、愤懑、无助等。类似地,例(5)通过疑问副词"怎"和"岂"引导的两个设问直接组合,并配合"婆婆也"的呼告,感天动地。

此外,元杂剧、南戏中的唱词和散曲均以诗词的形式呈现,其运用的设问也就具备了诗词的声韵、节奏之美，再与其传达的各种情感相调和，顿觉情辞婉转，于是情韵之美油然而出，语用价值尽显。例如：

(6)【正宫】【端正好】碧云天，黄花地，西风紧，北雁南飞。晓来谁染霜林醉？总是离人泪。(王实甫《崔莺莺待月西厢记·长亭送别》)

(7)【玉包肚】千般生受，教奴家如何措手？终不然把他骸骨，没棺椁送在荒丘？(高明《琵琶记·第二十》)

(8)【梁州第七】这一个似卓氏般当垆涤器，这一个似孟光般举案齐眉，说的来藏头盖脚多伶俐！道着难晓，做出才知。旧恩忘却，新爱偏宜；坟头上土脉犹湿，架儿上又换新衣。那里有奔丧处哭倒长城？那里有浣纱时甘投大水？那里有上山来便化顽石？可悲，可耻！妇人家直恁的无仁义。(关汉卿《感天动地窦娥冤·第二折》)

以上例句中划线处均为声韵和谐的设问用例。例(6)中的设问为特指式反诘问与陈述句构成的问答句，尾字押韵。此处的问答并非单纯的传达信息，主要目的在于传情。问句是人物心中离情的高涨之处，答句是一种哀叹，亦为人物在现实面前的暂时妥协。此处设问在整体上体现出人物情绪的张弛之感。例(7)在形式上为两个反诘问直接组合，实为反诘问与测度问构成的问答句，且尾字押韵。前一问传达的是夹杂责备的无奈之意，后一问是用测度语气针对前一问句提出的一种方案。但此方案并无可行性，正是这种全无可行性的方案进一步突出了人物所处的无奈之境。虽在语义上有问答关系，实则为胸中积郁的双重强调。例(8)划线处为三个设问的直接组合，其字数一样，音节相应相称，“那里”三次复现，动人心弦。上述设问都以韵律和谐的形式抒写情怀，具有突出的情韵之美。

从戏剧来看，这种新兴文体在人物形象的塑造和语言的运用上与小说具有极大的相似之处，也主要将设问辞格用于人物对话之中以展现其独特的性格特点，且用语简洁、直白，体现出朴素美和神肖美。其独特之处在于杂文、白两种语体特点于一体。杂剧和南戏中的唱词和散曲借鉴了诗词的形式特点，极富声律之美，与复杂情感相融则体现出浓重的情韵美。同时，受特殊时代背景的影响，设问多用于抒发对社会现实的谴责或于困境之中的无奈，因此力量美尤为突出，这些都具有“本色当行”的语用价值。

参考文献：

[1]陈望道．修辞学发凡[M]．上海：上海教育出版社，2001．

[2]顾学颉．元人杂剧选[M]．北京：人民文学出版社，1998．

[3]王实甫．西厢记[M]．张燕瑾校注．北京：人民文学出版社，1995．

[4]徐沁君．新校元刊杂剧三十种[M]．北京：中华书局，1980．

原载于《湖北师范学院学报》(哲学社会科学版)2016年第2期，署名张春泉、张艺娇

元明清散文的设问辞格及其审美价值

我们关于“设问”的界定从陈望道《修辞学发凡》。陈望道的《修辞学发凡》着眼于发问的目的，将设问分为两类：一为提问，即为提醒下文而问，其必定有答案在它的下文；二为激问，即为激发本意而问，其必定有答案在它的反面。沈谦在《语言修辞艺术》中也对设问进行了同样的分类，只是解说略有不同：一为提问，自问自答，先提出问题，引发对方好奇与注意，再自行作答；二为激问，问而不答，以问句表达确定意思，答案必在问题的反面。显然，我们此处所探讨的是广义的设问，其中，“提问”即所谓的狭义的设问，“激问”即通常所说的反诘问。

设问在语言运用过程中体现出来的审美功能主要有以下五种：一是动态美，设问所具有的动态美是一种蕴含着静态美和浓厚思辨色彩的特殊的美的形态；二是朴素美，设问由于特殊的语言表达需要而生，语气、声调应和作者意欲抒发的思想感情，文章的轻重缓急与意义相调和，自然而简朴；三是力量美，设问是重要的传情手段，使用设问辞格的多位于感情蓄积待发处，感情的强烈使其力量动人；四是节奏美，设问在具体使用过程中常常是张弛结合，询问句与反诘问构成的问答式颇为普遍，多个反诘问构成的排比问之后也往往有一个陈述句做解释说明，于是文章便有了抑扬顿挫的节奏之美；五是均衡美，设问的形体即问与答是一对相互对立的形式，问句和答语在语义上互相呼应，彼此渗透，相互牵连而共同表达一个完整内容，因而体现了一种均衡美。

元明清时期的散文主要有论说文、传记文、寓言散文和小品文。本时期散文中设问的审美特点为以朴素美、均衡美为主，兼具情韵美等，主要通过丰富的语义逻辑关系及语气类型、结构特殊的设问和突出的过渡作用表现出来。

一、元明清散文设问的语义逻辑关系及语气类型

元明清散文中设问在语义逻辑关系及语气类型方面的新发展主要表现在选择式设问、假设式设问、递进式设问和一般条件式设问中，同时还新增了一种类型，即比较式设问。

（一）选择式设问

本时期选择式设问的突出特点是于问句中设置多项选择的问答句。例如：

（1）然则此画果真邪？幻邪？幻者而同于真邪？真者而托于幻邪？斯二者，盖皆有之。（薛福成《观巴黎油画记》）

上例划线句子为以选择问充当问句的问答句。此处的问句中包

含多项选择，选项之间并无选择连词衔接，唯一的形式标记是每个子句末尾的疑问语气词，其不仅在形式上更加简洁，而且选项之间的联系靠语义和语气维持，给人一种形散神聚之感，使文章既有娓娓道来的从容之美，又有突破形式束缚的朴素之美。同时，作者以测度的口吻穷尽了可能出现的所有选项，紧接着又给出了测度式的回答，因此在问句与答句之间有一种均衡、和谐之美。

（二）假设式设问

本时期假设式设问的突出特点是假设条件在形式上省去了假设连词，更符合日常用语的特点。例如：

（1）呜呼，痛哉！早知诀汝，则予岂肯远游？即游，亦尚有几许心中言，要汝知闻，共汝筹画也。（袁枚《祭妹文》）

上例划线句子为假设式设问，其假设条件并无假设连词作为形式上的标志，只能靠语义来识别，省去了假设连词之后使发语更直接，语调也更为急促，与前文的哀叹之辞衔接自然。后一分句句首用顺承连词“则”，是作者感情缓和下来语调略微平静的标志。从后文对问句的补充说明可知，作者此时已恢复了理性思考。这种表达方式是对情感发展轨迹的完整再现，既有极度悲痛而发自胸腔的力量美，又有传情自然的朴素美。

（三）一般条件式设问

本时期散文中一般条件设问的形式标记更加完备，作为一般条件的分句中有了明显的形式标记，如“既”，已与现代汉语中的“既然”具有相同的作用。“既”在前几个时期更普遍的用法是作为假设连词出现:“《古书虚字集成》:‘既,犹若也。’”[1]而假设连词的聚合在不断丰富,本时期以及后世都将“既”作为一般条件的典型标记,此可视为形式标记在功能上的再分配。

(1)夫学者既以多读书识义理障其童心矣,圣人又何用多著书立言,以障学人为耶?(李贽《童心说》)

(2)至天都侧,从流石蛇行而上。攀草牵棘,石块丛起则历块,石崖侧削则援崖。每至手足无可著处,澄源必先登垂接。每念上既如此,下何以堪?终亦不顾。(徐宏祖《游黄山日记》)

上两例中划线处均为前一分句用连词“既”标记一般条件的反诘问。有了明显的形式标记之后,无论是在形式上还是语义上都更能突出现实条件给作者带来的影响,紧接着发出的反诘问也有了更扎实的依据,作者也更能在观点或情感上实现与读者的互动与共鸣,因此具有明晰美和动态美。

(四)比较式设问

“比较问句是在A、B(或更多对象)中进行比较,询问两者相比怎么样。在A与B之间常用‘何如’‘何与’‘孰与’等词组。”[2]比较式设问即在形式上具有比较问特点的问答句(包括零答句形式)。本时期散文中出现的比较式设问为使用词组“何如”表比较义的设问。例如:

(1)立一不肖后如西铭先生,为人所诟笑,何如不立之为愈耶?(夏完淳《狱中上母书》)

上例划线处为以凝固型词组"何如"与疑问语气词"耶"配套为形式标记的反诘问。"何如"的询问意味在此处已被虚化，表面上是将"立"与"不立"进行比较式询问，实则意在传达"立"比"不立"更为严重的确定立场，属委婉表意。同时，比较问的典型结构是将比较项分别置于词组左右两边，形成一种对举，而此问承前省略了"立"这一比较项，在形式上具有简洁、凝练的特点。因此，此问兼有婉曲美和朴素美。

二、元明清散文中结构特殊的设问

（一）复合式设问

复合式设问于秦汉魏晋南北朝时期的骈文中开始出现，本时期散文中出现的复合式设问继承了这种结构，在具体运用中则体现出一定的进步意义。具体可分为两种情形：一是由发语词统领的两个互相对仗的测度问复合，二是由句末语气词统领的两个递进式设问复合。例如：

（1）今夫配虎符、坐皋比者，洸洸乎干城之具也，果能授孙吴之略耶？峨大冠、拖长绅者，昂昂乎庙堂之器也，果能建伊、皋之业耶？（刘基《卖柑者言》）

上例为发语词"夫"引导的两个测度问的复合。构成复合结构的两个问句在句子结构和语气上都相同，具有对偶式设问的整齐美和对称美。同时，有了发语词"夫"的统领，使两个问句在形式和内容上都具有了一种系统性，因此兼有结构和思维上的缜密美。

(2)故吾因是而有感于童心者之自文也，更说什么六经，更说什么《语》《孟》乎！(李贽《童心说》)

上例划线处为句末语气词“乎”统领的两个递进式设问的复合。本例中作为构成要素的两个问句亦能在结构和语气上形成对偶，但与例(1)略有不同，两句同用一个语气词，使问句之间的联系更加紧密，也加快了语流速度，随之迸发出强烈的力量。同时，以这种形式呈现的复合问在形式上更简洁，也更生活化，从而更容易实现与读者的互动。故此问兼有力量美、朴素美和动态美，能于论说文中以这种方式传达观点，实属难得。

(二)包孕式设问

本时期散文中出现的包孕式设问在形式和语义上都表现为“全包围结构”，即一个问句被另一个问句完全包孕。例如：

(1)今余幸得解官称吴客矣。虎丘之月，不知尚识余言否耶？(袁宏道《虎丘记》)

上例划线句子为测度问包孕比较问的设问。此问在整体上是一个测度问，虽无表测度语气的副词作为形式标记，但具有先秦时期就已出现的典型传达测度语气的句式，即“不知……耶？”。卸去这一框架之后，本句便突出了被包孕其中的比较问“尚识余言否”。此问以否定词“否”作为形式标记，全句意为“不知道它是否能够记住我的话呢？”。这种设问具有突出的结构上的系统性和思维上的缜密性，曲折表意而不影响信息的完整传达，因此兼有缜密美和婉曲蕴藉之美。

三、元明清散文设问：作为发达的过渡手段

本时期散文中设问充分发挥了承上启下的过渡作用，可根据位置分为段首、段中、段尾三种情形。其中，位于段首发端为较常见的过渡方式。

（一）段首

位于段首发端的设问或为以询问句充当问句的问答句，或为反诘问，两者的共同之处在于其后一整段文字都可作为该问所涉内容的解释说明。例如：

(1)愚所谓圣人之道者如之何？曰"博学于文"，曰"行己有耻"。(顾炎武《与友人论学书》)

(2)夫庸人乌能扰天下哉？(廖燕《明太祖论》)

上两例均为位于段首发端的设问，例(1)为问答句，例(2)为反诘问。两句虽然在形式上有别，但都于篇章中具有承上启下的作用，有利于文气的畅达，因此具有流畅美。同时，这种以问句发端的方式能引发读者的思考和联想，便于作者与读者之间的互动，从而有利于获得读者的认同，因此兼具动态美。

（二）段中

位于段中的过渡型设问往往以组合设问的形式出现，多为前一问句用反诘语气表明观点，后一问句在反诘问的基础上用询问语气引出下文。例如：

（1）童子者，人之初也；童心者，心之初也。夫心之初曷可失也！然童心胡然而遽失也？（李贽《童心说》）

上例划线处为反诘问与特指问直接组合的设问。作者于前一分句用反诘语气突出观点，已是一种强调，再于此基础上提出询问，从而引出进一步说明。两问虽在语气上相互冲突，但在语义上衔接紧密，于两问之间体现出一种均衡美。同时，两问并举具有更强的诱导作用。一个问句已能引发读者的思考，两问并举更是发人深省，具有十足的思辨之美。

（三）段尾

位于段尾的设问有单一问和组合问两种，无论是哪种情形，最后一问都为无答式询问句，且通常有明确的接受者。

（1）今余幸得解官称吴客矣。虎丘之月，不知尚识余言否耶？（袁宏道《虎丘记》）

（2）汝死我葬，我死谁埋？汝倘有灵，可能告我？（袁枚《祭妹文》）

上例中，例（1）中的问句位于全文的末尾，例（2）中的问句位于自然段的末尾。由于位于末尾，其后再无答语，而问句中又突出了明确的接受者，故不能说问句是为读者而发，从而造成一种表意直露与余味无穷相交织的效果，既有简洁美，又有蕴藉美。

本时期的散文扩大了设问的适用范围，以往散文中设问的审美价值主要体现在行间，而本时期则将其用于篇章文气的畅通，使其流畅美不仅体现于字句，且扩大到篇章。同时，小品文的出现也使设问有了更广阔的用武之地。作者用设问抒写对生活的热情或摘录生活的情趣，所使用的也是个性化色彩十分浓厚的语言，具有突出的朴素美和情韵美。

参考文献：

[1]易孟醇.先秦语法[M].长沙：湖南大学出版社，2005.
[2]杨伯峻，何乐士.古汉语语法及其发展[M].北京：语文出版社，1992.

原载于《语文知识》2013年第1期，署名张艺娇、张春泉

第四篇

现代文学话语的设问辞格

现代诗歌中设问及其审美价值

语言与诗有着内在的天然的不可割裂的关联。诚如朱光潜所言:“诗是最精妙的观感表现于最精妙的语言。”[1](P308)现代诗歌语言的研究亟待加强,当前相关研究成果并不丰硕,在“中国知网”上的检索结果或可在某种意义上说明这一点——搜索题名含有“现代诗歌语言”的文献仅得17条结果(操作时间:2015年12月4日18时)。其中代表性的文献有:张卫中的《大陆与台湾后现代诗歌语言比较论》[2]、周晓风的《现代诗歌语言的艺术转换》[3]、胡峰的《口语入诗的艰难之旅——对现代诗歌语言特征的一种考察》[4]、欧阳骏鹏的《现代诗歌语言研究的基本路径》[5]。另有4篇硕士论文:马飞鹏的《现代诗歌语言的量词研究》[6]、周辉的《现代诗歌语言语音研究》[7]、张庆艳的《现代诗歌语言的词汇研究》[8]、李茜的《现代诗歌语言的语义偏离研究》[9]。以上文献或者主要着意于诗歌语言的宏观探索,或者从语法学、语音学、词汇学、语义学的视角专题考察现代诗歌语言。我们以为,还可以从修辞学、语用学、美学的角度综合协同研究现代诗歌语言。这里,我们以现代诗歌中的设问作为切入点,以传统诗歌语言作为潜在的参照系，探讨现代诗歌语言的某些艺术特征。

现代诗歌中的设问在个性化和抒情性方面赢得了空前广阔的天地，其在审美价值方面也取得了较大的发展，这种发展几乎是革命性的，因此是全新的发展。我们关于“设问”的界定从陈望道《修辞学发凡》：“胸中早有定见，话中故意设问的，名叫设问。这种设问，共分两类：（一）是为提醒下文而问的，我们称为提问，这种设问必定有答案在它的下文；（二）是为激发本意而问的，我们称为激问，这种设问必定有答案在它的反面。”[10](P134)这一界定显然从宽，实际上包括一般所说的设问和反诘，它在书面表达形式上既可缀以问号，亦可是感叹号（惊叹号）。

现代诗歌中的设问在语义逻辑关系及语气类型方面有其特点，主要集中表现在选择式设问和测度式设问中。现代诗歌中的设问在能指形式的语句和语篇等层级上灵活多样、俯仰生姿，主要通过选择式设问、测度式设问、语用倒装式设问、组合设问、诗节末尾设问显示出来。现代诗歌中设问传达蕴涵丰富的言外之意，因设问语言机制具有较强的可领会性，其蕴涵的言外之意是一种从容的羡余。

一、灵活多样的能指形式

现代诗歌中的设问在能指形式的语句和篇章等层级上灵活多样、俯仰生姿，主要通过选择式设问、测度式设问、倒装式设问、诗节组合设问、诗节末尾设问显示出来。现代诗歌中的设问在语义逻辑关系及语气类型方面有其特点，主要集中表现在选择式设问和测度式设问中。概括地说，其灵活多样的能指形式包括两个大的方面，即设问的语句组构形式和篇章分布形式。

（一）设问的语句组构形式

现代诗歌的设问着眼于语句自身，伴随相应的语气，其组织结构形式主要有选择式、测度式、倒装式等类型。

1. 选择式设问

选择式设问于现代诗歌中得以自由运用。由多项选择构成的选择问一般出现于其他文体之中，且多于心中有预设的接受主体，具有强烈的互动性。古诗受其格式特点的限制，不可能使用多项选择问。现代诗歌由于摆脱了大量形式上的束缚，其作品中出现了这种设问，但诗人往往只是肆意发问，并无明显的接受主体，也并不需要真正做出选择。例如：

> 我们欢唱，我们翱翔。我们翱翔，我们欢唱。一切的一，常在欢唱。一的一切，常在欢唱。是你在欢唱？是我在欢唱？是他在欢唱？是火在欢唱？欢唱在欢唱！（郭沫若《凤凰涅槃·凤凰更生歌》）

上例划线句子为四个测度问构成的多项选择问与感叹句组成的问答句。诗人将四个选项并列，并非要得到确切的回答，目的仅在于造成一种气势，将其作为释放激情的一种方式。此问以穷尽性列举的方式发问，是为后面叹句的发出做语义上的铺陈，诗节末尾的感叹句将前面列出的选项一举否定，以欢呼式的语气喊出答案，铿锵有力，体现了一种情态上的力量美。诗人以此独特的方式诠释了欢快的心情，我们读至此处也会产生一种全世界都在欢唱的感觉，其具有较强的心理现实性。[11](P18)或者说，此问不仅形象地传达了诗人自己的情绪状态，而且感染了读者，因此兼具生动、形象的灵动美。

2. 测度式设问

现代诗歌中出现了一种除书面标点以外无其他形式标记的测度式设问，且位于诗节的开端，发挥着承上启下的过渡作用。例如：

在榆荫下的一潭，不是清泉是天上虹；揉碎在浮藻间，沉淀着彩虹似的梦。/寻梦？撑一支长篙，向青草更青处漫溯；满载一船星辉，在星辉斑斓里放歌。（徐志摩《再别康桥》）

上例划线处为无书面标点以外疑问标记的测度式设问。此问位于整节诗的开端，承接上一诗节末尾处的意象发问，同时也是对本节诗内容的一种概括，其后所有的诗句都围绕“寻梦”这一主题展开，所以具有承上启下的过渡作用，增添了诗歌的流畅美。同时，对下文概括式的发问也使诗节具有了系统性和整体性，具有结构、思维上的缜密美。以测度的方式发问，并将整节诗作为其象征性答语，还有一种意境上的朦胧美。

3. 倒装式设问

现代诗歌继承了语用倒装式设问这种为了满足特殊语用需要而产生的特殊表达方式，但在运用上有了较大的变化。前几个时期诗歌中的语用倒装式设问多为复句中两个分句倒置，而现代诗歌中则是将一个单句的两个部分倒置。例如：

“女郎，A. 在哪里，女郎？ B. 在哪里，你嘹亮的歌声？C. 在哪里，啊，勇敢的女郎？”黑夜吞没了星辉，这海边再没

有光芒；海潮吞没了沙滩，沙滩上再不见女郎，——再不见女郎！（徐志摩《海韵》）

上例划线处的三个特指问均为将谓语部分前置的语用倒装式设问。例句中三问均以特指处所的疑问代词“哪里”为形式标记，表面上是询问处所，实则传达的是内心对“女郎”的呼唤和思念，是发乎心灵深处的一种召唤，因此将谓语部分前置就显得十分自然，贴合了情感抒发的需要，因此具有朴素美。同时，三问在句式、语气和语义上都趋同，所以还具有和谐美。此外，C句在被拆分开的两部分之间插入了叹词“啊”，更突出了句子形式上的灵活变化，具有一种灵动、跳跃之美。

（二）设问的篇章分布形式

现代诗歌中的设问，除了设问自身的语句能指形式，其在篇章（这里尤指诗节）中的分布形式也值得关注。

1. 诗节组合设问

现代诗歌在组合设问方面的发展主要表现为出现了由问句构成的诗节，可在整体上视为一个大的排比问。例如：

宇宙呀，宇宙，A. 你为什么存在？你自从哪儿来？你坐在哪儿在？B. 你是个有限大的空球？你是个无限大的整块？C. 你若是有限大的空球，那拥抱着你的空间/他从哪儿来？你的外边还有些什么存在？你若是个无限大的整块，这被你拥抱着的空间/他从哪儿来？你的当中为什么又有生命存在？D. 你到底还是个有生命的交流？你到

底还是个无生命的机械？（郭沫若《凤凰涅槃·凤歌》）

上例划线处为一个大的排比式设问，又可分为四个部分。其中，A为三个特指问直接组合而成的排比式设问；B为两个测度问直接组合而成的对偶式设问，又可整体上作为一个选择式设问；C为两个大的假设式设问组合而成的二句组合设问；D的结构与B类似。这四个部分并不是截然分开的，它们之间有着内在的语义联系：A从总体上进行发问；B为进一步发问，问句中已开始有了具体的猜想；C是对B中两个问句的分述式追问；而D又回到了刚开始充满疑惑的状态，与A形成对应，但不再是盲目发问，由询问变成了二选一的选择问。所以，从结构形式上来看，此问具有首尾照应的和谐美、结构严谨的缜密美以及“问句狂潮”带来的气势美。从内容上来看，诗人将设问与拟人辞格相结合，把“宇宙”预设为一个有生命的对话主体，将自己回归到最初级的状态，以这种“问句狂潮”传达对于世界的惶惑，突出了纯真之美。从表达方式上来看，诗人将这些问句作为一种情绪发泄的方式，用整节疯狂发问又无解答，具有荒诞之美。

2. 诗节末尾设问

现代诗歌中的设问在位置上形成了突出的特点，即多于诗节末尾设问，意在营造一种余味无穷的隽永之感。这些位于诗节末尾的设问在类型上也具有一定的特点，以特指式设问、测度式设问和反诘问为主。例如：

（1）足足！足足！足足！足足！足足！足足！五百年来的眼泪倾泻如瀑，五百年来的眼泪淋漓如烛。流不尽的眼泪，洗不尽的污浊，浇不熄的情炎，荡不去的羞辱，我们

这漂泊的浮生，到底要向哪儿安宿？（郭沫若《凤凰涅槃·凰歌》）

（2）“天天下雨，自从你走了。”“自从你来了，天天下雨。”两地友人雨，我乐意负责。第三处没消息，寄一把伞去？（卞之琳《雨同我》）

（3）太阳啊，六龙骖驾的太阳！省得我受这一天天的缓刑，就把五年当一天跑完又何妨？（闻一多《太阳吟》）

例（1）划线处为以特指处所的疑问代词“哪儿”为形式标记的特指式设问。其中，表深究义的副词“到底”与疑问代词“哪儿”配套表达了一种质问的语气，传达出一种愤怒之情，还夹杂着一种近乎绝望的无奈之感，释放出巨大的情感力量，具有突出力量美。同时，以询问句收尾，表现出强烈的互动需求，因此兼具动态美。例（2）划线处为无书面标点以外形式标记的测度式设问。此问的发出完全出于诗人的想象，诗节的前两句记录了两位朋友的话，把雨的有无和诗人的来去相联系，流露出一种浓浓的友情，所以诗人突发奇想：我离别的第三个朋友没有消息过来，是不是那里也下雨了呢？要不要我寄一把伞给他？此问的设置展现了诗人于生活中细小事件中发现的无限情趣，同时二四句尾字押韵，因此具有灵动美和情韵美。例（3）中的问句为让步关系与递进关系相结合的紧缩式设问。其中，以表“即使”义的让步连词“就”作为让步条件的标志，以帮助表递进关系的副词“又”与表反诘语气的词组“何妨”一起作为进逼式反问的标志。此问由字面上传达出来的是一种不屑的态度，实为于困境中对一切挫折与苦难发出的宣战式呐喊，由让步条件可看出；问句中做出的选择应该是最坏的打算，因此又折射出诗人的绝望。以上三例均以问句传达多种言外之意，因此具有更为突出的含蓄、蕴藉之美。

二、从容羡余的所指内容

用设问制造含蓄、蕴藉之美是传统诗歌的文体特点之一，现代诗歌也继承了这一基础特色，但其在形式上更加灵活，且极力追求个性化和抒情效果，所以传达的言外之意具有一定的创新性、丰富性和可领会性。一般说来，现代诗歌中设问传达蕴涵丰富的言外之意。设问语言机制具有较强的可领会性，其蕴涵的言外之意是一种从容的羡余。下面大略概括四种审美价值较为突出的言外之意。

（一）同情义

现代诗歌中常有向无生命的物体表达同情之感的设问，这种情感的传达往往通过与拟人辞格的结合实现。作者将其预设为与人类有着相同情感的对象物，并把自身与对象放在同一环境中，去感受它们的喜怒哀乐，从而展现一种对于其他物体的关照性的感知。例如：

> 红烛啊！匠人造了你，原是为烧的。既已烧着，又何苦流泪呢？哦，我知道了！是残风来侵你的光芒，你烧得不稳时，才着急得流泪！（闻一多《红烛》）

上例划线处为基于一般条件发问的递进式设问与两个感叹句构成的问答句。其中，问句以表反问语气的词组“何苦”与语气词“呢”配套表劝告义，但并非真的劝说，而是通过这种方式传达自己不忍看此情景的感受；答句以断然醒悟的极确定的语调对“流泪”的原因进行了说明，显然是为其编造了一个理由，给予其悲伤的权利则是用另一种方式传达同情。至此，问句与答句相互配合，以不同的形式传达了同一种情感，体现出和谐之美。将无生命的红烛预设为与人类有着相同情感的对象，并在自己与对象之间建构虚拟的对话模式，具有灵动之美。

（二）自豪义

一问一答的作用并不仅仅在于信息的传递或语义上的过渡，也可用于传达一种自豪之感，这种自豪往往源于答语所涉对象的形象特征。例如：

> 目前，我们陷在地狱一般黑的坑里，在我们头上耸着社会的岩层。没有快乐，幸福，……但我们却知道我们将要得胜。我们一步一步的共同劳动着，向着我们的胜利的早晨走近。/我们是谁？我们是十二万五千的工人农民！
> （殷夫《我们》）

上例划线处为特指问与感叹句构成的问答句。设置问句的目的在于引出答语，答句以口号式的感叹句呈现，传达的是作为工人农民的一种无比自豪的感情，一言以蔽之，“舍我其谁！”。此处的问答句单独作为一个小节，铿锵有力地将革命激情喊了出来，具有激昂、雄浑的力量之美。同时，以一问一答的方式传达政治激情，具有突出的形象性和动态感。

（三）挚爱义

现代诗歌中有时会通过设问的方式表达对祖国的挚爱之情，与单纯的感叹式不同，其往往通过曲折迂回的途径实现情感的抒发，似乎越深婉曲折就越能展现内心复杂情感的交织，传达出来的挚爱之情也越深沉。例如：

我来了，我喊一声，迸着血泪，“这不是我的中华，不对，不对！”我来了，因为我听见你叫我；鞭着时间的罡风，擎一把火，我来了，不知道是一场空喜。我会见的是噩梦，哪里是你？（闻一多《发现》）

上例划线处为以疑问代词“哪里”为形式标记的反诘问。此问在字面上表现的是一种近乎惊诧的否认，否认是由于内心的不愿接受，进而传达一种逃避的态度，而逃避是因为不忍这满目疮痍。以近乎厌恶的口吻传达的却是对祖国的挚爱之情，且这种厌恶在形式上表现得越突出，表达的情感就越深沉。因此，在形式和内容上产生了激烈的撞击。正是这种撞击使语言迸射出强烈的情感力量，一种悲怆的力量美油然而出。

（四）无奈义

如果说以上所指内容主要着眼于积极方面，无奈义则多少有些消极意味。例如：

教我如何不想她？天上飘着些微云，地上吹着些微风。啊！微风吹动了我的头发，教我如何不想她？/月光恋爱着海洋，海洋恋爱着月光。啊！这般蜜也似的银夜，教我如何不想她？/水面落花慢慢流，水底鱼儿慢慢游。啊！燕子你说些话，教我如何不想她？/枯树在冷风里摇，

野火在暮色中烧。啊！西天还有些儿残霞，教我如何不想她？（刘半农《教我如何不想她》）

整首诗共四节，一共出现五处“教我如何不想她？”，第一节首尾呼应，其余三节皆于末尾发问。从问句本身而言，特指方式的疑问代词“如何”与否定副词“不”连用，传达了一种思念到无奈的强烈情愫，看似是内心的纠结，实则表明的是极为坚定的心迹，朴实自然与含蓄蕴藉相互交织；从诗歌的结构来看，于首尾处发问，引人深思而意味悠长，突出了诗歌的情韵之质。这些也较为充分地说明，“诗的语言是非实用性的语言，是诗人奇妙的心灵的反映”[12]。

总之，有机结合了内容和形式的设问，是一种表达技巧，而又远远超越了技巧。现代诗歌中的设问在形式上不再戴着镣铐跳舞，充分利用了语言文字的一切可能性，在内容上充实丰富，其言外之意耐人寻味。能指形式和所指内容完备结合的设问颇具审美价值。如果说“美在创造中”，那么更常用于散体文中且新颖别致的设问形式于现代诗歌中自身即具有美感；其蕴涵的言外之意于模糊中见明确，于特殊中见一般，从容羡余，耐人寻味。

参考文献：

[1]朱光潜.诗论[M].北京：三联书店，1998.

[2]张卫中.大陆与台湾后现代诗歌语言比较论[J].华文文学，2013(4).

[3]周晓风.现代诗歌语言的艺术转换[J].当代文坛，1992(3).

[4]胡峰.口语入诗的艰难之旅——对现代诗歌语言特征的一种考察[J].广西大学学报(哲学社会科学版),2009(6).

[5]欧阳骏鹏.现代诗歌语言研究的基本路径[J].湖南社会科学,2010(4).

[6]马飞鹏.现代诗歌语言的量词研究[D].南京:南京师范大学,2011.

[7]周辉.现代诗歌语言语音研究[D].南京:南京师范大学,2008.

[8]张庆艳.现代诗歌语言的词汇研究[D].南京:南京师范大学,2007.

[9]李茜.现代诗歌语言的语义偏离研究[D].南京:南京师范大学,2007.

[10]陈望道.修辞学发凡[M].上海:上海教育出版社,2001.

[11]张春泉.论接受心理与修辞表达[M].北京:中国社会科学出版社,2007.

[12]张炼强.修辞论稿[M].北京:人民教育出版社,2000.

原载于《湖北工程学院学报》2016年第1期,署名张春泉,张艺娇

现代话剧中的设问及其语用价值

戏剧（这里尤指现代话剧）语言值得研究，代表性成果如李扬的《问题与方法：现代话剧研究范式的转型》[1]、刘怡的《现代话剧语言及处理探究》[2]、陈咏芹的《政治思维定势与中国现代话剧语言形态》[3]。现有的相关研究似重宏观描写，微观的描写和解释尚有待加强。这里我们着眼于微观视角，探析现代话剧中的设问及其语用价值。事实上，我们知道戏剧一般都有一定量的对话，而设问往往频见于对话。这里关于“设问”的界定从陈望道《修辞学发凡》：“胸中早有定见，话中故意设问的，名叫设问。这种设问，共分两类：（一）是为提醒下文而问的，我们称为提问，这种设问必定有答案在它的下文；（二）是为激发本意而问的，我们称为激问，这种设问必定有答案在它的反面。”[4](P134)这一界定显然从宽，实际上包括一般所说的设问和反诘，其在书面表达形式上既可缀以问号，亦可是感叹号（惊叹号）。与元代戏剧对白和唱词相结合的体例不同，现代话剧主要利用人物之间的对话来推动情节发展。由于只能于对话中展现人物的情态变化，现代话剧中的设问往往要以最快的速度将态度鲜明地传达出来，因此具有用语简洁、表达方式多样化、意旨丰富的特点，在音乐美、情韵美方面虽不及元代戏剧，却在语言表达的生动性、丰富性等方面有较大的发展。

现代话剧中的设问在话语形式上虽可谓不拘一格。有的是独词句。有的是复现对话中对方的语词形式。有的是设问的排比或二句组合，后者实际为条件句群。有的在形式上显得冗余，然而在语义内容上却各得其宜：或者精警有力；或者缜密连贯，语义显豁；或者语势磅礴；或者蕴藉绵延，耐人寻味。具体说来，现代话剧中的独词型、复现式、组合类、"冗余"性设问尤显特色，颇具语用价值。

一、独词型设问

现代话剧中使用了大量将单个疑问代词、人称代词独立性提高的设问，并独立成句，目的在于记录人物在对话中做出的第一反应，通常具有语气上的缓冲和情节上的过渡作用。分述如下。

其一，将疑问代词独立性提高的设问。其可分为两种：一是疑问代词从问句中部分独立，用逗号将其与问句的后半部分隔开；二是疑问代词自成一个问句，通常会紧接着进一步发问。由于形式标记上的简省，所以同一疑问代词在不同的语境中往往能传达不同的意义，下面以疑问代词"怎么"和"什么"为例。

(1)男客　啊，对不住，我今天是到这边来住宿的，不是来讨定钱的。

房东　<u>怎么？昨天我不是对你说明白了么，说这房子</u>

不能租给你！（丁西林《压迫》）

（2）女客　（又喝了一口茶，叹了一口气，起身告辞）啊，打搅了你，对不住得很。（拿了皮包雨伞，预备走出）

男客　（阻止她）不用忙，再歇一会儿。——刚才你说，你是要租房的，是不是？

女客　（面向了他）怎么！我说了半天，你还没有听懂么？（丁西林《压迫》）

上两例中划线处为疑问代词“怎么”独立成句的设问。由“怎么”单独充当的问句并没有实际的询问义，目的仅在于对对方所说的话做出情态上的反应。两例中的“怎么”都可作“怎么回事”解。其中，例（1）中的“怎么”传达的是一种惊讶的情绪，与后面的反诘问一起表明一种不耐烦的态度。例（2）中的“怎么”用极强硬的语气传达了一种责备，后一问句是对这种态度的解释性发问，同时也是进一步强调，使其责备义更加突出。同时，此问也记录了同一人物态度的急速转变，传情自然贴切。总之，两例中的“怎么”都是对人物第一反应的实录，也是情绪上的一种缓冲，朴素流畅，帮助了情感的完整表达。又如：

（3）女客　不过今晚就来住，总不行吧？

男客　行，行！（好像突然想起一件事来）不过——你结了婚没有？

女客　(跳了起来，挺了胸脯，竖起眉毛)什么！！(丁西林《压迫》)

(4)周蘩漪　(恳求地)即使你要走，你带我也离开这儿——

周萍　(恐惧地)什么？你简直胡说！(曹禺《雷雨》)

(5)周萍　(恨极)你是我想不到的一个怪物！

周蘩漪　(抬起头)什么？(曹禺《雷雨》)

(6)周萍　你——(故意恶狠地)你自己要走这一条路，我有什么办法？

周蘩漪　(愤怒)什么，你忘记你自己的母亲也是被你父亲气死的么？(曹禺《雷雨》)

前三例中划线处均为疑问代词“什么”独立成句的设问。例(4)“什么”独立性增强，为独立成句的设问。其中例(3)、例(5)之后都无语义补充，前者传达了一种震惊的情态，后者传达的是一种难以置信的惊诧，同时还有无可奈何的哀怨。例(4)中“什么”传达的是一种否认的态度，后面的感叹句加强了这一态度。例(6)中“什么”表达的是一种抗议，将其用逗号隔开的目的有二：一为实现语气上的缓冲、过渡；二为缩短与后面问句之间的语气停顿，凸显人物的激动情绪，避免了直接发问的突兀，显得更加真实、生动。上述例句都以双音节疑问代词“什么”传达了丰富的画外之音和言外之意。

其二，人称代词单独成句的设问。这也有两种情形：一为第一人称单独成句，其在意义的传达上并无显著功效，属于人物在接受对方话语内容和对其做出回应之间的一种过渡状态，一定程度上是其心理反应过程的再现；二为第二人称或第三人称单独成句（以第二人称居多），意在传达一种惊讶或质疑。例如：

（1）巡警　（难住了。没有了办法，又转到女客）您是来这边？……

女客　我？我是来这边找人的。（丁西林《压迫》）

（2）周蘩漪　（迸发）你不用瞒我。我知道，我知道，（心酸地）他说我是神经病，疯子，我知道他要你也这样看我，他要什么人都这样看我。

周萍　（心悸）不，你不要这样想。

周蘩漪　（奇怪的神色）你？你也骗我？（阴郁地）我从你们的眼神看出来，你们父子都愿我快成疯子！你们——父亲同儿子——偷偷在我背后说冷话，笑我，在我背后计算着我。（曹禺《雷雨》）

上两例中划线处均为人称代词独立成句的设问。其中，例（1）以第一人称代词“我”成句，对方是转向她说话，在接受对象上并无发问必要，故此问并无询问义，属于自忖度式的过渡性话语，是对人物心理反应过程的一种实录；例（2）以第二人称代词“你”成句，所传达的是人物不愿相信又不得不相信的一种哀凄的情态，以一个独词句生动传神地描摹了人物的情绪反应。

二、复现式设问

这种情形的设问，主要表现为巧妙利用对方话语发问。与现代小说中的设问类似，戏剧中也将利用对方话语内容发问的设问用于人物对白中，以此推动情节的发展，彰显人物的个性。但戏剧中这类设问表达方式的多样化特征更突出，下面分别描写和解释几种较为典型的表达方式。

第一，是将对方话语中的全部内容纳为宾语，以质问定义的方式发问。例如：

杨　(走到吴的面前，大有抢夺铺盖之势)岂有此理！你把她的铺盖押了，你叫她睡什么？

吴　这是她的铺盖，不是你的铺盖，与你无关！(转向警士)警士，请你过来，我指给你看那一家当铺在那里。(向门走去)

杨　(走去拦住去路)不行！

吴　什么叫不行？这是不是你的东西？打破的是不是你的花瓶？我的事要你来管！先生，请走开，让我走路！(丁西林《三块钱国币》)

上例划线句子将对方话语内容整个移用作为宾语，并将其当作一个概念，用特指物的疑问代词对其定义进行质询式的发问，目的在于获得争论中的有利地位，是一种近乎蛮横的反诘，即“你没有权利说‘不行’”。此问与后面两问一起生动形象地刻画了人物泼辣的形象，为语言增添了一分犷悍。

第二，是对对方话语的意义进行重复，在句式上保持一致，只抽换人称代词，并非对其陈述的内容发出质疑，而是针对其话语得体性发问。例如：

周朴园　（不耐烦地）不要胡言乱语的，你刚才究竟上哪儿去了？

周蘩漪　（望着他，一字一字地）在你的家里！

周朴园　（烦恶地）在我的家里？（曹禺《雷雨》）

上例划线处为对方话语内容意义的重复，且移用了对方的句式，仅抽换了人称代词。确切地说，人物正是针对人称代词而发问，全句重复的目的也仅在于对其人称代词使用的得体性发出质疑。从文义上来看，周蘩漪的话本身就是利用人称代词“你”在此特定语境中的意义对周朴园进行攻击，而周朴园将句子中的“你”抽换成“我”，再用确认式的疑问语气发出，既是对其讥刺的一种不满，也是一种纠正。这种重复式的发问既与剧中人物冷漠的形象相称，又增添了语言的隐含意义。

第三，是把对方话语内容原封不动地搬过来，以发问的方式将其作为进一步发表言论的让步条件。例如：

吴　胡说八道！

杨　胡说八道？我还有话说，你要不要听？

吴　我不要听！

杨　你不要听？没有关系！我还是一样的要说。……（丁西林《三块钱国币》）

上例中两个划线句子均为将对方话语内容完全挪用形成的反诘问，且将其作为一种让步条件。第一问可理解为“就算你说我胡说八道”，第二问可理解为“即使你不要听”。由于对方的话对交际的延续造成了不可避免的阻碍，所以两个问句以让步条件的方式出现有利于交际的延续和情节的推动，流畅而自然。

三、组合类设问

首先需要关注的是同一主体接连发出两个排比问，在整体上形成一个大的排比式设问。例如：

周萍　（突向蘩漪，刻毒地）你真没有一点心肝！你以为他会替——会破坏么？冲弟弟，你说，你现在有什么意思，你说，你预备对我怎么样？你说吧。

周冲望蘩漪，又望四凤，自己低头。

周蘩漪　冲儿，说呀！（半晌，急促）A. 冲儿，你为什么不说话呀？你为什么不问？为什么不问你哥哥？（又顿）

众人俱看周冲，周冲不语。

周蘩漪　冲儿，说呀！B.怎么，难道你是个哑巴？是个呆子？看见这样的事情不会吭声么？（曹禺《雷雨》）

上例中两个划线句子均为排比式设问，且由同一主体连续发问，可在整体上视为一个大的排比式设问。其中，A由三个特指原因的特指问直接组合，每一问句中都以疑问代词“为什么”和否定副词“不”连用传达出强烈的反诘语气，而这种反诘实为建议式发问，发出建议的语气达到一定强度之后就演变为一种命令。因此，A中的三个特指问实为接连发出的三个命令，具有突出的语势。由于如此强烈的命令仍得不到回应，于是便产生了B中近乎疯狂的歇斯底里的呼喊式发问。三个问句实际上构成了一个大的复合式设问，在语气上的排列十分紧凑，生动地再现了人物爆发式的情感释放。这种转变极其自然，所以在A和B之间传情自然、朴素又和谐。

其次，我们还可见到两个问句之间形成条件关系的二句组合设问，逻辑关系更加显豁。例如：

老妈　（摇头）看那样子，太太不像肯答应把这房子租给你。

男客　不把这房子租给我？谁教她受我的定钱？（丁西林《压迫》）

上例划线处为测度问和特指式反诘问直接组合的二句组合设问。前一问句是在获取对方提供的信息之后针对信息的可信度提出的测度问，但其探询意味已大大减弱，是一种消化式的忖度，正是因为这种消化式的接受，才会有后一问句的发出；后一问句用反诘语气传达的是一种谴责，而这种谴责正是基于前一问中传递的信息发出的，所以两问之间存在条件上的关联，即“既然不把房子租给我，就不应该受我的定钱”。在两个形式上互相独立的问句之间建立紧密的语义关联，使其能够共同为交际服务，这体现了一种和谐之美。同时，两问体现了人物消化信息又进一步得出结论的心理过程。

四、“冗余”性设问：“赞同”“恳求”等言外之意的附加

相对于元代戏剧而言，现代话剧省去了自我抒情色彩极强的唱词，而将情感脉络完全贯穿于人物对白之中；受对话的时效性影响，其设问往往使用比较简练的表达方式，所蕴含的言外之意也就更为丰富。下面列举两种特色鲜明、语用价值突出的言外之意。

之一，蕴涵“赞同”义的“冗余”性设问。现代话剧中出现了一种以帮助表反诘语气的副词“可”、判断标记语“不是”以及疑问语气词“吗/么”三者连用表赞同义的反诘问，往往具有引出下文的过渡作用。例如：

(1)赵　　这真是一出《赵五娘寻夫》。

忆　可不是吗？前几天我还看了一出《赵五娘寻夫》，我哭得几乎晕过去，没看完我就走了。(欧阳予倩《屏风后》)

(2)周朴园　藤萝架那边的电线，太太叫人来修了么？

仆人　叫了，电灯匠说下着大雨不好修理，明天再来。

周朴园　那不危险么？

仆人　可不是么？刚才大少爷的狗走过那儿，碰着那根电线，就给电死了。现在那儿已经用绳子圈起来，没有人走那儿了。（曹禺《雷雨》）

上两例中划线处均为以反诘语气表赞同义的语用现象。两问在句式上一致，只是句末语气词不同，都具有一种承上启下的过渡作用。承上即对对方的话语内容做出回应，这一回应是将帮助表反诘语气的副词“可”与判断标记语“不是”制造轻微的双重否定效果，从而实现赞同义的传达；启下即问句引出了与其赞同义相关的内容，均为对这种态度的进一步说明。

之二，蕴涵“恳求”义的“冗余”性设问。现代话剧中出现了一种于设问中使用形式标记以外的语调、停顿等因素帮助传达恳求义的语用现象。例如：

周蘩漪　他们都跟着你父亲说：“小心，小心点，她有点疯病！”他们都偷偷地在我背后叽咕着。慢慢地无论谁都要躲着我，不敢见我，最后铁链子锁着我，那我真就成了疯子了。

周萍　（无办法）唉！（看表）不早了，给我信吧，我还要收拾东西呢。

周蘩漪　（恳求地）萍，这不是不可能的。萍，你想一想，你就一点——就一点无动于衷吗？（曹禺《雷雨》）

上例划线句子故意设置了句子中的语气停顿，并且对表程度的短语“就一点”进行了重复，人物本身就将这一表轻微程度的短语与反诘语气结合以突出其要求的微薄，从而表现出一种轻微的责备，同时也是一种说服。正是这种语调的延长和有意重复使人物的姿态降到了最低限度，责备和说服也就一起凝聚为一种恳求。因此，此问意蕴丰富，描摹生动。

以上设问在形式上均显冗余，或可删之，但在语义（尤指言外之意）上却有所蕴涵。

总之，现代话剧中的设问在话语形式上可谓不拘一格：有的是独词句；有的是复现对话中对方的语词形式；有的是设问的排比或二句组合（后者实际为条件句群）；有的在形式上显得冗余。然而，其在语义内容上却各得其宜：或者精警有力；或者缜密连贯，语义显豁；或者语势磅礴；或者蕴藉绵延，耐人寻味。

参考文献：

[1]李扬．问题与方法：现代话剧研究范式的转型[J]．广东社会科学，2014(4)．

[2]刘怡．现代话剧语言及处理探究[J]．辽宁师专学报，2013(3)．

[3]陈咏芹．政治思维定势与中国现代话剧语言形态[J]．中山大学学报论丛，1997(4)．

[4]陈望道．修辞学发凡[M]．上海：上海教育出版社，2001．

原载于《四川文理学院学报》2016年第3期，署名张春泉、张艺娇

修辞语篇中的问句叙事

——《梅雨之夕》和《封锁》中问句的语用修辞比较

问句，是表达疑问语气的句子，包括真实疑问句（有疑而问）和非真实疑问句（无疑而问）两大类。问句可以有特定的标记，比如语气词、疑问代词、疑问副词和特定格式语，有时也不用标记，这种情形我们称之为零标记。语法学界关于问句的研究成果丰硕，例如邵敬敏的《现代汉语疑问句研究》、殷树林的《现代汉语反问句研究》，等等。"目前这一研究由于涉及句法、语义、语用三个平面，已越来越受到语法学界的重视，正在向纵深发展。"[1]就非真实疑问句而言，"反问句研究呈现出勃勃生机"[2]。在陈望道的《修辞学发凡》中，反问和设问并不做严格区分："胸中早有定见，话中故意设问的，名叫设问。这种设问共分两类：（一）是为提醒下文而问的，我们称为提问，这种设问必定有答案在它的下文；（二）是为激发本意而问的，我们称为激问，这种设问必定有答案在它的反面。"[3]综观已有研究成果，我们发现还可以从动态语用视角研究问句，还需要在语篇中分析问句，还应该用比较的方法考察问句。这里，我们从语用修辞角度比较特定语篇——施蛰存《梅雨之夕》和张爱玲《封锁》中的问句。

施蛰存的《梅雨之夕》最早由新中国书局1933年出版，是心理分析小说的代表作，作品以都市为背景。张爱玲的《封锁》于1943年问世，也较为注重心理描写，也以都市为背景。两者背景和主题较为接近，问世时间相差不远，篇幅都不大，在很多方面具有可比性。

就标记形式而言，问句的标记形式可以分为如下四类：其一，零标记形式，如上所述，是不用疑问标记语的形式；其二，单一标记形式，是指在一个问句中只有一个单一的词作为疑问标记；其三，复合标记形式，是指由两个或两个以上的表示特定语气的标记词直接组合或搭配使用所形成的非单一标记。

据我们初步统计，施蛰存的《梅雨之夕》中较为典型的问句共61例，张爱玲的《封锁》中较为典型的问句共21例。总体来看，就问句的语境分布而言，施蛰存的《梅雨之夕》主要是在直陈式叙述中，张爱玲的《封锁》则主要分布于对话中。相对而言，《梅雨之夕》的零标记问句比《封锁》略少。《梅雨之夕》以复合标记问句为主，《封锁》以单一标记问句为主。《梅雨之夕》否定形式较多，《封锁》以肯定的形式为主。《梅雨之夕》真实问句占整体语篇中问句的比例高于《封锁》。《梅雨之夕》中真实问句54例，在整个语篇问句中所占的百分比为88.52%；非真实问句（无疑而问的问句）共7例，占比为11.48%。《封锁》里真实问句12例，在整个语篇问句中所占的百分比为57.14%；非真实问句9例，占比为42.86%。

本文例句语料主要采自严家炎、孙玉石、温儒敏主编的《中国现代文学作品精选》（增订本）[4]。之所以选择《中国现代文学作品精选》作为语料来源，主要是因为“该书是心血凝成的精品”[5]，且事实上有研究者就以该书为研究对象综合考察其反问句，[6]只是相关研究主要着眼于离散分布在各类文体各个语篇中的反问,未及修辞语篇间的问句对比分析。

一、零标记问句

施蛰存的《梅雨之夕》和张爱玲的《封锁》中都有一定的零标记问句。《梅雨之夕》中的零标记问句主要分布于内心独白或思忖类叙述之中,《封锁》中的零标记问句则主要分布于对话中。

施蛰存的《梅雨之夕》中零标记问句共见4例。例如:

(1)北四川路上,终于会有人力车往来的? 即使我不这样地用我底伞伴送她,她也一定早已能雇到车子了。

(2)……也许这是她丈夫底姓?

(3)应当走了?

(4)还是再考验一次罢。

——小姐贵姓?

——刘。

以上例(1)、例(2)、例(3)均为内心揣测思忖的描述。例(4)为有疑而问,属特指问,虽无明显标记,但是"贵姓",询问对方的姓氏,在一定意义上也是一种隐性的修辞性问句标记,具有一定的构式性质。

张爱玲的《封锁》中零标记问句共5例。例如:

(5)宗桢道:"嗯?"他早忘了他说了些什么。

(6)他以为她这么年青？她还是一个学生？

(7)宗桢道："七五三六九？"她又不作声了。

(8)翠远连忙做出惊慌的神气，叫道："你要离婚？……"

(9)一个乞丐趁着鸦雀无声的时候，提高了喉咙唱将起来："阿有老爷太太先生小姐做做好事救救我可怜人哇？阿有老爷太太……"

例(5)是一个独词句。例(6)是两句零标记问句的组合。例(7)中5个数词并列成串后配置疑问语气。例(8)为完整的单句表示疑问。例(9)，"阿有……哇"带有一定的方言色彩，属"准标记"性质。例(5)、例(7)、例(8)、例(9)问句分布于人物对话中；例(6)为内心独白，揣测思忖。

二、单一标记问句

《梅雨之夕》和《封锁》中均有单一标记问句。《梅雨之夕》中有6种，《封锁》中有7种。

(一)《梅雨之夕》中的单一标记问句

施蛰存《梅雨之夕》中问句的单一标记有"吗""么""呢""怎样""谁""什么"等。使用频率最高的是"吗"，其次是"么"，再次是"呢"，最后是"怎样""谁""什么"。分述如下。

1. 吗

《梅雨之夕》中以“吗”为标记的问句有10例。例如：

(1)肩臂上受些雨水，让衣裳贴着了肉倒不打紧吗？我曾偶尔这样想。

(2)刘吗？一定是假的。

(3)她的家搬到上海来了吗？

2. 么

《梅雨之夕》中以“么”为标记的问句有4例。例如：

(4)小姐是苏州人么？

是的。

(5)不至于老是这样地降下来吧，看，排水沟已经来不及宣泄，多量的水已经积聚在它上面，打着漩涡，挣扎不得流下去的路，不久怕会溢上了人行道么？不会的，快不会有这样持久的雨，再停一会，她一定可以走了。

(6)她会不会因为心里已认识了我，不敢相认，所以故意延滞着和我同走么？

3. 呢

《梅雨之夕》中以“呢”为标记的问句有2例。例如：

(7)家——要是父母的家倒也不妨事的，我可以进去，如像幼小的时候一样。但如果是她自己底家呢？

4. 怎样

《梅雨之夕》中以“怎样”为标记的问句仅1例：

(8)无论认识我们之中任何一个人，看见了这样的我们的同行，会怎样想？……我将伞沉下了些，让它遮蔽到我们底眉额。

5. 谁

《梅雨之夕》中以“谁”为标记的问句也仅1例，是个独词句：

(9)下了车，我叩门。

——谁？

6. 什么

《梅雨之夕》中以“什么”为标记的问句也仅见1例：

(10)刘……刘什么？

(二)《封锁》中的单一标记问句

《封锁》中问句的单一标记有“罢”“什么”“么”“几”“谁”“哪”“呢”等。使用频率最高的是“罢”“什么”，其次是“么”，最后是“几”“谁”“哪”“呢”。

1. 罢

《封锁》中以“罢”为标记的问句有5例。例如：

(11)他看了看手表，才四点半。该是心理作用罢？他已经觉得饿了。

(12)他咬一咬牙,重新向翠远进攻。他道:“您也觉着闷罢?我们说两句话,总没有什么要紧!我们——我们谈谈!”

(13)他顿住了口,上气不接下气,刚戴上了眼镜子,又褪下来擦镜片。翠远道:“你说得太过分了一点罢?”

(14)翠远道:“可是,如果她是个好人家的女孩子,只怕她未见得肯罢?种种法律上的麻烦……”

2. 什么(什么……)

《封锁》中以“什么”为标记的问句有5例。例如:

(15)翠远暗道:“这跟当前的问题又有什么关系?”她冷冷地道:“哦,你打算娶妾。”

(16)向他解释有什么用?如果一个女人必须倚仗着她的言语来打动一个男人,她也就太可怜了。

3. 么

《封锁》中以“么”为标记的问句有3例。例如:

(17)翠远道:“你公事忙么?”宗桢道:“忙得没头没脑。早上乘电车上公事房去,下午又乘车回来,也不知道为什么去,为什么来!我对于我的工作一点也不感到兴趣。说是为了挣钱罢,也不知道是为谁挣的!”

(18)他低声道:“你知道么?我看见你上车,前头的玻璃上贴的广告，撕破了一块，从这破的地方我看见你的侧面，就只一点下巴。”

4. 几

《封锁》中以“几”为标记的问句仅1例：

(19)宗桢默然，半晌方说道：“你……几岁？”翠远低下头去道：“二十五。”

5. 谁

《封锁》中以“谁”为标记的问句仅1例：

(20)如果他夹忙里跟他表侄对一对眼光，也许那小子会怯怯地低下头去——处女风韵的窘态；也许那小子会向他挤一挤眼睛——谁知道？

6. 哪

《封锁》中以“哪”为标记的问句仅1例：

(21)宗桢下意识地用右手捻了一捻左手的指甲，咳嗽了一声，接下去问道：“您读的是哪一科？”

7. 呢

《封锁》中以“呢”为标记的问句仅1例：

(22)这么一想，倒不能不答话了，便道：“文科。您呢？”宗桢道：“商科。”

不难看出，《梅雨之夕》和《金锁记》共同的单一问句标记是“么”“呢”“什么”“谁”。此外，《梅雨之夕》和《金锁记》中还有零标记问句这类较为特殊的共同的单一问句标记，即不用标记的问句。例如：

(23)应当走了？(施蛰存《梅雨之夕》)

(24)他以为她这么年青？(张爱玲《封锁》)

三、复合标记问句

含有复合标记的问句即为复合标记问句。复合标记问句主要见于施蛰存的《梅雨之夕》，张爱玲的《封锁》中较为少见。复合标记分为连续型复合标记和离散型复合标记两大类。

(一)连续型复合标记

连续型复合标记，是指疑问标记直接组合，其间不嵌入其他成分。如“什么呢”“谁呢”“何以”“为什么”“为什么不”等。这类问句《梅雨之夕》中有5种形式，《封锁》中没有。

1. 什么呢

《梅雨之夕》中以“什么呢”为标记的问句有2例：

(1)看下面北四川路上和苏州河两岸行人的纷纷乱窜乱避，只觉得连自己心里也有些着急。他们在着急些什么呢？

(2)但现在它觉醒了我，将使我做什么呢？我可以用我的伞给她障住这样的淫雨，我可以陪伴她走一段路去找人力车，如果路不多，我可以送她到她的家。

2. 谁呢

《梅雨之夕》中以“谁呢”为标记的问句有1例：

(3)雨天在街路上等谁呢？

3. 何以

《梅雨之夕》中以“何以”为标记的问句仅1例：

(4)这是我在伞底下伴送着走的少女的声音！奇怪，她何以又会在我家里？

4. 为什么

《梅雨之夕》中以“为什么”为标记的问句仅1例：

(5)我忽然好像发现这是我的妻，她为什么在这里？我奇怪。

5. 为什么不

《梅雨之夕》中以“为什么不”为标记的问句仅1例：

(6)应当走了？为什么不？……

(二)离散型复合标记

离散型复合标记，是指疑问标记搭配使用，中间插入其他成分。如“何以……呢”“为什么不……呢”“怎么……呢”“会……吗”“不……吗”等。《梅雨之夕》中离散型复合问句的种类共22种，《封锁》中有2种。很显然，《梅雨之夕》中的离散型复合标记问句比连续型复合标记问句的形式丰富得多。

1. 何以……呢

《梅雨之夕》中以"何以……呢"为标记的问句有3例。例如：

(7)他们也一定知道这降下来的是雨，对于他们没有生命上的危险。但何以要这样急迫地躲避呢？

2. 为什么不……呢

《梅雨之夕》中以"为什么不……呢"为标记的问句有3例。例如：

(8)我数着从头等车里下来的乘客。为什么不数三等车里下来的呢？

(9)眼前好像来来往往的人在多起来了，人力车也恍惚看见了几辆。她为什么不雇车呢？或许快要到达她的目的地了。

3. 怎么……呢

《梅雨之夕》中以"怎么……呢"为标记的问句有3例。例如：

(10)看来是不愿我送的了。但假如还是下着大雨便怎么了呢？

4. 不会……么

《梅雨之夕》中以"不会……么"为标记的问句也有3例。例如：

(11)遇见了认识人不会猜疑么？

5. 不……吗

《梅雨之夕》中以"不……吗"为标记的问句有2例。例如：

(12)或许车夫也都在避雨呢，这样大的雨，车夫不该避一避吗？

6. 什么……么

《梅雨之夕》中以“什么……么”为标记的问句有2例。例如：

(13)我也便退进在屋檐下，虽则电车已开出，路上空空地，我照理可以穿过去了。但我何以不穿过去，走上归家的路呢！为了对于这少女有什么依恋么？并不，绝没有这种依恋的意识。

7. 什么……呢

《梅雨之夕》中以“什么……呢”为标记的问句有2例。例如：

(14)你有伞，但你不走，你愿意分一半伞荫蔽我，但还在等待什么更适当的时候呢？她底眼光在对我这样说。

8. 何……呢

《梅雨之夕》中以“何……呢”为标记的问句有1例：

(15)我将用何种理由来譬解我底脸红呢？没有！

9. 会……吗

《梅雨之夕》中以“会……吗”为标记的问句有1例：

(16)转进靠西边的文监师路，响着雨声的伞下，在一个少女底旁边，我开始诧异我的奇遇。事情会得展开到这个现状吗？她是谁，在我身旁同走，并且让我用伞荫蔽着她，除了和我的妻之外，近几年来我并不曾有过这样的经历。

10. 不是……吗

《梅雨之夕》中以“不是……吗”为标记的问句仅1例：

(17)我的初恋的那个少女，同学，邻居，她不是很像她吗?

11. 难道……吗

《梅雨之夕》中以“难道……吗”为标记的问句仅1例：

(18)难道她宁愿在这样不止的雨和风中，在冷静的夕暮的街头，独自个立到很迟吗? 不啊!

此外，施蛰存的《梅雨之夕》中还有11种分散型复合标记形式(因用例较少，均为1例，且多为组合问中的构成句，下文谈论并用标记组合问句时会涉及，为节省篇幅，此处举例从略)，包括：“不是……么”“有什么不……呢”“不会……吗”“然则……么”“要不要……呢”“不……么”“难道……么”“几……呢”“是……还是……呢”“为什么……呢”“什么……吗”。

总之，《梅雨之夕》中共27种复合标记问句；《封锁》中仅见2种形式，共2例：

12. 是不是……是不是

《封锁》中以“是不是……是不是”为标记的问句有1例：

(19)宗桢道：“你不是自由的。即使你答应了，你的家里人也不会答应的，是不是? ……是不是?”

13. 几……哪

《封锁》中以“几……哪”为标记的问句仅1例：

(20)他向她低声笑道："这封锁,几时完哪？真讨厌!"

四、并用标记组合问句

并用标记组合问句,是指同时搭配两个或两个以上的问句标记(含零标记),同时借以将两个或两个以上的问句标记所标记的问句组合起来,形成问句句组,或曰组合问,落实在符号层面即为组合问句。施蛰存的《梅雨之夕》和张爱玲的《封锁》中均有一定量的组合问句,包括二句组合问句、三句组合问句和多句组合问句(4个或4个以上问句构成的组合问句)。相对而言,《梅雨之夕》和《封锁》区别最大的是三句组合问句,《梅雨之夕》共见7例,《封锁》暂未见典型的三句组合问句。

(一)二句组合问句

二句组合问句在施蛰存的《梅雨之夕》中有4例：

(1)那不妨事么？……不妨事。遇见了认识人不会猜疑么？……但天太晚了,雨并不觉得小一些。("不……么"与"不会……么"同时搭配使用)

(2)我心里吃惊了,这里有着我认识的人吗？或是可有着认识她的人吗？……再回看她,她正低下着头。("吗"与"吗"搭配使用)

(3)但我却从此得到了一个新的发现：她很像一个

人。谁？我搜寻着，我搜寻着，好像记得，岂但……几乎每日都在意中的、一个我认识的女子，像现在身旁并行着的这个一样的身材，差不多的面容，但何以现在百思不得了呢？（“谁”与“何以……呢”搭配使用）

（4）我要晓得她更多一些，但要不要使我们继续已断的友谊呢？是的，至少也得是友谊？还是仍旧这样地让我在她的意识里只不过是一个不相识的帮助女子的善意的人呢？我开始踌躇了。我应当怎样做才是最适当的？（零标记与“呢”搭配使用）

以上诸例均使用了两种（个）问句标记。

张爱玲的《封锁》中也有两种（个）问句标记并用、形成组合问的情形，但相对少见，仅3例：

（5）他太太几自絮叨道：“现在干洗是什么价钱？做一条裤子是什么价钱？”

（6）宗桢沉默了一会，忽然说道：“我打算重新结婚。”翠远连忙做出惊慌的神气，叫道：“你要离婚？那……恐怕不行罢？”

（7）他以为她这么年青？她还是一个学生？她笑了，没做声。

例（5）是“什么……”与“什么……”搭配使用。例（6）零标记与“罢”搭配使用。例（7）是两个零标记问句的组合。例（6）与例（7）比较特殊，有零标记参与构建组合问句。严格来讲，因实际上没有凭借两种（个）及两种（个）以上问句标记，不能算是两种标记并用的问句组合；但是，如果把零标记也算作一种标记，从这个意义上讲，例（6）、例（7）也算两个标记共用的问句组合。

（二）三句组合问句

《梅雨之夕》共7例：

（8）你有着伞，并且穿着皮鞋，等什么人么？雨天在街路上等谁呢？眼睛这样锐利地看着我，不是没怀着好意么？

例（8）是“什么”“谁呢”和“不是……么”并用。在结构上特指问、特指问、反诘问（设问）直接组合，理路上层层深入。

（9）如果路很多，又有什么不成呢？我应当跨过这一箭路，去表白我底好意吗？好意，她不会有什么别方面的疑虑吗？或许她会得像刚才我所猜想着的那样误解了我，她便会得拒绝了我。

例（9）是“什么不……呢”“吗”和“不会……什么……吗”并用，以组合问的形式多维度揣测思忖。最后一个问句比较特殊，内含“不会……吗”和“什么……吗”两个问句标记，两个标记杂糅并用，构成一个特殊标记形式：“不会……什么……吗”。

（10）即使雨不就停止，人力车大约总能够来一辆的。她一定会不管多大的代价坐了去的。然则我是应当走了么？应当走了？为什么不？……

例(10)是“然则……么”、零标记和“为什么不”并用,以组合问的形式突出主体的内心矛盾。

(11)她凝视着我半微笑着。这样好久。……她也许是正在自己委决不下,雨真的在短时期内不会止么?人力车真的不会来一辆么?要不要借着他底伞姑且走起来呢?也许转一个弯就可以有人力车,也许就让他送到了。

例(11)是“不会……么”“不会……么”和“要不要……呢”并用,也是以组合问刻画主体的内心踟蹰。

(12)确然是她,罕有的机会啊!她几时到上海来的呢?她的家搬到上海来了吗?还是,哎,我怕,她嫁到上海来了呢?她一定已经忘记我了,否则她不会允许我送她走。

例(12)是“呢”“吗”“呢”三个单一标记并用,借组合问进行全方位、深入的考量。

(13)女人!……她为什么改了姓呢?……也许这是她丈夫底姓?刘……刘什么?

例(13)是“为什么……呢”、准标记“也许”和“什么”并用,也是多头猜测。第二个问句应为零标记,但句中的“也许”带有较弱的疑问语气,表达猜测的不肯定口气,故可视为准标记。

(14)我蓦然惊觉,收拢了手中的伞……她快要到了吗?可是她不愿意我伴她到目的地,所以趁此雨已停住的时候要辞别我吗?我能不能设法看一看她究竟到什么地方去呢?

例(14)是“吗”“吗”和“呢”三个标记并用,用组合问表明主体内心的某种不舍、挂念、纠结。

《封锁》中无典型的三句组合问句。

(三)多句组合问句

《梅雨之夕》中有2例,《封锁》中仅见1例。

(15)但她何以这样的像她呢？这个容态,还保留十四岁时候的余影,难道就是她自己么？她为什么不会到上海来呢？是她！天下有这样容貌完全相同的人么？不知她认出了我没有……我应该问问她了。(施蛰存《梅雨之夕》)

例(15)是“何以……呢”“难道……么”“为什么不……呢”和“么”四个标记并用。特指问、反诘问、反诘问、感叹问(反问语气与感叹问的某种复合)直接组合,形成多句组合问,有助于充分展示主体内心。

(16)但她知道我已经结婚吗？要是没有知道,而现在她认识了我,怎么办呢？我应当告诉她吗？如果这样是需要的,我将怎么措辞呢？……(施蛰存《梅雨之夕》)

例(16)是“吗”“呢”“吗”和“呢”四个标记并用,四个问句构成组合问,层层递进。

(17)宗桢默然。半晌方说道:“你……几岁?”翠远低下头去道:“二十五。”宗桢顿了一顿,又道:“你是自由的么?”翠远不答。宗桢道:“你不是自由的。即使你答应了,你的家里人也不会答应的,是不是？……是不是?”(张爱玲《封锁》)

例(17)是“几”“么”和两个“是不是”四个标记并用。四个问句分布于三个话轮,用于对话,衔接紧密、自然。

以上组合问句的语义逻辑关系更加复杂,在作为内心独白思忖时,更有助于描写主体的内心动态,诚如施蛰存《梅雨之夕》所言:“这些思想底独白,并不占有了我多少时候。”作为对话时,更有利于言谈主体之间的交互。

结语

典型叙事作品(语篇)中的问句,较为充分地体现了问答双方的主体间性和问句(非真值条件句)、其他类型的叙事句之间的互文性,是主体之间和文本之间交织交互的“亮点”,是衔接和助推叙事展开的张力的一种“力的作用点”。施蛰存的《梅雨之夕》和张爱玲的《封锁》中都有一定的零标记问句。《梅雨之夕》中的零标记问句主要是分布于内心独白或思忖之中,《封锁》中的零标记问句则主要分布于对话中。《梅雨之夕》和《封锁》中单一标记问句差别较小;复合标记问句主要见于《梅雨之夕》中,《封锁》中较为少见。《梅雨之夕》和《封锁》区别最大的是三句组合问。总的说来,由零标记、单一标记到复合标记再到并用标记,施蛰存的《梅雨之夕》和张爱玲的《封锁》中问句形式逐步复杂,语气总体趋强,且各得其所,各具语用价值,各具风格。

如上所述,问句一般尤能直接关涉问和答两个方面的主体(含自问自答这种特殊的主体),并由此显示出特定的主体间性。此外,由于问句一般为非真值条件句,尤其是对话中的问句常常与一般其他类型的叙事句形成结构和语义上的互文。从这个意义上说,作为典型叙事语篇的《梅雨之夕》和《封锁》中的问句，是主体之间和文本之间交织交互的"亮点"，是衔接和助推叙事展开的张力的一种"力的作用点"；作为问句叙事，则具有不可替代的语用修辞价值。

参考文献：

[1]邵敬敏．现代汉语疑问句研究[M]．上海：华东师范大学出版社，1996.

[2]殷树林．现代汉语反问句研究[M]．哈尔滨：黑龙江大学出版社，2009.

[3]陈望道．修辞学发凡[M]．上海：上海教育出版社，2006.

[4]严家炎，孙玉石，温儒敏．中国现代文学作品精选[M]．北京：北京大学出版社，2001.

[5]梁惠陵．心血凝成的精品——介绍《中国现代文学作品精选》[J]．北京大学学报（哲学社会科学版），1994(1).

[6]殷林铃．《中国现代文学作品精选》反问辞格研究[D]．合肥：安徽大学，2013.

原载于《北华大学学报》（社会科学版）2020年第3期

《边城》和《金锁记》组合问的语用比较

“组合问，是一种尤重对话过程的言语行为，在表现形式上体现为问句组合或问答句组合。问句组合，即两个或两个以上问句的并置，问句之间一般不会插入表达其他语气的句子；问答句组合，形成一问一答的连续的问答序列。”①语篇中的组合问可以较为充分地体现问句的语用价值。

我们以为，沈从文《边城》和张爱玲《金锁记》中的组合问具有一定的可比性。首先，二者问世时间相去不远。沈从文的《边城》发表于1934年，张爱玲的《金锁记》写于1943年。其次，二者均为中篇小说。最后，二者均重人物描写。

无疑，组合问由问句构成。需要说明的是，我们所说的问句，含有疑而问和无疑而问两大类。有疑而问的问句，又可称之为真实疑问句，包括特指问、是非问、正反问、选择问四类。无疑而问的问句，又可称之为非真实疑问句，其在外延上与陈望道《修辞学发凡》所说的“设问”大致相当。“胸中早有定见，话中故意设问的，名叫设问。这

①张春泉：《诗经》中的组合问及其修辞价值，《北方论丛》2010年第6期。

种设问，共分两类：(一)是为提醒下文而问的，我们称为提问，这种设问必定有答案在它的下文；(二)是为激发本意而问的，我们称为激问，这种设问必定有答案在它的反面。"[①]显然，《修辞学发凡》对设问的界定比较宽，大致包括一般所说的设问和反问，着眼于表达效果。我们以为"设问"界定从宽，是合适的。设问在结构形式上可以有真实疑问句的所有情形。真实疑问句和非真实疑问句的划分是就语义内容(功能)而言的，着眼于动态语用(而非静态结构)，不妨将二者放到一起来讨论。

本文语例主要依据2001年北京大学出版社出版的严家炎、孙玉石、温儒敏主编的《中国现代文学作品精选》(增订本)

一、二句组合问

总的来说，沈从文的《边城》和张爱玲的《金锁记》中，二句组合问句在各自整体语篇组合问句中所占的比重最大。

二句组合问是由两个问句直接组合而成的，是我们所说的组合问中最常见、最基本的形式。沈从文《边城》和张爱玲《金锁记》中的二句组合问有较为丰富的表示"问"(含有疑而问和无疑而问)的标记语。这些标记语主要是疑问代词、副词、语气词和特定格式语(如"V不V")，书面上的问号不属于"语言"要素，故一般不在标记语之列(但有时要保留书面形式上句尾的完整性，我们会附上问号)。

①陈望道：《修辞学发凡》，上海教育出版社，1997，第140页。

（一）《边城》和《金锁记》组合问的话语标记

构成组合问的所有问句中，沈从文的《边城》中无设问，无零标记形式；张爱玲的《金锁记》中有设问，有零标记形式。《边城》中具体的基本标记语14个，《金锁记》中21个。简言之，《金锁记》问句标记语相对于《边城》而言，更为复杂多样。

《边城》中较为典型的二句组合问共17例。该17例组合问，共34个问句，其中具体的基本标记语共14个，按出现的多少排列如下：吗（10例），谁（5例），什么（5例），是不是（3例），怎么（2例），不是（2例），怎么办（1例），怎么样（1例），为什么（1例），怎么不（1例），呢（1例），"是……，还是……"（1例），"V不V"（1例），可（1例）。具体组合情况如下：

A.……吗？怎么……？

B.……吗？……V不V？

C.……吗？……呢？

D.谁？……什么……？

E.……谁……？……谁……？

F.谁……？……谁……？

G.……什么……？……有不有……？

H.……什么……？是……，还是……？

I.……什么……？……什么……？

J.……是不是……？……是不是……？

K.……为什么……？……是不是……？

L.……怎么样？可……？

M.……怎么办？……吗？

N.怎么……？不是……吗？

O.……不是……吗？怎么不……？

单独的问句内部标记语配套使用的共有3例：

“是……，还是……？”(1例)

“不是……吗？”(2例)

《金锁记》中较为典型的二句组合问共15例。该15例组合问，共30个问句。其中具体的基本标记语共21个，按出现的多少排列如下：零标记(4例)，么(4例)，谁(3例)，怎么(3例)，什么(2例)，哪里(2例)，为什么(1例)，哪(1例)，哪儿(1例)，几(1例)，岂不是(1例)，怎样(1例)，怎么着(1例)，怎见得(1例)，是吗(1例)，吗(1例)，呢(1例)，罢(1例)，何况(1例)，难道(1例)，如何(1例)。具体搭配组合情况如下：

I.零标记+……哪里……？

II.……吗？+零标记

III.……什么……？+零标记

IV.怎么？+零标记

V.……么？……罢？

VI.谁……？谁……？

VII.……怎么……？……哪里……？

VIII.什么……？……么？

IX.怎么着？……哪？

X.是吗？怎见得……？

XI. 如何……？ 何况……谁？

XII.……怎样？ 哪儿……呢？

XIII.……为什么……？ 为……么？

XIV.……难道……么？ ……几……？

XV. 岂不是……？ +……怎么……？

配套使用的标记语有4种：

"何况……谁？"

"哪儿……呢？"

"为……么？"

"……难道……么？"

以上疑问标记情况总体复杂多样，但均未见"零标记问句+零标记问句"的情形。

（二）《边城》和《金锁记》组合问的句类配置

构成沈从文《边城》二句组合问的所有问句中，特指问共12例，占所有二句组合问的35.29%；是非问7例，占20.59%；正反问5例，占14.71%；选择问1例，占2.94%；设问9例，占26.47%。沈从文《边城》中的设问所占的比例相对于张爱玲《金锁记》中设问所占比例而言要小一些。《边城》中设问出现于组合问的首句的情形共3例，占17例组合问的17.65%，小于23.53%；首句为特指问的共9例，占52.94%；首句为是非问的共4例，占23.53%；首句为正反问的1例，占5.88%。

1.《边城》中组合问的句类配置

1.1 首问为特指问

（1）翠翠既是她那可怜母亲交把他的，翠翠大了，他也得把翠翠交给一个人，他的事才算完结！交给谁？必需什么样的人方不委屈她？

上例是特指问句与特指问句的组合。两问句之间为并列关系。

(2)那翠翠带着点做作问："是什么人的？""是什么人的？住在山上的王团总的。我听人说是那中寨人为女儿作嫁妆的东西，好不阔气，包工就是七百吊大钱，还不管风车，不管家什！"

上例是特指问句与设问句的组合。前一个"是什么人的"是真实疑问句，后一个"是什么人的"是非真实疑问句，同语复现，形成不同话轮间顶真衔接。

(3)"爷爷今年七十岁……三年六个月的歌——谁送那只白鸭子呢？……得碾子的好运气，碾子得谁更是好运气？……"痴着，忽地站起，半簸箕豌豆便倾倒到水中去了。伸手把那簸箕从水中捞起时，隔溪有人喊过渡。

上例特指问与特指问直接组合。

(4)"说了些什么话？"那人不再说了，老船夫却问道，"听说你们中寨人想把大河边一座碾坊连同家中闺女送给河街上顺顺，这事情有不有了点眉目？"

上例特指问与正反问直接组合。

(5)二老说："伯伯，你到这里见过两万个日头，别人家全说我们这个地方风水好，出大人，不知为什么原因，如今还不出大人？""你是不是说风水好应出有大名头的人？我以为这种人不生在我们这个小地方,也不碍事。”

上例亦为特指问与正反问直接组合。

(6)人家喊:“过渡,过渡,老伯伯,你怎么的,不管事!”“怎么的!翠翠走了,下桃源县了!”“那你怎么办?”“怎么办吗?拿把刀,放在包袱里,搭下水船去杀了她!”……

上例特指问与设问直接组合。

1.2 首问为是非问

(1)翠翠想:“这是真事吗?爷爷当真死了吗?”

上例是非问与是非问直接组合。

(2)“爷爷,你不快乐了吗?生我的气了吗?”“我不生你的气。你在我身边,我很快乐。”

上例同为是非问与是非问直接组合。

(3)到路上时,祖父想起什么似的,又问翠翠:“翠翠,翠翠,人那么多,好热闹,你一个人敢到河边看龙船吗?”翠翠说:“怎么不敢?可是一个人有什么意思。”

上例是非问与设问直接组合。

(4)翠翠说:“一家人都好,你认识他们一家人吗?”祖父不明白这句话的意思所在,因为今天太高兴一点,便笑着说:“翠翠,假若大老要你做媳妇,请人来做媒,你答应不答应?”翠翠就说:“爷爷,你疯了!再说我就生你的气!”

上例是非问与正反问直接组合。

1.3 首问为设问

(1)祖父说："翠翠，我来慢了，你就哭，这还成吗？我死了呢？"翠翠不作声。

上例设问与设问直接组合。

(2)"这不公平吧。""怎么不公平？为我唱歌的人，不是极愿意我长远听他的歌吗？"

上例设问与设问直接组合。

(3)"爷爷，你要多少双草鞋，床头上不是还有十四双吗？怎么不好好的躺一躺？"

上例设问与设问直接组合。

1.4 其他情形

(1)那青年走去后，祖父温习着那些出于一个男子口中的真话，实在又愁又喜。翠翠若应当交把一个人，这个人是不是适宜于照料翠翠？当真交把了他，翠翠是不是愿意？

上例正反问与正反问直接组合。

(2)"看谁人？被谁看？""嗨，你还不明白，那乡绅想同顺顺打亲家呢。""那姑娘配什么人？是大老，还是二老？""是二老呀，等等你们看这岳云，就会上楼来拜他丈母娘的！"另一个女人便插嘴说："事弄妥了，好得很呢！人家在大河边有一座崭新碾坊陪嫁，比十个长年还好一些。"有人问:"二老怎么样?可乐意?"有人就轻轻的说:"二老已说过了,这不必看。第一件事我就不想作那个碾坊的主人!"

上例三问三答。第一问特指问与特指问直接组合。第二问特指问与选择问直接组合。第三问特指问与是非问直接组合。

2.《金锁记》组合问中的句类配置

张爱玲《金锁记》二句组合问中特指问5例,占所有构成问句的16.67%;是非问1例,占3.33%;正反问0例;选择问1例,占3.33%;设问23例,占76.67%。首句为设问的情形共10例,占所有15例的66.67%;首句为特指问的情形共4例,占26.67%;首句为选择问的情形共1例,占6.67%。

2.1首问为设问

(1)季泽笑道:"是吗?嫂子并没有留过我,怎见得留不住?"

上例设问与特指问直接组合。

(2)你瞧你二哥弄的那样儿,还成个人吗?还能拿他当个人看?

上例设问与设问直接组合。

(3)九老太爷睁了眼望着她道:"怎么?你连他娘丢下的几件首饰也舍不得给他?"

上例设问与设问直接组合。

(4)七巧道:"不承情也罢!我也惯了。我进了你姜家的门，别的不说，单只守着你二哥这些年，衣不解带的服侍他，也就是个有功无过的人——谁见我的情来？谁有半点好处到我头上？”季泽笑道：“你一开口就是满肚子的牢骚！”

上例设问与设问直接组合。

（5）他还在看着她。他的眼睛——虽然隔了十年，人还是那个人呵！就算他是骗她的，迟一点儿发现不好么？即使明知是骗人的，他太会演戏了，也跟真的差不多罢？

上例设问与设问直接组合。

（6）七巧只顾将身子挡住了她，向春熹厉声道：“我把你这狼心狗肺的东西！我三茶六饭款待你这狼心狗肺的东西，什么地方亏待了你，你欺负我女儿？你那狼心狗肺，你道我揣摩不出么？你别以为你教坏了我女儿，我就不能不捏着鼻子把她许配给你，你好霸占我们的家产！”

上例设问与设问直接组合。

（7）七巧缓过一口气来，又道：“当初多少好的都不要，这会子去嫁个不成器的，人家拣剩下来的，岂不是自己打嘴？他若是个人，怎么活到三十来岁，漂洋过海的，跑上十万里地，一房老婆还没弄到手？”

上例设问与设问直接组合。

（8）兰仙慌忙摇手道：“罢！罢！这个媒我不敢做！你二妈那脾气是好惹的？”长馨年少好事，哪里理会得？歇了些时，偶然与同学们说起这件事，恰巧那同学有个表叔新从德国留学回来，也是北方人，仔细攀认起来，与姜家还沾着点老亲。

上例设问与设问直接组合。一个分布在对话里面，一个分布于一般平属性的“独白”里面。

(9)他也老了十年了，然而人究竟还是那个人呵！他难道是哄她么？他想她的钱——她卖掉她的一生换来的几个钱？仅仅这一转念便使她暴怒起来。

以上是思忖，而非对话。设问与设问直接组合。

(10)何况七巧的嘴这样敞，脾气这样躁，如何瞒得了人？何况她的人缘这样坏，上上下下谁肯代她包涵一点？

以上是思忖。设问与设问直接组合。

以上10例主要的句类配置形式是设问与设问组合，共9例，占90%。例(1)至例(7)的组合问均分布于同一个话轮内部，例(8)分属对话和旁白，例(9)至例(10)分布于思忖中。

2.2首问为特指问

(1)小双冷笑说：“她也配！我原是老太太跟前的人，二爷成天的吃药，行动都离不了人，屋里几个丫头不够使，把我拨了过去。怎么着？你冷哪？”凤箫摇摇头。

上例特指问与是非问直接组合。

(2)人生就是这样的错综复杂，不讲理。当初她为什么嫁到姜家来？为了钱么？不是的，为了要遇见季泽，为了命中注定她要和季泽相爱。

以上是思忖，也是特指问与设问直接组合。

（3）九老太爷道："依你便怎样？"七巧呜咽道："哪儿由得我出主意呢？只求九老太爷替我们做主！"

上例特指问与设问直接组合。

（4）季泽笑道："好嫂子，你有什么不好？"七巧笑了一声道："难不成我跟了个残废的人，就过上了残废的气，沾都沾不得？"她睁着眼直勾勾朝前望着，耳朵上的实心小金坠子像两只铜钉把她钉在门上——玻璃匣子里蝴蝶的标本，鲜艳而凄怆。

上例特指问与设问直接组合。

以上4例中，例（1）中的组合问分布于同一个话轮，例（2）属于思忖，例（3）、例（4）分布于不同话轮。

2.3 首问为选择问

（1）她瞧着那双脚，心里一动，冷笑一声道："你嘴里尽管答应着，我怎么知道你心里是明白还是糊涂？你人也有这么大了，又是一双大脚，哪里去不得？我就是管得住你，也没那个精神成天看着你。按说你今年十三了，裹脚已经嫌晚了，原怪我耽误了你。马上这就替你裹起来，也还来得及。"

上例选择问与设问直接组合。组合问分布于同一个话轮。

二、三句组合问

三句问句的直接组合即为我们所说的“三句组合问”。

(一)《边城》中的三句组合问

沈从文《边城》三句组合问的所有构成问句中，特指问2句，占所有共12句构成问句的16.67%；是非问4句，占33.33%；正反问0句；选择问2句，占16.67%；设问4句，占33.33%。句类配置较为平衡。例如：

(1)二老一见翠翠就说：“翠翠，你来了，爷爷也来了吗？”翠翠脸还发着烧不便作声，心想：“黄狗跑到什么地方去了呢？”二老又说：“怎不到我家楼上去看呢？我已要人替你弄了个好位子。”翠翠心想：“碾坊陪嫁，希奇事情咧。”

上例是非问、特指问、设问直接组合。标记语分别为：“……吗”“……呢”“怎不……呢”。

(2)但再过一阵，溪边又喊起过渡来了，声音不同了一点，这才真是二老的声音。生气了吧？等久了吧？吵嘴了吧？老船夫一面胡乱估着一面跑到溪边去。

上例是非问、是非问、是非问直接组合。标记语分别为：“……吧”“……吧”“……吧”。

(3)“哪里，哪里，我那葫芦被顺顺大伯扣下了，他见我在河街上请人喝酒，就说：‘喂，喂，摆渡的张横，这不成的。你不开槽坊，如何这样子！把你那个放下来，请我全喝了吧。'他当真那么说，'请我全喝了吧。'我把葫芦放下了。但我猜想他是同我闹着玩的。他家里还少烧酒吗？翠翠，你说……""爷爷，你以为人家真想喝你的酒，便是同你开玩笑吗？""那是怎么的？""你放心，人家一定因为你请客不是地方，所以扣下你的葫芦，不让你请人把酒喝完。等等就会为你送来的，你还不明白，真是！——"

上例设问、设问、特指问直接组合。标记语分别为："……吗""……吗""……怎么……"。

(4)那边一个眉毛扯得极细脸上擦了白粉的妇人就走过来问："大哥，副爷，要甜酒，要烧酒？"男子火焰高一点的，谐趣的，对内掌柜有点意思的，必装成生气似的说："吃甜酒？又不是小孩，还问人吃甜酒！"

上例选择问、选择问、设问直接组合，均为零标记。

(二)《金锁记》中的三句组合问

张爱玲《金锁记》三句组合问所有构成问句中，特指问共2句，占22.22%；正反问1句，占11.11%；设问6句，占66.67%。其中设问的比例明显较高。例如：

(1)七巧虽是笑吟吟的，嘴里发干，上嘴唇黏在牙仁上，放不下来。她端起盖碗来吸了一口茶，舐了舐嘴唇，突然把脸一沉，跳起身来，将手里的扇子向季泽头上滴溜溜掷过去，季泽向左偏了一偏，那团扇敲在他肩膀上，打翻了玻璃杯，酸梅汤淋淋漓漓溅了他一身，七巧骂道："你要我卖了田去买你的房子？你要我卖田？钱一经你的手，还有得说么？你哄我——你拿那样的话来哄我——你拿我当傻子——"她隔着一张桌子探身过去打他，然而她被潘妈下死劲抱住了。

上例由设问、设问、设问直接而成。标记形式为：零标记、零标记、"……么"。

(2)七巧道："那还有个为什么？男人的心，说声变，就变了。他连三媒六聘的还不认帐，何况那不三不四的歪辣货？知道他在外洋还有旁人没有？我就只这一个女儿，可不能糊里糊涂断送了她的终身，我自己是吃过媒人的苦的！"

上例由设问、设问、正反问直接组合而成。标记形式为："……为什么""何况……""有……没有"。

(3)她要他，就得装糊涂，就得容忍他的坏。她为什么要戳穿他？人生在世，还不就是那么一回事？归根究底，什么是真的，什么是假的？

以上是思忖，由特指问、设问、特指问直接组合而成。标记形式为："……为什么……"、零标记、"什么……"。

值得特别注意的是，所有三句组合问中，仅见1例"零标记+零标记+零标记"的情形。

三、多句组合问

“多句组合问”是个笼统的说法，过去我们曾将三句组合问也放到多句组合问里面讨论，这里主要是指四句或四句以上问句的直接组合。这种情形下的组合问与上文述及之三句组合问又可综括为排比问。

（一）《边城》中的多句组合问

沈从文《边城》多句组合问的构成问句中，特指问共4句，占28.57%；是非问4句，占28.57%；正反问3句，占21.43%；选择问0句；设问3句，占21.43%。各种句类的配置较为均衡。例如：

（1）船总见老船夫的眼睛盯着他的脸，想得一个满意的回答，就说：“有这事情。”那么答应，意思却是：“有了你怎么样？”老船夫说：“真的吗？”那一个又很自然的说：“真的。”意思却依旧包含了“真的又怎么样？”老船夫装得很从容的问：“二老呢？”船总说：“二老坐船下桃源好些日子了！”

上例由特指问、是非问、设问、特指问四句组成。标记形式为：“……怎么样”“……吗”“……怎么样”“……呢”。

（2）一面把带点湿气的草塞进灶里去，一面向正在把客人带回的那一葫芦酒试着的祖父询问：“爷爷，那人说回去就要人来替你，要我们两人去看船，你去不去？”“你高兴去吗？”“两人同去我高兴。那个人很好，我象认得他，他是谁？”祖父心想：“这倒对了，人家也觉得你好！”祖父笑着说:“翠翠,你不记得你前年在大河边时,有个人说要让大鱼咬你吗?”翠翠明白了,却仍然装不明白问:“他是谁?”“你想想看,猜猜看。”

上例由正反问、是非问、特指问、是非问、特指问五句直接组成。标记形式为:“V不V”“……吗”“……谁”“……吗”“……谁”。

(3)翠翠嗤的笑了:“‘凤滩、茨滩不为凶,下面还有绕鸡笼;绕鸡笼也容易下,青浪滩浪如屋大。’爷爷,你渡船也能下凤滩、茨滩、青浪滩吗? 那些地方的水,你不说过象疯子吗?”祖父说:“翠翠,我到那时可真象疯子,还怕大水大浪?”翠翠俨然极认真的想了一下,就说:“爷爷,我一定不走。可是,你会不会走? 你会不会被一个人抓到别处去?”祖父不作声了,他想到被死亡抓走那一类事情。

上例由是非问、设问、设问、正反问、正反问五句组成。标记形式为:“……吗”“……不……吗”、零标记、“……会不会……”“……会不会……”。

(二)《金锁记》中的多句组合问

张爱玲《金锁记》多句组合问的构成问句中,特指问共4句,占13.79%;是非问10句,占24.14%;正反问1句,占3.45%;选择问0句;设问17句,占58.62%。例如:

(1)长安听了这话,如同轰雷掣顶一般。她娘尽管把她说得不成人,外头人尽管把她说得不成人。她管不了这许多。唯有童世舫——他——他该怎么想? 他还要她么？上次见面的时候，他的态度有点改变么？很难说……她太快乐了，小小的不同的地方她不会注意到……被戒烟期间身体上的痛苦与这种种刺激两面夹攻着，长安早就有点受不了，可是硬撑着也就撑了过去，现在她突然觉得浑身的骨骼都脱了节。向他解释么？（张爱玲《金锁记》）

以上是思忖，由特指问、是非问、是非问、是非问四句组成。标记形式为："……怎么……""……么""……么""……么"。

（2）凤箫扑嗤一笑道："真的？她这些村话，又是从哪儿听来的？就连我们丫头——"小双抱着胳膊道："麻油店的活招牌，站惯了柜台，见多识广的，我们拿什么去比人家？"凤箫道："你是她陪嫁来的么？"

上例由是非问、特指问、设问、是非问四句组成。标记形式为：零标记、"……哪儿……""……什么……""……么"。

（3）虽然他不向她哭穷，但凡谈到银钱交易，她总觉得有点危险，便岔了开去道："三妹妹好么？腰子病近来发过没有？"季泽笑道："我也有许久没见过她的面了。"七巧道："这是什么话？你们吵了嘴么？"季泽笑道："这些时我们倒也没吵过嘴。不得已在一起说两句话，也是难得的，也没那闲情逸致吵嘴。"

上例由是非问、是非问、设问、是非问四句组成。标记形式为："……么""……没有""……什么……""……么"。

（4）七巧破口骂道："不害臊！你是肚子里有了搁不住

的东西是怎么着？火烧眉毛，等不及的要过门！嫁妆也不要了——你情愿，人家倒许不情愿呢？你就拿准了他是图你的人？你好不自量，你有哪一点叫人看得上眼？趁早别自骗自了！姓童的还不是看上了姜家的门第！”

上例由设问、设问、设问、设问四句组成。标记形式为：“……怎么……”“……呢”、零标记、“……哪……”。

（5）七巧啃着扇子柄，斜瞟着他道：“你今儿是怎么了？受了暑吗？”季泽道：“你哪里知道？”半晌，他低低的一个字一个字说道：“你知道我为什么跟家里的那个不好，为什么我拼命的在外头玩，把产业都败光了？你知道这都是为了谁？”七巧不知不觉有些胆寒，走得远远的，倚在炉台上，脸色慢慢地变了。

上例由特指问、是非问、设问、设问、设问五句组成。标记形式为：“……怎么……”“……吗”“……哪里……”“为什么……”“……谁”。

（6）七巧就在兰仙的椅子上坐下了，一手托着腮，抬高了眉毛，斜睐着季泽道：“她跟我生了气么？”季泽笑道：“她干吗生你的气？”七巧道：“我正要问呀——我难道说错了话不成？留你在家倒不好？她倒愿意你上外头逛去？”季泽笑道：“这一家子从大哥大嫂起，齐了心管教我，无非是怕我花了公账上的钱罢了。”

上例由是非问、设问、设问、设问、设问五句组成。标记形式为：

“……么”“……干吗……”“……难道……不成”、零标记、零标记。

(7)七巧忽然含笑问道：“白哥儿你说，你媳妇儿好不好？”长白笑道：“这有什么可说的？”七巧道：“没有可批评的，想必是好的了？”长白笑着不做声。七巧道：“好，也有个怎么个好呀！”长白道：“谁说她好来着？”七巧道：“她不好？哪一点不好？说给娘听。”长白起初只是含糊对答，禁不起七巧再三盘问，只得吐露一二。

上例由正反问、设问、设问、设问、设问、特指问六句组成。标记形式为：“……A不A”“……什么……”、零标记、“谁……”、零标记、“哪……”。

以上多句组合问中，未见所有构成问句均为零标记问句的情形。

以上沈从文《边城》和张爱玲《金锁记》所有较为典型的组合问共49例。组合问作为一种特殊的句组，首句引领关涉后续句。其中，首句为特指问的共17例，首句为设问的共17例，首句为是非问的共10例，首句为正反问的共3例，首句为选择问的共2例。在组合问中，首句的后续句是以问答问，其句际衔接较为特殊。有疑而问的真实疑问句的句际衔接功能比较明显，设问（非真实疑问句）亦具有一定的句际衔接功能，可衔接其他问句。设问作为一种修辞性问句，作为一种辞格，有较强的语境依赖性。

将两个语篇分开来看，沈从文的《边城》共有组合问24例。其中首句为特指问的10例，首句为是非问的7例，首句为设问的4例，首句为正反问的2例，首句为选择问的1例。张爱玲的《金锁记》共有组合问25例。其中首句为设问的13例，首句为特指问的7例，首句为是非问的3例，首句为正反问的1例，首句为选择问的1例。无论是首句的数量还是相对比例，沈从文《边城》中的设问均小于张爱玲的《金锁记》。一般说来，所有的问句都有助于凸显主体间性，往往需要回答的真实疑问句的主体间性较无须回答的设问（非真实疑问句）更强。如此看来，似可说沈从文《边城》的主体间性在此意义上比张爱玲的《金锁记》更强。

沈从文《边城》和张爱玲《金锁记》中的组合问，以“形合”为主，即绝大部分组合问内部至少有一个构成问句带有疑问标记语，仅仅只有1例是“意合”（组合问内部构成问句均无标记，均为零标记）而成的。《边城》中的疑问标记语在形式上较为单一，特指问、是非问、正反问、选择问等各种形式的句类呈现较为均衡。《金锁记》的疑问标记语则在形式上较为复杂，比如各种配套的标记语频繁使用；各种形式的句类之间在数量上不太平衡，比如设问的比例明显较大。

原载于《湖北师范大学学报》（哲学社会科学版）2019年第3期

《围城》中的"激问"句组——兼析交往理性的"围城"

激问句组，是由两个或两个以上的激问句直接组合而成的一个无疑而问的问句系列。现代汉语中的激问句，常常带有语气词等激问标记语，尤显汉语特色，颇具语用价值。当今学界也对相关问题给予了一定的关注，例如殷树林的《现代汉语反问句研究》主要在宏观上专题探讨现代汉语反问句。[1]《围城》激问句组有较为丰富的激问标记语，主要有"什么""为什么""怎么""难道""罢""么""呀""不是……么""P不P"格式等，也有一定量的零标记（无特定标记语）形式。结构形式有二句句组和三句句组，组合形式多样。《围城》激问句组是钱锺书语言艺术的一个组成部分，颇具语用价值。有心理、逻辑、审美等动因的激问句组，是有意违背合作原则和礼貌原则等语用原则的"美丽的错误"，其有助于人物形象的塑造，有助于令人"银笑"（非"铅笑"）之讽刺效果的形成。激问句组是交往理性的"围城"的"建筑材料"之一。

本文语料主要依据人民文学出版社1991年版《围城》，同时参其前诸版本。

一、“激问”句组的界定

激问是“设问”的一种。我们关于“设问”的界定从陈望道《修辞学发凡》:“胸中早有定见,话中故意设问的,名叫设问。这种设问,共分两类:(一)是为提醒下文而问的,我们称为提问,这种设问必定有答案在它的下文;(二)是为激发本意而问的,我们称为激问,这种设问必定有答案在它的反面。”[2]显然,《修辞学发凡》对设问的界定比较宽,大致包括一般所说的设问和反问,着眼于表达效果。我们以为“设问”界定从宽,是合适的。

沈谦在《语言修辞艺术》中也对设问进行了同样的分类,只是解说略有不同:一为提问,自问自答,先提出问题,引发对方好奇与注意,再自行作答;二为激问,问而不答,以问句表达确定意思,答案必在问题的反面。[3]显然,“激问”即通常所说的反问(反诘问)。例如:

(1)唐小姐道:“方先生,我今天来了有点失望——”

“失望!你希望些什么?那味道还不够利害么?”

上例画横线处为组合问(下同)。概括地说,激问不是真正的有疑而问的疑问句,激问并不着意于新信息的获取,而重在对某些已有信息的凸显。激问句组,是由两个或两个以上的激问句直接组合而成的一个无疑而问的问句系列。激问常常有形式上的标记语,这些标记语通常包括语气词、疑问代词、疑问副词等。除了用语气词、疑问代词、疑问副词等特定的疑问语词标记外,激问常常在书面形式上用“?”或“!”表示。例如:

(2)现在他吃我周家的饭,住周家的房子,赚我周家的钱,瞒了我外面去胡闹,一早出门,也不来请安,目无尊长,成什么规矩！他还算是念书人家的儿子！书上说的“清早起，对父母，行个礼”他没念过？

一般而言，相对于“！”，书面上在句尾用“？”的激问可能更典型一些，故我们暂时不考察以“！”标记的情形。同时，为了表述的方便，我们将表示疑问的语气词、疑问副词、疑问代词等统称为疑问标记语，简称为“标记”。本文所说的“标记”因其“语词”内涵，不包括书面上的视觉符号标记“？”。

二、《围城》“激问”句组的结构形式

《围城》激问句组由相对独立而又互相依存且直接组合的若干个激问句构成。按照激问句句数，可以分为二句句组和三句句组。

（一）二句句组

两个问句直接组合，是《围城》激问句组最常见的形式。主要有“有标记问句＋有标记问句”“有标记问句＋无标记问句”“无标记问句＋有标记问句”“无标记问句＋无标记问句”四种情形。

1. 有标记问句＋有标记问句

这种情形的激问句组是由两个有标记的激问句组成的。例如：

（1）吃东西有什么好看？老瞧着，好意思么？我不愿意吃给你看，所以不吃，这是你害我的——哈哈，方先生，别当真，我并没知道你在看旁人吃。

上例是唐晓芙和方鸿渐的对话。疑问标记分别为疑问代词“什么”和语气词“么”。需要特别说明的是，在《围城》中“么”是十分常

见的语气词，与之较为接近的“吗”“嘛”和“嚜”都很少见。据我们初步统计，全书“吗”仅见4例，暂未见“嘛”和“嚜”。

(2)李梅亭别了寡妇不多时，只听她房里阿福厉声说话：“潘科长派我送你的，你路上见一个好一个，知道他是什么人？潘科长那儿我将来怎样交代？”

上例激问标记分别为疑问代词“什么”和疑问副词“怎样”，带有较为强烈的质问语气和不满情绪。

(3)辛楣满脸不好意思，望着孙小姐道：“这怎么行？你父亲把你交托给我的，我事做不好，怎么拖累你？”

上例激问标记均为疑问副词“怎么”。

(4)死掉老婆还是最经济的事，虽然丧葬要一笔费用，可是离婚不要赡养费么？重婚不要两处开销么？

上例激问标记均为语气词“么”。

(5)鸿渐问道：“难道你喜欢留在这地方？你不是一来就说要回家么？”

上例激问标记为疑问副词“难道”和判断动词“是”的否定形式套以语气词“么”。

(6)李先生如梦初醒地一跳道：“你问谁呀？我呀？我们是上海来的。”

上例激问标记为语气词“呀”，表达格外兴奋之情，并不是真的有疑问。

(7)并且，学校不是汇来每人旅费一百元么？高松年来信说旅费绰乎有余，还省什么小钱？

上例激问标记为“……不是……么”和“……什么……”。

(8)过一会，子潇尖利地注视着鸿渐，像要看他个对穿，道：“你真的不知道么？怎么会呢？”

上例激问标记为“么”和“怎么……呢”。

(9)刘太太忙说：“做老处女怎么可以？真是年纪大了，嫁给人做填房也好，像汪太太那样不是很好么？”言下大有以人力挽回天命之意。

上例激问标记为“怎么”和“不是……么”。

(10)她瞧方鸿渐瞪着眼，还不明白——“那首诗就是表姐做的，不是王尔恺的。”鸿渐跳起来道：“呀？你别哄我，扇子上不是明写着‘为文纨小姐录旧作’么？”

上例激问标记为“呀”和“不是……么”。

(11)“什么？副教授里还分等么？”鸿渐大有约翰生博士不屑分别臭虫和跳虱的等级的意思。

上例激问标记为“什么”和“么”。

(12)辛楣道：“混账！那么，我就说啦，啊？我不是跟你讲过，孙小姐这人很深心么？你们这一次，照我第三者看起来，她煞费苦心——”

上例激问标记为“啊”和“么”。

例(10)至例(12)较为特殊,句组中的一个句子为独词句,由激问标记自身构成独词句,语气更为强烈。

2. 有标记问句＋无标记问句

这种情形的激问组合是由有标记的激问和另一个无标记问句组成的。前一个有标记,后一个无标记。例如:

(1)眼前指点的:“朋友,让一让,里面有的是地方,拦在门口好傻!”其势汹汹的:“我有票子,为什么不能上车?这车是你包的?哼!”结果,买到票子的那一堆人全上了车,真料不到小车厢会像有弹性,容得下这许多人。

上例激问标记是“为什么”,带有较为强烈的质问语气。

(2)汪先生道:“世界变了!怎么年轻人一点热情都没有?一点——呃——‘浪漫’都没有?婚不肯结,还要装穷!好,我们不要谢仪,替两位白当差,娴,是不是?”

上例激问标记为“怎么”。

(3)柔嘉撇开他手道:“我现在教你不要把汗手碰我,听不听我的话?吓,我叫你出去!你心上不是要出去么?我留得住你?留住你也没有意思,你留在旅馆里准跟我找岔子生气。”

上例激问标记为“……不是……么”。

(4)“这话真么?只要表姐有个表示,这误解不是就弄明白了?”

上例语气词“么”为激问标记。后一句中的“……不是……了”还不是一种典型的激问标记。“问句里有否定词的时候，这是一种修辞性问句，隐含着与问句相反的答句。”[4]

(5)“难道是了美国人，她女人的成分就加了倍？养孩子的效率会与众不同？”

上例副词“难道”为激问标记。

(6)“怎么？”鸿渐直跳起来，“你看见我给你表姐的信？”“表姐给我看的，她并且把从船上到那天晚上的事全告诉我。”

上例激问标记为“怎么”。“怎么”是独词句，直接由激问标记构成独词句。

3. 无标记问句 + 有标记问句

构成激问句组的两个句子，前一个无标记，后一个有标记。这种情形的激问句组似乎在语气上没有上述两类句组强。例如：

(1)顾尔谦看见辛楣和鸿渐，声势大振，张牙舞爪道：“二位瞧他可恶不可恶？这是搁死人尸首用的，他不是欺负我么？”

上例激问标记为“么”。句组中前一个句子的“P不P”格式是一种正反问，不是商量的语气，也不表示选择，蕴涵了“P”的程度的加深，这类格式似不是典型的激问标记。

(2)那女人道：“教书的？教书的没有钱，为什么不走私做买卖？”两人又蒙上被。

上例激问标记为“为什么”。

(3)辛楣吐舌道：“斜川？他肯去么？你不信，问他自己。只有我们一对失恋的废物肯到那地方去，斜川家里有年轻美貌的太太。”

上例激问标记为“么”。句组中的前一个句子为独词句。

(4)鸿渐生气不响，她注视着他的脸，笑说：“跟我生气了？为什么眼睛望着别处？是我不好，逗你。道歉！道歉！”

上例激问标记为表示特指问的“为什么”。

(5)鸿渐问店主要痰盂，店主说：“这样大的地方还不够吐痰？要痰盂有什么用？”半天找出来一个洗脚的破木盆。

上例激问标记为“什么”。

4. 无标记问句＋无标记问句

这种情形的激问句组是由两个没有标记的激问句组成的。这种情形的激问句组在《围城》中分布最少。例如：

(1)鸿渐给辛楣那么一说，心里得意，假装不服气道：“副教授就不是人？只有你们大主任、大教授配彼此结交？辛楣，讲正经话，今天有你，韩太太的国籍问题可以解决了。”

(2)那妇人道：“吃醋也轮得到你？我要你来管？给你

点面子，你就封了王了！不识抬举、忘恩负义的王八蛋！"

以上无标记激问句组有助于接受者想象和联想语用主体的态势语和副语言特征。

（二）三句句组

《围城》中的激问句组多由两个激问句组成，但也有由三个激问句直接组成的。例如：

(1)顾尔谦拍自己青布大褂胸脯上一片油腻道："我不穿西装的就不讲理？为什么旁人有竹榻睡，我没有？我不是照样付钱的？我并不是迷信，可是出门出路，也讨个利市，你这家伙全不懂规矩。"

(2)张先生惊奇地望着鸿渐道："谁不舒服？你，我？我很好呀！"鸿渐道："张先生不是说'头痛'么？"

(3)一见苏小姐，他先声夺人地嚷道："昨天是怎么一回事？你也病，她也病，这病是传染的？还是怕我请客菜里下毒药？真气得我半死！我一个人去了，你们不来，我满不在乎。"

(4)子潇道："我请就请，有什么关系。就怕人家未必赏脸呀。""谁？孙小姐？我看你关心她得很，是不是看中了她？哈哈，我来介绍。"

(5)孙小姐道："我看他这封信也是一片好意。你何必空做冤家？骂了他于你有什么好处？也许他真把你介绍给人了呢？”

（6）柔嘉道：“我要出去了，鸿渐，你许不许？”鸿渐道：“是不是到你姑母家去？哼，我不许你，你还不是一样去！问我干吗？下半天去不好么？”

相对而言，三句直接组合的激问句组往往在语气上最为强烈。从《围城》全书宏观上看，语气更强的三句句组较少，而以二句句组为主。这说明《围城》在语气上的总体格调并不太强，或许很强，但不太硬。其讽刺特色更为鲜明：爽朗，而不那么辛辣；机巧，而不那么沉钝。

三、《围城》句组“激问”的修辞动因

如上所述，《围城》激问标记形式多样：有单用的，有配套使用的。激问句组中，有各个激问句均使用同样标记的，也有分别使用不同标记的。绝大部分分布于对话中，较少是旁白式的“元语言”。有论者在分析《围城》的语言特色时，提出了“不和谐语言修辞”[5]这一看法，只是未及展开，且主要是从文学角度考察的。从语用修辞的角度看，《围城》激问句组有其修辞动因，主要表现为心理动因（理据）、逻辑动因（理据）和审美动因（理据）等。这些动因（理据）归结为一点，似可概括为交往理性动因。交往理性是德国哲学家哈贝马斯提出的一个普遍语用学概念，其主要内涵表现为和谐对话、真诚、平等交流沟通等。[6]

(一)心理动因

心理动因或者源于激问句组有助于表达较为强烈的情绪情感状态。例如：

(1)鸿渐叹气道："那么——"柔嘉等他说"我就不去"，不料他说——"我带了你同进去，总好了。"

"我这儿好好的有职业，为什么无缘无故扔了它跟你去。到了里面，万一两个人全找不到事，真叫辛楣养咱们一家？假使你有事，我没有事，那时候你不知要怎样欺负人呢！辛楣信上没说提拔我，我进去干什么？做花瓶？太丑，没有资格。除非服侍官太太做老妈子。"

"活见鬼！活见鬼！我没有欺负你，你自己动不动表示比我能干，赚的钱比我多。你现在也知道你在这儿是靠亲戚的面子，到了内地未必找到事罢？"

"我是靠亲戚，你呢？没有亲戚可靠，靠你的朋友，咱们俩还不是彼此彼此？并且我从来没说我比你能干，是你自己心地龌龊，咽不下我赚的钱比你多。内地呢，我也到过。别忘了三闾大学停聘的不是我。我为谁牺牲了内地的事到上海来的？真没有良心！"

鸿渐气得冷笑道："提起三闾大学，我就要跟你算账。我懊悔听了你的话，在衡阳写信给高松年谢他，准给他笑死了。以后我再不听你的话。你以为高松年给你聘书，真要留你么？别太得意，他是跟我捣乱哪！你这傻瓜！”

“反正你对谁的话都听，尤其赵辛楣的话比圣旨都灵，就是我的话不听。我只知道我有聘书你没有，管他‘捣乱’不‘捣乱’。高松年告诉你他在捣乱？你怎么知道？不是自己一个指头遮羞么？”

上例激问句组分属多个话轮，是《围城》中十分精彩的一个片段，描述的是主人公方鸿渐和孙柔嘉之间的尖锐冲突。二人在言语上的激烈争吵，违背于语用学上的合作原则。作者有意让以上对话（争吵）违背语用原则，恰好体现了作者高超的语言艺术：更为真实地刻画主人公的心理状态。《围城》并不是以故事情节的复杂和曲折取胜，而是特别注重人物的主体间性。其刻画人物的心理（含性格等）的艺术已是炉火纯青。

（2）鸿渐道：“谁？汪太太？听说她病好了，我没到汪家去过。”辛楣道：“她也真可怜——”

上例句组的前后两个句子均为独词句，形式简短，衔接紧密，节奏很快，描述了急切、惊讶的心理状态。

（3）鸿渐袜子没穿好，赤了左脚，跳出房门，拿起话筒，不管用人听见不听见，厉声——只可惜他淋雨受了凉，已开始塞鼻伤风，嗓子没有劲——说：“咱们已经断了，断了！听见没有？一次两次来电话干吗？好不要脸！你捣的好鬼！我瞧你一辈子嫁不了人——”忽然发现对方早挂断了，险要再打电话给苏小姐，逼她听完自己的臭骂。

上例是作品中的一个十分重要的语段，也是一个巧合。也许恰是这个巧合，改变了主人公方鸿渐的人生境遇。上例中的激问句组也是在特定心境下表达出来的，方鸿渐似乎歇斯底里的喊叫，表明他对孙柔嘉的极为不满，而接电话的偏偏是他挚爱的唐晓芙，他越是激动，言辞越激烈，对彼时接电话的唐晓芙的伤害就越深。这也是主人公违背合作原则和礼貌原则等语用原则的显例，而于小说作者，则是美丽的错误。

(4)柔嘉道："不错，我知道了很生气。谢谢你一片好意，撒谎替我娘家挣面子。你应当老实对母亲说，这是我预支了厂里的薪水买的。我们孙家穷，嫁女儿没有什么东西给她。你们方家为儿子娶媳妇花了聘金没有？给了儿子媳妇东西没有？吓，这两间房子，还是咱们出租金的——哦，我忘了，还有这只钟——"她瞧鸿渐的脸拉长——给他一面镜子——"你自己瞧瞧，不像钟么？我一点没有说错。"鸿渐忍不住笑了。

上例用了激问句组，一连两个正反问，把人物愤怒的情绪传达得十分得体。

(5)鸿渐拍桌跳起来道："什么话？谁教你说这种话的？"阿丑吓得脸涨得比鸿渐还红，道："我——我听见妈妈对爸爸说的。"

上例的激问句组传神地刻画了主人公的恼羞成怒，配合其态势语(拍桌跳起来)及副语言特征("红"了脸)和接受者的情绪反应(吓得脸涨得比鸿渐还红)，耐人寻味。

(6)柔嘉道:“在家里享福,谁不愿意?我并不喜欢出去做事呀!我问你,你赚多少钱一个月可以把我供在家里?还是你方家有祖传的家当?你自己下半年的职业,八字还未见一撇呢!我挣我的钱,还不好么?倒说风凉话!”……“你和你父亲的头脑都是几千年前的古董,亏你还是个留学生。”

上例以选择问的形式表达强烈的反诘语气,得体地表达了言语主体强烈的不满情绪。

(二)逻辑动因

激问句组的适用除了有其心理动因,还有其逻辑动因。例如:

(1)方鸿渐看大势不佳,起了恐慌。洗手帕,补袜子,缝钮扣,都是太太对丈夫尽的小义务。自己凭什么受这些权利呢?受了丈夫的权利当然正名定分,该是她的丈夫,否则她为什么肯尽这些义务呢?难道自己言动有可以给她误认为丈夫的地方么?想到这里,方鸿渐毛骨悚然。

以上激问组合体现了主人公的某种很微妙的“思路”,层层递进深入。

(2)辛楣咀嚼着烟斗柄道:“鸿渐,我和你是好朋友,我虽然不是孙小姐法律上的保护人,总算受了她父亲的委托——我劝你们两位赶快用最简单的手续结婚,不必到上海举行仪式。反正你们的船票要一个星期以后才买得到,索性多住四五天,就算度蜜月,乘更下一条船回去。旁的不说，回家结婚，免不了许多亲戚朋友来吃喜酒，这笔开销就不小。孙家的景况，我知道的，你老太爷手里也未必宽裕，可省为什么不省？何必要他们主办你们的婚事？”

上例表示建议，是较为透彻分析前文之后的结论。以激问句组形式给出结论，是为了凸显结论的毋庸置疑。

(3)柔嘉放弃了嘲讽的口吻，坦白地愤恨说——“我早告诉你，我不喜欢跟赵辛楣来往。可是我说的话有什么用？你要去，我敢说‘不’么？去了就给人家瞧不起，给人家笑——”

“你这人真蛮不讲理。不是你自己要进去么？事后倒推在我身上？并且人家并没有糟蹋你，临走还跟你拉手——”

上例两个激问句组分属两个不同的近邻着的话轮。前一个句组的两个句子之间为因果关系。后一个句组的两个句子之间为转折关系。

(4)鸿渐笑说：“你真是‘千方百计’，足智多谋，层出不穷。幸而他是个男人，假使他是个女人，我想不出你更怎样吃醋？”柔嘉微窘，但也轻松地笑道：“为你吃醋，还不好么？假使他是个女人，他会理你？他会跟你往来？你真在做梦！只有我哪，昨天挨了你的骂，今天还要讨你好。”

上例激问句组中的三个句子构成并列关系，在语义逻辑上互补。

(5)柔嘉道：“呸！要死就死，要挟谁？吓谁？不过你别乐，我不饶你的。”

上例激问句组的两个句子之间为并列关系，其中前一个句子内部的“要死就死”为紧缩结构。

(6)她的终身大事，全该自己负责了，这怎么了得！鸿渐急得坐立不安，满屋子的转。假使不爱孙小姐，管什么闲事？是不是爱她——有一点点爱她呢？

上例激问句组中的两个句子表示因果关系，前一个句子为复句形式，其内部两个分句之间为假设关系，后一个句子也可看作复句形式，内部分句之间的关系可看作让步关系。

(三)审美动因

作为一部脍炙人口的现代经典文学作品，《围城》的语言艺术堪称精湛！《围城》中的激问句组十分有助于塑造人物形象，体现人物独特的言语风格。例如：

(1)谁知道父亲快信来痛骂一顿：“吾不惜重资，命汝千里负笈，汝埋头攻读之不暇，而有余闲照镜耶？汝非妇人女子，何须置镜？惟梨园子弟，身为丈夫而对镜顾影，为世所贱。”

上例是方鸿渐父亲给儿子的信，其中的激问句组带有十分浓厚的文言色彩，一个带点儿酸腐的乡绅读书人的形象跃然纸上。

(2)侯营长演说道：“我们这货车不能私带客人的，带客人违犯军法，懂不懂？可是我看你们在国立学校教书，总算也是公务机关人员，所以冒险行个方便，懂不懂？我一个钱不要你们的，你们也清苦得很，我不在乎这几个钱，懂不懂？可是我手下开车的、押车的弟兄要几个香烟钱，钱少了你们拿不出去，懂不懂？我并不要钱，你们行李不多罢？里面没有上海带来的私货罢？哈哈，你们念书人有时候很贪小便宜的！”

据我们初步考察，上例为《围城》中十分少见的一例超过三句的激问句组，共由六个问句直接组合而成，前四个句子为正反问，“P不P”格式形成的激问标记多次复现，有意冗余，后两句激问语气词“罢”复现两次。这一语段把当时的无聊基层官吏侯营长的形象刻画得惟妙惟肖，同时也是让人“银笑”（没有注入了铅的冷硬、沉钝）的讽刺。

或者可以说，《围城》中的“围城”也是交往理性的围城，它在一定意义上阻碍了人际和谐交往，切断了人际真诚、平等、有效、和谐对话的语境条件。在此情形下，激问句组则是交往理性的“围城”的典型“建筑材料”之一。

总起来看，《围城》激问句组有较为丰富的激问标记语，主要有“什么”“为什么”“怎么”“难道”“罢”“么”“呀”“不是……么”“P不P”格式等，也有一定量的零标记形式。《围城》激问句组是钱锺书语言艺术的一个组成部分，颇具语用价值。有心理、逻辑、审美等动因的激问句组，是有意违背合作原则和礼貌原则等语用原则的“美丽的错误”，其有助于人物形象的塑造，有助于令人“银笑”的讽刺效果的形成。

参考文献：

[1]殷树林.现代汉语反问句研究[M].哈尔滨:黑龙江大学出版社,2009.

[2]陈望道.陈望道学术著作五种[M].上海:复旦大学出版社,2005.

[3]沈谦.语言修辞艺术[M].北京:中国友谊出版公司,1997.

[4]赵元任.汉语口语语法[M].北京:商务印书馆,1979.

[5]周晓明.现代中国文学史[M].武汉:华中师范大学出版社,2011.

[6][德]哈贝马斯.交往与社会进化[M].张博树译.重庆:重庆出版社,1989.

原载于《北华大学学报》(社会科学版)2017年第2期

柔石《二月》中书信里的问句
——交往理性的『早春二月』之语符呈现

小说这种文体常常体制宏大，在语篇上颇具兼容性，有时可表现为非均质语篇。含有一定量完整书信的小说，整体文本属于非均质语篇，不同层级语篇或者语域渗透、语体交叉，抑或语层互文、语值融通。现代作家柔石的小说《二月》内嵌有一定量的书信，颇具特色。在我们看来，整体上是较为典型的非均质语篇。

就语体、语域而言，小说通常被认为属于文艺审美语域，书信通常被认为属于实用语域。柔石《二月》里的书信，形成总体的文艺审美语域和内属的实用语域的套嵌，即某种意义上的语域渗透——实用语域向文艺审美语域的某种渗透。小说中的书信，作为二级语篇（小说总体为一级语篇），不同于其内部的自然的分章分节（或“回”）：前者是内嵌的，总体能指之和必然小于整篇，是非均质的；后者是整篇的自然划分，总体能指之和一般等于整篇，未必是非均质的。《二月》全篇内嵌13封完整的信函，只有钱正兴给陶岚的一封信和一个“八行字”的便条及萧涧秋写给陶岚的最后一封信没有使用问句，余则均有问句。第一至第十三封信里问句数目的初步统计：13，

5,3,15,4,0,9,5,8,0,0,1,5。共68句,每封信平均5.2个问句。

《二月》最早于1929年11月1日由上海春潮书局出版。“《二月》结构单纯、匀称、完整,但情节却不乏跌宕起伏。作品以萧涧秋为中心,以萧涧秋与陶岚、文嫂构成充满善意的感情纠葛,然后他们又共同与钱正兴之流构成善与恶、新与旧的矛盾冲突,使整个作品显得严整而和谐。作品的语言清秀,抒情意味浓郁,具有诗的韵味。”①结构单纯、匀称的《二月》,“它并没有趋慕时髦,写突变式的英雄,而是走着一条诚实的艺术道路,以充分的审美眼光,谛视着在大革命风暴欲来之秋尚保持着宁静和沉滞的江南小镇中,一个低回彷徨而又宛若鹤立鸡群的青年知识者的人生思索与选择”②。总体上说,《二月》书信里的问句有助于升华小说揭示交往理性的“早春二月”这一主题要素。这里,我们以《二月》书信问句文本主要依据人民文学出版社1986年出版的《柔石选集》③中的《二月》为基点,细读其清秀、抒情意味浓郁、具有诗的韵味的语言。

一、语形:较为丰富的疑问标记

疑问标记为含有疑而问的真实疑问句标记和无疑而问的非真实疑问句标记,包括疑问代词、疑问副词、语气词和特定格式语。我们把不用疑问标记的“意合”型的问句称为零标记问句,《二月》中书信里零标记问句很少。据我们初步统计,共见2例:

(1)我知道你一定不以我为一位发疯的女子?

①王泽龙、刘克宽:《中国现代文学》(第二版),高等教育出版社,2012,第97页。

②杨义:《中国现代小说史》,人民文学出版社,1998,第230页。

③柔石:《柔石选集》,人民文学出版社,1978。

(2)以你底见识，此刻想一定不为他们无端所恼？

《二月》书信中主要是有标记问句。其中的标记又可分为单一标记和复合标记，共有32种标记形式。标记形式总体复杂多样，使用频率不均衡，其中使用最多的是"……么"，共17句，有23种标记仅各见1例。

(一)单一标记

单一标记，是指一个问句中仅有一种表示疑问的词。《二月》书信里共有单一标记9种。列举如下：

1.……么(17句)；2.……罢(5句)；3.……吗(3句)；4.……呢(2句)；5.……谁……(2句)；6.……怎么……(1句)；7.……什么……(1句)；8.……怎样(1句)；9.……怎样……(1句)。

(二)复合标记

与单一标记相对，复合标记是指在一个问句里有两个或两个以上表示疑问语气的词。《二月》书信里共有复合标记23种，远多于单一标记种数。列举如下：

1.……为什么……(4句)；2.……什么……呢(4句)；3.……什么呢(3句)；4.……为什么……呢(2句)；5.……是不是……(1句)；6.……为什么不……(1句)；7.……什么啊(1句)；8.……岂不是……(1句)；9.是不是……呢(1句)；10.……为什么不是……(1句)；11.……不是……么(1句)；

12.……何……呢（1句）；13.……怎么……呢（1句）；14.不是……么（1句）；15.为什么……呢（1句）；16.莫非……么（1句）；17.……莫非……么（1句）；18.非……不成（1句）；19.……何若……呢（1句）；20.……谁……呢（1句）；21.非……不可吗（1句）；22.……为什么……呢（1句）；23.……呢……还是……（1句）。

以上疑问标记，几乎覆盖了现代汉语所有的表达疑问（含无疑而问和有疑而问）语气的语气词、疑问代词、副词、判断动词以及这些词语可能的组合形式。丰富的疑问标记，大而言之，在一定程度上丰富了现代汉语文学话语。具体而言，以上疑问标记为丰富的情绪情感表达提供了可能。在用小说“包裹”着的书信里面，用丰富的疑问标记建构问句，描写了主体“隔”与“不隔”的对话。此外，理论上可均衡表达有疑而问和无疑而问的疑问标记。于《二月》中，事实上以表达无疑而问的非真实疑问为主，这种能指和所指的某种相悖，为语境的生成和运作（发挥具体作用）提供了契机。最后，以上标记语是书信中的问句标记语，书信这种特定文体在某种程度上设定了其中语词（含疑问标记语）的书面性，大量的复合标记即为其书面性的明证（一般情况下，口语性的表达较为简短、灵便，少用连续式或离散式的复合标记）。或者说，以上标记语本可以是以口语词语为主的，事实上却以书面词语为主。不妨说这也是一种语体语域上的相悖，毕竟，“现代汉语中的口语词与书面语词之间的差异是极其明显的”①。这种相悖，也是一种超常规使用，别具一格，也综合体现了交往的“隔”与“不隔”。

①曹炜：《现代汉语口语词和书面语词的差异初探》，《语言教学与研究》2003年第6期。

二、语义：以非真实疑问为主

《二月》书信中有疑而问的问句共13句，占全部68句的19.12%；无疑而问（非真实疑问）的问句共55句，占《二月》书信全部问句的80.88%。

（一）有疑而问的问句

《二月》书信中的真实疑问句（有疑而问的问句）主要有特指问、是非问、选择问三类。

1. 特指问

（1）我为什么到了如此？我如一只冰岛上的白熊似的，我在寒威的白色的光芒里喘息我自己底生命。母亲，哥哥，唉，我亦不愿责备人世了！萧先生，你以为人底本性都是善的么？在你慈悲的眼球内或者都是些良好的活动影子，而我却都视它们是丑恶的一团呢！

（2）说什么呢？随你说去，正似随我说来一样——我是想到什么就说什么的。

（3）红叶愿永远保藏，以为我俩见面的纪念。可是我送你什么呢？

（4）母亲还问："你想到什么啊？""我不想到什么，只觉得自己要哭呢！"

（5）萧先生，你此刻怎样？

(6)我从一脚踏到你们这地土，好象魔鬼引诱一样，会立刻同情于那位自杀的青年寡妇底运命。究竟为什么要同情她们呢？我自己是一些不了然的。但社会是喜欢热闹的，喜欢用某一种的生毛的手来探摸人类底内在的心的。

2.是非问

(1)还有别的原因么？校内几个人的模型是不同的，你该原谅他们，他们中有的实在是可怜——无聊而又无聊的。

(2)我常常自己对自己这么大声叫：不要专计算你自己底幸福之量，因为现在不是一个自求幸福之量加增的时候。岚弟，你也以为我这话是对的么？

(3)我坐在她们底房内，你也瞧着我吗？我几乎也流出泪来了。

3.是非问+选择问

(1)哥哥，现在我要问你：人生究竟是无意义的么？就随着环境的支配，好象一朵花落在水上一样，随着水性的流去，到消灭了为止这么吗？还是应该挣扎一下，反抗一下，依着自己底意志的力底方向奋斗去这么呢？萧先生，我一定听从你的话，请你指示我一条路罢！

(二)无疑而问的问句

《二月》书信中的非真实疑问句(无疑而问的问句)在结构形式上包括特指问、是非问、选择问、正反问等。就其回答而言,往往有自问自答和无须回答两大类,无须回答时或者表示感叹,或者表示反诘、提醒等。

1.自问自答型

(1)你在此地生活不舒服么?——这是哥哥告诉我的,他说你心里好似不快。

上例以是非问给出问题,然后借他人(哥哥)之答案作答。

(2)我底过去我只带着我自己底影子伴个到处。我有和野蛮人同样的思想,认影子就是灵魂,实在,我除了影子以外还有什么呢?我是一无所有的人,所以我还愿以出诸过去的,现诸未来。

上例以特指问提出问题,然后自己回答。

(3)而且你底妹妹对我的情义,叫我用什么来接受呢?心呢,还是两手?我不能拿理智来解释与应用的时候,我只有逃走之一法。

上例先设问,自问自答,然后给出选择问作答,并且这一选择问仍是自问自答。

(4)不料孩子突然死亡,妇人又慷慨自杀,——我心将要怎样呢?而且她为什么死,老友,你知道么?她为爱我和你底妹妹而出此的。

上例第一问自问自答,第二问提示互动。

2.无须回答型

(1)唉,你底五色的光辉,天使送你到我这里来的么?

上例表示感叹感慨。

(2)我知道你一定不以我为一位发疯的女子?不会罢?那你应该给我一封回信。因为对面倒反说不出话,还是以笔代便些,所以你必得写回信,虽则邮差就是我自己。

上例表示揣测。

(3)以你底见识,此刻想一定不为他们无端所恼?你千万不可有他念,你底真诚与坦白,终有笼罩吾全芙蓉镇之一日!

上例表示揣测。

(4)你不知道罢?侃哥前几天不知怎样,叫我不要到校里来教书,强迫我辞职。而我对他一声冷笑。

上例表示揣测。

(5)我也了解了那人[钱正兴——引者注],但叫我怎么说呢?除出我劝你稍稍性子宽缓一点,以免损伤你自己底身体以外,我还有什么话呢?

上例表示提醒、强调。

(6)两条路，这却不要我答的，因为你自己早就实行一条去了。不是你已经走着一条去了么？

上例反诘，表示强调。

(7)现在，我岂不是战胜了？最亲爱的哥哥，什么也没有问题，你安心一些罢！

上例反诘，表示肯定。

(8)你底决定简直是一个霹雳，打的使我发抖。你非如此做不可吗？你就如此做罢！

上例反诘，表示强烈质问诘责。

三、语气：组合问的适用

组合问是指并列使用两个或两个以上的问句，中间不插入其他语气句类的问句群组。简言之，组合问由问句直接组合而成。由两个问句直接组合而成的，即为二句组合问；由三个问句直接组合而成的，即为三句组合问，余则类推。据我们初步统计，柔石《二月》书信中单一问句共见17例，占《二月》书信问句的25%；组合问句共见19例，占《二月》书信问句的75%。由于组合问的构成问句占整个《二月》书信问句的三分之二，故在这个意义上说《二月》书信问句以组合问句为主。应该说，相对于单一问句而言，通常情况下组合问句的语气更丰富。

《二月》中第一封信和第四封信问句较为集中，分别为13和15句，有二句组合、三句组合、四句组合等。例如：

(1)萧先生，那时我没有哭么？我为什么没有哭的声音呢？萧先生，你也知道我那时的眼泪，向心之深处流罢？唉，我为什么如此苦痛呢？因为你提醒我真的人生来了。你伤掉你底青春，可知你始终还有青春的。我想，我呢？我却简直没有青春，简直没有青春，这是怎么说法的？萧先生！

上例在多个问句里面适当插入了“萧先生”这个称呼语，第二人称代词“你”和第三人称“我”并用，语气强烈。

(2)萧先生，你或者以为我是一个发疯的女子——放浪，无礼，骄傲，痴心，你或者以为我是这一类的人么？萧先生，假如你来对我说一声轻轻的“是”，我简直就要自杀！但试问我以前是不是如此？是不是放浪，无礼，骄傲，痴心等等呢？我可以重重地自己回答一句：“我是的！”萧先生，你也想得到我现在是怎样的苦痛？你用神圣的钥匙，将我从假的门里开出，放进真的门内去，我有如一个久埋地下的死人活转来，我是如何的委屈，悲伤！

上例除了称呼语得以频繁使用，还分别用是非问、正反问、正反问、特指问、特指问配套成组，语义层层递进，语气逐层加强。

(3)可是现在，萧哥哥，母亲底怀内还让我去哭么？母亲底怀内还让我去哭么？我也怕走近她，天呀，叫我向何处去哭呢？连眼泪都没处流的人，这是人间最苦痛的人罢？

上例四个问句并用，分别用反复、呼告、夸张等辞格与设问辞格兼用、连用，语义显豁，语气强烈。

(4)但是，天呀！你为什么要夺去她底夫？造物生人，真是使人来受苦的么？即使她能忍得起苦，我却不能不诅咒天！我坐在她们底房内，你也瞧着我吗？我几乎也流出泪来了。我看看她房底四壁，看看她底孩子和她所穿的衣服，又看看她青白而憔悴的脸，再想想她在病床上的一种凄凉苦况，天呀！为什么给她布置的如此凄惨呢？我幻想，假如你底两翅转了方向，不飞到我们村里来，有谁怜惜她们？有谁安慰她们？那她在这种呓语呻吟中的病的时候，我们只想见两个小孩在床前整天地哭，还有什么别的呢？哥哥，伟大的人，我已愿她做我底姊姊了。此后我们当互相帮助。

上例也用了呼告、反复、拟物、示现等修辞格与设问兼用、连用，颇能打动人。

四、语境：主体间性与文本间性的契合

这里将语境分为特定话语(问句)所适应的语境和话语建构后新生成的语境两大类，其中每一类又都可以有文本语境和非文本语境。

(一)适应的语境

1. 文本语境：以称呼语和落款署名为典型

为表述的方便，第一封标记为L(1)，第二封标记为L(2)，第n封信的称呼和落款标记为L(n)，“Ø”表示无称呼语。《二月》所呈现的完

整的书信共13封，称呼语和落款署名列举如下：

L(1)：萧先生－陶岚敬上

L(2)：萧先生－望你回音的人

L(3)：Ø － 萧涧秋上

L(4)：萧先生－你的永远的弟弟岚上

L(5)：岚弟－“草草地具他的名字，也并没有加上别的情书式的冠词”

L(6)：Ø－Ø

L(7)：我亲爱的哥哥－弱第岚上

L(8)：Ø － 你底勇敢的秋白

L(9)：Ø － 你底岚弟上

L(10)：亲爱的陶岚妹妹－“下面就是‘敬请闺安’及具名”

L(11)：亲爱的岚－萧涧秋上

L(12)：萧先生－可怜的岚

L(13)：慕侃老友－弟萧涧秋上

从以上称呼语和落款署名可以看出，主体之间的关系不甚稳定。第一封最为正式，L(1)、L(2)、L(4)、L(12)的称呼语均为“萧先生”，即主体(萧涧秋和陶岚)在交往的开始和“结束”时较为正式，余则有4封无称呼语，称呼语和署名变动较大。从称呼语和落款署名还可看出，主体的交往似具有一定的不平等性。

2.非文本语境：情境语境

《二月》书信问句的非文本语境(即某种意义上的情境语境)，较为典型的表现为送信人递交信件、收信人接收信件、打开书信等情景。具体分述如下：

语篇《二月》中完整呈现的第一封信的送信人，是写信人的哥哥陶慕侃。“这位中庸的校长先生，笑迷迷的从衣袋内取出一封信，递给他。”“他”指收信人萧涧秋。相应地，收信人接到书信后的反应：

> (1)萧涧秋不折信，他还似永远不愿去拆它的样子，将这个蓝信封的爱神的翅膀一般的信放在抽斗内。

> (2)他想起了陶岚，实在是一位希有的可爱的人。于是不由他不又将抽斗开出来，仍将这封信捧在手内。一时他想：“我应该看看她到底说些什么话。”一边就折了，抽出二张蓝色的信纸来。他细细的读下……

收信人的矛盾复杂心理是写信人写信时应适应的某种情境语境。此种情形下，主体之间通过文本有效契合起来了。

语篇中第二封信的送信人是写信人自已陶岚。这更饶有意味：“现在我却又要向你说话了。”“一边就从她衣袋内取出一封信，仔细地交给他，象交给一件宝贝一样。萧涧秋微笑地受去，只略略的看一看封面，也就仔细地将它藏进抽斗内，这种藏法也似要传之久远一般。”

稍后，“他很快的走到桌边，将那封信重新取出来，用剪刀裁了口，抽出一张信纸，他靠在桌边，几乎和看福音书一样，他看下去……”。如此“授受”一个“文本”，耐人寻味。

相比较而言，第四封信的交接则是一种简单的场景：“桌上是赫赫然展着陶岚一时前临走时交给他的一封信。”

(二)生成的语境

1. 文本语境:问句自身

话语一方面需要适应语境,另一方面,其在建构过程中也会生成语境,这种语境包括文本语境和非文本语境。《二月》书信中问句较为典型的文本语境是问句自身(尤指问句句组),组合问自身互为语境,这在某种意义上也是一种文本互文。例如:

(1)我不知怎样,只觉自己在旋涡里边转。我从来没有经过这个现象,现在,竟转的我几乎昏去。唉!我莫非在做梦么?

你当也记得——采莲底母在呓语时所说底话。莫非我的背后真被追着老虎么?那我非被这虎咬死不成?因为我感到,无论如何,不能让那位可怜的寡妇"一个人跳下去"!

(2)岚弟,你不以为我残暴么?打狼不能用打狗的方法的,你看,这位妇人为什么病了?从她底呓语里可以知道她病底根由。

(3)计算,已经五天得不到你底回信了。当然,病与病来扰乱了你底心,但你何苦要如此烦恼呢?我看你底态度和以前初到时不同,你逐渐逐渐地消极起来了。你更愁更愁地愁闷起来了。侃哥边说你这几天瘦的厉害,萧先生,你自己知道么?

(4)再，采莲底弟弟底病，我下午去看过他，恐怕这位小生命不能久留在人世了。他底病，你也想得到吗？是她母亲底热传染给他的，再加他从椅子上跃下来，所以厉害了！不过为他母亲着想，死了也好。哈，你不会说我良心黑色罢？不过这有什么方法呢？以他底年龄来守几十年的寡，我以为是苦痛的。但身边带着一个孩子可以嫁给谁去呢？所以我想，万一孩子不幸死了，劝她转嫁。听说有一个年轻商人要想娶她的。

以上多个问句可直接互相“提示”，牵连互涉，或者显示某种思维的“痕迹”，有的是内心的矛盾，有的是层层递进；或者自问自答，以问答问。

2. 非文本语境：话语接受情况

与上述适应语境相对应，收信人读完信（接受完话语）之后的反应也是某种生成语境，是生成语境中的非文本语境。

主人公萧涧秋读完第一封信后，作品这样描写：

(1)他读完这封信——一时心里非常地踌躇起来，叫他怎样回答呢？假如这时陶岚在他的身边，他除出睁着眼，紧紧地用手捻住她底手以外，他会说不出一切话来，半天，他会说不出一句话来的，可是这时，房内只有他独自。

“踌躇”和无语是较典型的情形。

主体读完第二封信后：

(2)他看完这封信，心里却急烈地跳动起来，似乎幸福挤进他底心，他将要晕倒了！他在桌边一时痴呆地，他想，他在人间是孤零的，单独的，虽在中国的疆土上，跑了不少的地面，可是终究是孤独的。现在他不料来这小镇内，却被一位天真可爱而又极端美丽的姑娘，用爱丝来绕住他，几乎使他不得动弹。

作者要写的关键词是"幸福"，但用了形象化的笔触，比如"心里却急烈地跳动""挤进他底心""晕倒""痴呆"等，并且用他想的曾经"孤零""单独""孤独"的他来做反衬，进一步凸显此刻的幸福情境。

语篇中呈现的第三封信与第四封信的呼应也颇为有趣。第三封信中写道：

(3)我先不知道对你称呼什么好些？一个青年可以在他敬爱的姑娘前面叫名字么？我想，你有少年人底理性和勇敢，你还是做我底弟弟罢。

紧接着，语篇中呈现的第四封信呼应道：

(4)萧先生，你真能要我做你底弟弟么？你不以我为愚么？唉，我何等幸福，有象你这样的一个哥哥！唉，你为什么不是我底一个亲哥哥？九泉之下的爸爸哟，你为什么不养一个这样的哥哥给我？我怎么这样不幸……但，但，不是一样么？你不好算我底亲哥哥么？我昏了，萧先生，你就是我惟一的亲爱的哥哥。

第四封信阅读后的情境：

(5)萧涧秋不愿将这封信重读一遍，就仔细地将这封信拿起，藏在和往日一道的那只抽斗内。一边，他又拿出了纸，在纸上写。

回信是小说内呈现的第五封信，写主体写完后的感受：

(6)这封信他似乎等不住到明天陶岚亲自来索取，他要借着小天使底两翼，仍叫着那位小学生，嘱他小心地飞似的送去。

第十二封信接受情况的描写也十分传神，该信的送信人是一名小学生：

(7)萧涧秋将信读了好几遍，简直已经读出陶岚写这信时的一种幽怨状态，但他还是两眼不转移地注视着她底秀劲撩草的笔迹上，要推敲到她心之极远处一样。

语篇中的最后一封书信是萧涧秋写给陶慕侃的。送信人是"邮差"，是真正意义上比较正式的"挂号信"，发信人署名是"女佛山后寺萧涧秋缄"。这封信影响巨大，反应强烈，涉及多方主体。例如：

(8)陶慕侃吃了一惊，赶快拆开。他还想或者这位朋友是病倒在那里了；他是绝不会做和尚的。一边就抽出一大叠信纸，两眼似喷出火焰来地急忙读下去。可是已经过去而无法挽回的动作，使这位诚实的朋友非常感到失望，悲哀。

看完"女佛山后寺萧涧秋"寄来的信，陶慕侃"怅怅"，"他失望地将信交给陶岚，陶岚发抖地读了一遍，默了一忽，眼含泪说：'哥哥，请你到上海去找萧先生回来。'"。

有意思的是，《二月》语篇中的第十封信是钱正兴写给陶岚的。信中没有使用问句。此外，《二月》一般不直接描写女方陶岚读信的读后感，多写男方萧涧秋的读后感。

结语

要之,《二月》“作品以大革命失败前后为背景,通过知识青年萧涧秋在江南芙蓉镇的坎坷经历,再现了乡土中国社会死水一潭的面貌,同时反映了小资产阶级知识分子的苦闷和彷徨”[①]。二月,既指两个月,即所谓两月,是一个时间段;又指早春二月,即时令上的二月,是一个时间点。前者实,后者虚。电影导演谢铁骊曾改编《二月》为故事片《早春二月》。“从小说到电影,《二月》都产生了广泛深刻的影响。《二月》的故事情节并不复杂,人物也不算多,语言也不深奥,然而,要理解它的含义和创作动因,却显得很困难。”[②]在我们看来,《二月》的一个重要意义在于生动描写了交往理性的“早春二月”。

早春二月,既有春寒料峭,又有无限生机。《二月》书信里的问句较为集中地体现了彼时交往理性的某种“早春二月”。情侣之间应该有建立在真诚、平等基础上的对话,应该符合交往理性。《二月》里萧涧秋和陶岚之间有建立交往理性的动机,有其萌芽,无奈因为他们自身和环境的局限,未及开花结果。

非均质语篇中以书信为媒介、以问句作为某种焦点的对话,是现实语境使然,是交往理性的“隔”与“不隔”。可以由作品语篇中的情侣关系推及社会普通大众的人际交往,深入解读《二月》书信里的问句“对话”。交往,是不再孤独的必要条件。建立在交往理性基础上的交往才会取得更好的言语行为效果。“一个交往性的、成功的言语行为除了语言学表达的可领会性以外,还要求交往过程的参与者准备达到理解,要求他们高扬真实性、真诚性和正确性等有效性要求,

①王家平:《中国现代文学作品导读》,北京大学出版社,2005,第109页。

②蓝棣之:《现代文学经典:症候式分析》,人民文学出版社,2006,第36页。

并且相互地予以满足。”[1]交往，方可走出封闭，打破“死气沉沉”；理性交往，才能摒弃“交头接耳”。《二月》书信中的问句表明，其适应一定的语境，亦可生成新的语境。契合“文本间性”与“主体间性”的语境是哈贝马斯(Jürgen Habermas)普遍语用学意义下的交往理性充分发挥作用的重要前提之一。唯其话语与语境的有效互动，人与人之间的和谐理性交往，才有可能使得“早春二月”的交往理性焕发勃勃生机。

原载于《阅江学刊》2018年第6期

①哈贝马斯著:《交往与社会进化》,张博树译,重庆出版社,1989,第32页。

附录Ⅰ

《水浒传》对话中的组合问

为节省篇幅，这里以《水浒传》[①]前三十二回为例，管窥其对话中的组合问。

构成《水浒传》组合问的单个问句在能指形式上都较为简短，但其所指颇丰。不少组合问在表面上不太符合会话理论中的“合作原则”，但实质上是“无理而妙”，是对“合作原则”的某种超越，其言外之意和预设均有助于主体之间的有效交互作用，有助于叙事。

一、同一个话轮内部的组合问

按问句的数目多少，同一个话轮内部的组合问可分为二句组合问和多句组合问两种情形。

（一）二句组合问

此种情形下的组合问，又可根据“信”与“疑”的情况，有如下组合情形。

1. 无疑而问问句与无疑而问问句组合

(1)史进道：“我且问你，往常时，你只是担些野味来我庄上卖，我又不曾亏了你，如何一向不将来卖与我？敢是欺负我没钱？”李吉答道：“小人怎敢！一向没有野味，以此不敢来。”(第二回)

(2)高俅道：“如此，因为他浑家怎地害他？我寻思起来，若为惜林冲一个人时，须送了我孩儿性命，却怎生是

①施耐庵、罗贯中：《水浒传》，中华书局，2005。

好？”（第七回）

(3) 太尉道：“你来节堂有何事务？见今手里拿着利刃，如何不是来杀下官？”（第八回）

(4) 正说之间，只见兄弟何清来望哥哥，何涛道：“你来做甚么？不去赌钱，却来怎地？”何涛的妻子乖觉，连忙招手说道：“阿叔，你且来厨下，和你说话。”（第十七回）

(5) 阿嫂道：“阿叔，你不知道你哥哥心里自过活不得哩。”何清道：“他每日起了大钱大物那里去了？有的是钱和米，有甚么过活不得处？”（第十七回）

以上五例中的问句均伴随着较为强烈的语气，或者是质问，或者是指斥，都是无疑而问。在书面形式上，有时可将“？”换成“！”或“？！”。

2. 无疑而问问句与有疑而问问句组合

(6) 史进跳起身来，转过树背后，打一看时，认得是猎户摽兔李吉。史进喝道：“李吉！张我庄内做甚么？莫不来相脚头？”李吉向前声喏道：“大郎，小人要寻庄上矮丘乙郎吃碗酒，因见大郎在此乘凉，不敢过来冲撞。”（第二回）

上例“张我庄内做甚么？”可看作是特指问，“莫不来相脚头？”则是揣测问。前者是“疑”大于“信”的有疑而问，后者是“信”大于“疑”的无疑而问。类似的：

(7)智深道："太公缘何模样不甚喜欢？莫不怪小僧来搅扰你么？明日洒家算还你房钱便了。"太公道："师父听说，我家如常斋僧布施，那争师父一个。只是我家今夜小女招夫，以此烦恼。"(第五回)

(8)那阮小二走将出来，头戴一顶破头巾，身穿一领旧衣服，赤着双脚，出来见了是吴用，慌忙声喏道："教授何来？甚风吹得到此？"吴用答道："有些小事，特来相浼二郎。"(第十五回)

上例"教授何来"是有疑而问的特指问，"甚风吹得到此？"在此语境里则是寒暄用语，乃无疑而问。

3. 有疑而问问句与有疑而问问句组合

此种情形的问句组合，又可根据是否是同类有疑而问的组合问，大别为二。

3.1 同类有疑而问问句组合

3.1.1 探名号，询身份

(9)林教头便问道："师兄何处人氏？法讳唤做甚么？"智深道："洒家是关西鲁达的便是。只为杀的人多，情愿为僧。年幼时也曾到东京，认得令尊林提辖。"(第七回)

(10)宋江扶起那汉，问道："足下是谁？高姓大名？"柴进指着道："这人是清河县人氏，姓武，名松，排行第二。今在此间一年也。"(第二十三回)

(11)众人问道："壮士高姓大名？贵乡何处？"武松道：

"小人是此间邻郡清河县人氏，姓武名松，排行第二。因从沧州回乡来，昨晚在冈子那边酒店吃得大醉了，上冈子来，正撞见这畜生。"(第二十三回)

3.1.2 探身份，索来由

(12)众人吃了一惊。雷横便问晁盖道："这人是谁？如何却认得保正？"(第十四回)

(13)鲁达便问那金老道："这官人是谁？素不相识，缘何便拜洒家？"(第四回)

(14)杨志道："不敢问师兄却是谁？缘何知道洒家卖刀？"那和尚道："洒家不是别人，俺是延安府老种经略相公帐前军官鲁提辖的便是。为因三拳打死了镇关西，却去五台山净发为僧。人见洒家背上有花绣，都叫俺做花和尚鲁智深。"(第十七回)

(15)武松忍耐不住，按定盒子，问那人道："你是谁家伴当？怎地只顾将酒食来请我？"那人答道："小人前日已禀都头说了，小人是管营相公家里梯己人。"(第二十八回)

3.1.3 问情况，探消息

(16)杨志叉手向前禀道："恩相差遣，不敢不依。只不知怎地打点？几时起身？"(第十六回)

(17)宋江道："晁保正弟兄们近日如何？兄弟，谁教你来？"(第二十回)

(18)武松道："我且问你，每日送的酒食，正是谁教你将来？请我吃了怎地？"那人道："是管营相公家里小管营教送与都头吃。"(第二十八回)

(19)武松道："阿嫂，你且说我怎地去不得？如何便吃人捉了？"孙二娘道："阿叔，如今官司遍处都有了文书，出三千贯信赏钱，画影图形，明写乡贯年甲，到处张挂。阿叔脸上见今明明地两行金印，走到前路，须赖不过。"(第三十一回)

(20)宋江滚下来答礼，问道："三位壮士何故不杀小人，反行重礼？此意如何？"亦拜在地。(第三十二回)

以上均为特指问与特指问的组合。问的过程，是往往就同一条线索在程度等方面逐步推进的过程，大多为"打破砂锅问到底"式的问。

3.2 不同类有疑而问问句组合

这种情形的组合问，问的范围更广泛，不妨说是一种"求全"的问。例如：

(21)洪太尉见了，便唤那个道童："你从那里来？认得我么？"道童不睬，只顾吹笛。(第一回)

(22)太尉又道："我正走不动，方欲再上山坡，只见松树傍边转出一个道童，骑着一头黄牛，吹着管铁笛，正过山来。我便问他：'那里来？识得俺么？'他道：'已都知了。'说天师分付，早晨乘鹤驾云望东京去了。下官因此回来。"(第一回)

(23)两个猎户失惊道:“……今夜又该我们两个捕猎,和十数个乡夫在此,上上下下放了窝弓药箭等他。正在这里埋伏,却见你大剌剌地从冈子上走将下来,我两个吃了一惊。你却正是甚人?曾见大虫么?”(第二十三回)

(二)多句组合问

这里所说的“多句”含三句及三句以上的情形。多句组合问在一定意义上是排比问。

(24)话说当时吴学究道:“我寻思起来,有三个人,义胆包身,武艺出众,敢赴汤蹈火,同死同生,义气最重。只除非得这三个人,方才完得这件事。”晁盖道:“这三个却是甚么样人?姓甚名谁?何处居住?”吴用道:“这三个人是弟兄三个,在济州梁山泊边石碣村住,日常只打鱼为生,亦曾在泊子里做私商勾当。本身姓阮,弟兄三人:一个唤作立地太岁阮小二,一个唤作短命二郎阮小五,一个唤作活阎罗阮小七。这三个是亲弟兄,最有义气。小生旧日在那里住了数年,与他相交时,他虽是个不通文墨的人,为见他与人结交,真有义气,是个好男子,因此和他来往。今已二三年有余,不曾相见。若得此三人,大事必成。”(第十五回)

(25)多样时,只见两个小头目上关来问道:“你等何处人?来我这里做甚么?那里捉得这个和尚来?”曹正答道:“小人等是这山下近村庄家,开着一个小酒店。这个胖和尚不时来我店中吃酒。吃得大醉，不肯还钱，口里说道：'要去梁山泊叫千百个人来打这二龙山，和你这近村坊都洗荡了。'因此小人只得又将好酒请他，灌得醉了，一条索子绑缚这厮来献与大王，表我等村坊孝顺之心，免得村中后患。"(第十七回)

(26)何清道："不瞒哥哥说，兄弟前日为赌博输了，没一文盘缠。有个一般赌博的，引兄弟去北门外十五里，地名安乐村，有个王家客店内，凑些碎赌。为是官司行下文书来，着落本村，但凡开客店的，须要置立文簿，一面上用勘合印信。每夜有客商来歇宿，须要问他：那里来？何处去，姓甚名谁？做甚买卖？都要抄写在簿子上。官司查照时，每月一次去里正处报名。为是小二哥不识字，央我替他抄了半个月。当日是六月初三日，有七个贩枣子的客人，推着七辆江州车儿来歇。我却认得一个为头的客人，是郓城县东溪村晁保正。因何认得他？我比先曾跟一个赌汉去投奔他，因此我认得。"(第十八回)

(27)武松道："嫂嫂，且住！休哭！我哥哥几时死了？得甚么症候？吃谁的药？"那妇人一头哭，一面说道："你哥哥自从你转背一二十日，猛可的害急心疼起来。病了八九日，求神问卜，甚么药不吃过！医治不得，死了。撇得我好苦！"(第二十六回)

(28)王婆道："如今这捣子病得重，趁他狼狈里，便好下手。大官人家里取些砒霜来，却教大娘子自去赎一帖心疼的药来，把这砒霜下在里面，把这矮子结果了，一把火烧得干干净净的，没了踪迹。便是武二回来，待敢怎地？自古道：‘嫂叔不通问；初嫁从亲，再嫁由身。’阿叔如何管得？暗地里来往半年一载，等待夫孝满日，大官人娶了家去。这个不是长远夫妻，谐老同欢？此计如何？”（第二十五回）

(29)武松道：“却又作怪！终不成将息得我肥胖了，却来结果我？这个鸟闷葫芦教我如何猜得破？这酒食不明，我如何吃得安稳？你只说与我，你那小管营是甚么样人？在那里曾和我相会？我便吃他的酒食。”那个人道：“便是前日都头初来时，厅上立的那个白手帕包头、络着右手那人，便是小管营。”（第二十八回）

以上多句组合问的语势较强，有较多预设。

二、不同话轮之间的组合问

这种情形的组合问可根据话轮的多少分类讨论。分述如下：

（一）二轮话轮组合问

1. 有疑而问与有疑而问组合

(30)林冲径到店里，主人道：“客人那里来？”林冲道：“你认得这个葫芦么？”主人看了道：“这葫芦是草料场老军

的。”（第十回）

（31）那七人问道：“你端的是甚么人？”杨志道：“你等且说那里来的人？”那七人道：“我等弟兄七人，是濠州人，贩枣子上东京去，路途打从这里经过。听得多人说，这里黄泥冈上如常有贼打劫客商。我等一面走，一头自说道：‘我七个只有些枣子，别无甚财赋。’只顾过冈子来。上得冈子，当不过这热，权且在这林子里歇一歇，待晚凉了行。只听得有人上冈子来，我们只怕是歹人，因此使这个兄弟出来看一看。”（第十六回）

（32）武松道：“我是个囚徒，犯罪的人，又不曾有半点好处到管营相公处，他如何送东西与我吃？”那人道：“小人如何省得？小管营吩咐道，教小人且送半年三个月，却说话。”（第二十八回）

以上以问答问，表面上看不太符合格莱斯的“合作原则”，实质上是一种“无理而妙”。

2. 有疑而问与无疑而问组合

这种情形的组合问，又有如下组合情形。

2.1 揣测问与特指问组合

（33）太尉连问数声，道童呵呵大笑，拿着铁笛，指着洪太尉说道：“你来此间，莫非要见天师么？”太尉大惊，便道：“你是牧童，如何得知？”（第一回）

(34)史进道："小人是华州华阴县人氏，姓史名进。请问官人，小人有个师父，是东京八十万禁军教头，姓王名进，不知在此经略府中有也无？"鲁提辖道："阿哥，你莫不是史家村甚么九纹龙史大郎？"(第三回)

(35)林冲道："你道我是谁？"那汉道："你不是林冲？"(第十一回)

(36)那汉道："莫非柴进么？"林冲道："足下何以知之？"那汉道："柴大官人与山寨中大王头领交厚，常有书信往来。"(第十一回)

(37)那杨志拍着胸道："洒家行不更名，坐不改姓，青面兽杨志的便是。"这汉道："莫不是东京殿司杨制使么？"杨志道："你怎地知道洒家是杨制使？"这汉撇了枪棒，便拜道："小人有眼不识泰山。"(第十七回)

(38)燕顺道："你莫不是山东及时雨宋公明，杀了阎婆惜，逃出在江湖上的宋江么？"宋江道："你怎得知？我正是宋三郎。"(第三十二回)

以上组合问的言外之意十分丰富。或者可以说，上述组合问便于表达者表达，同时也便于接受者理解(含揣摩)字面意思之外的言外之意。

2.2 特指问与反诘问组合

(39)西门庆道："王干娘，你这梅汤做得好，有多少在

屋里？”王婆笑道：“老身做了一世媒，那讨一个在屋里？”西门庆道：“我问你梅汤，你却说做媒，差了多少！”（第二十四回）

（40）郓哥见了，立住了脚，看着武大道：“这几时不见你，怎么吃得肥了？”武大歇下担儿道：“我只是这般模样，有甚么吃得肥处？”（第二十五回）

（41）……武松洗漱了。那妇人也下楼来，看着武松道：“叔叔，夜来烦恼！”武松道：“嫂嫂，我哥哥端的甚么病死了？”那妇人道：“叔叔却怎地忘了？夜来已对叔叔说了，害心疼病死了。”（第二十六回）

（42）武松……问士兵道：“你认得团头何九叔么？”士兵道：“都头恁地忘了？前项他也曾来与都头作庆，他家只在狮子街巷内住。”（第二十六回）

以上每例中的前一个话轮均含特指问，后一个话轮均含反诘问，均伴随强烈的语气，也是一种偏离“合作原则”（尤指“礼貌准则”）的会话，但其实质可推进话题的衔接和连贯。

在我们考察的前三十二回中，这类情形主要是有疑而问与无疑而问的组合。《水浒传》无典型的无疑而问与无疑而问组合形式，仅见1例反诘问与质问组合。

（43）那汉子道：“我这酒挑上去，只卖与寺内火工道人、直厅轿夫、老郎们做生活的吃。本寺长老已有法旨，但卖与和尚们吃了，我们都被长老责罚，追了本钱，赶出屋去。我们见关着本寺的本钱，见住着本寺的屋宇，如何敢卖与你吃？”智深道：“真个不卖？”那汉子道：“杀了我也不卖。”（第四回）

以上问句都带有较为强烈的情绪情感色彩。

（二）多轮话轮组合问

这里所说的“多轮”含三轮和三轮以上的情形。

（44）智深道：“多少钱一桶？”那汉子道：“和尚，你真个也是作耍？”智深道：“洒家和你耍甚么？”（第四回）

（45）那僧人叫道：“兀那青面汉子，你是甚么人？”杨志道：“洒家是东京制使杨志的便是。”那和尚道：“你不是在东京卖刀杀了破落户牛二的？”杨志道：“你不见俺脸上金印？”那和尚笑道：“却原来在这里相见。”（第十七回）

（46）两个上到酒楼，拣个僻净阁儿里坐下。那汉倚了朴刀，解下包裹，撇在桌子底下。那汉扑翻身便拜。宋江慌忙答礼道：“不敢拜问足下高姓？”那人道：“大恩人如何忘了小弟？”宋江道：“兄长是谁？真个有些面熟。小人失忘了。”那汉道：“小弟便是晁保正庄上曾拜识尊颜、蒙恩救了性命的赤发鬼刘唐便是。”（第二十回）

（47）武松拜罢，说道：“一年有余不见哥哥，如何却在这里？”武大道：“二哥，你去了许多时，如何不寄封书来与我？我又怨你，又想你。”武松道：“哥哥如何是怨我、想

我？”（第二十四回）

（48）杨志喝道：“你等是甚么人？”那七人道：“你是甚么人？”杨志又问道：“你等莫不是歹人？”那七人道：“你颠倒问，我等是小本经纪，那里有钱与你！”杨志道：“你等小本经纪人，偏俺有大本钱。”（第十六回）

（49）“贫道久闻郓城县东溪村晁保正大名，无缘不曾拜识。今有十万贯金珠宝贝，专送与保正作进见之礼，未知义士肯纳受否？”晁盖大笑道：“先生所言，莫非北地生辰纲么？”那先生大惊道：“保正何以知之？”晁盖道：“小子胡猜，未知合先生意否？”公孙胜道：“此一套富贵，不可错过！古人有云：‘当取不取，过后莫悔。’保正心下如何？”（第十五回）

以上多轮话轮组合问，便于推进会话，亦有助于叙事情节的展开。

三、双重组合问

即话轮内部及话轮之间的组合问，是组合问的复合。例如：

（50）晁盖道：“不敢拜问先生高姓？贵乡何处？”那先生答道：“贫道复姓公孙，单讳一个胜字，道号一清先生。小道是蓟州人氏，自幼乡中好习枪棒，学成武艺多般，人但呼为公孙胜大郎。因为学得一家道术，亦能呼风唤雨，驾雾腾云，江湖上都称贫道做入云龙。”（第十五回）

（51）那两个人手里各拿着一条五股叉，见了武松，吃一惊道：“你那人吃了狍律心、豹子肝、狮子腿，胆倒包着身躯！如何敢独自一个，昏黑将夜，又没器械，走过冈子来！不知你是人，是鬼？”武松道：“你两个是甚么人？”那个人道：“我们是本处猎户。”武松道：“你们上岭来做甚么？”（第二十三回）

（52）武松取一个拍开看了，叫道：“酒家，这馒头是人肉的，是狗肉的？”那妇人嘻嘻笑道：“客官休要取笑。清平世界，荡荡乾坤，那里有人肉的馒头、狗肉的滋味？自来我家馒头，积祖是黄牛的。”（第二十七回）

（53）何涛问道：“兀那汉子，你是甚人？这里是甚么去处？”那人应道：“我是这村里庄家。这里唤做断头沟，没路了。”何涛道：“你曾见两只船过来么？”那人道：“不是来捉阮小五的？”何涛道：“你怎地知得是来捉阮小五的？”那人道：“他们只在前面乌林里厮打。”何涛道：“离这里还有多少路？”那人道：“只在前面，望得见便是。”（第十九回）

以上四例，构成双重组合问的第一重为一个话轮，话轮里的问句形成问句组合，该话轮在只含一个问句的话轮之前。

（54）两个公人道：“不敢拜问师父，在那个寺里住持？”智深笑道：“你两个撮鸟，问俺住处做甚么？莫不去教高俅做甚么奈何洒家？别人怕他，俺不怕他。洒家若撞着那厮，教他吃三百禅杖。”（第九回）

(55)且说晁盖与吴用、公孙胜、刘唐三人道："你们认得那来相见的这个人么?"吴用道："却怎地慌慌忙忙便去了? 正是谁人?"晁盖道："你三位还不知哩,我们不是他来时,性命只在咫尺休了!"三人大惊道："莫不走漏了消息,这件事发了?"(第十八回)

以上两例,构成双重组合问的第二重为一个话轮,话轮里的问句形成问句组合,该话轮在只含一个话轮的问句之后。

以上组合问,在运用过程中颇具语用价值和篇章语法意义,无论是"打破砂锅问到底"式的盘问,还是裹挟较强情绪情感色彩的"质问";无论是有疑而问,还是无疑而问,都有助于文本衔接,有助于语用主体关联,有助于"讲故事"。

原载于张春泉《叙事对话与语用逻辑》,中国社会科学出版社,2011年

附录Ⅱ

《雷雨》对话中的组合问

《雷雨》脍炙人口，是现代作家曹禺的代表作，也是中国现代话剧的代表作，其语言运用十分娴熟，耐人寻味。《雷雨》对话中的组合问，是叙事对话的典型形式，颇具语用价值。我们这里从语用角度考察《雷雨》对话中的组合问。本节语例主要出自曹禺《雷雨》（人民文学出版社，1994年版）。

一、同一个话轮内部的组合问

这种情形的组合问，根据其"信"与"疑"的情况，可分为无疑而问和有疑而问两大类。

（一）无疑而问

"无疑而问"型组合问，根据问句内部构成，可分为如下组合形式：

1. 主谓句与主谓句组合

（1）贵　我，我，我做了什么啦？（觉得在女儿面前失了身份）喝点，赌点，玩点，这三样，我快五十的人啦，还怕他么？

四　其他才懒得管您这些事呢！——可是他每月从矿上寄给妈用的钱，您偷偷地花了，他知道了，就不会答应您！

（2）贵　什么？说！

四　那是太太听说老爷刚回来，又要我检老爷的衣服。

贵　哦（低声，恐吓地），可是半夜送你回家的那位是谁？坐着汽车，醉醺醺，只对你说胡话的那位是谁呀？（得意地微笑）。

四　（惊吓）那，那——

（3）四　妈不愿意我在公馆里帮人，您为什么叫她到这儿来找我？我每天晚上，回家的时候自然会看见她，您叫她到这儿来干什么？

（4）萍　凤，你看不出来，现在我怎么能带你出去？——你这不是孩子话吗？

（5）蘩　可是你不是喜欢受过教育的人么？她念过书么？

以上问句在结构形式上均为主谓句，在语气上均为无疑而问，均不需话语接受者作答，语气较强。

2. 主谓句与非主谓句组合

（6）大　你是要骂我么？“少爷”？哼，在世界上没有这两个字！

鲁贵由左边书房进

贵　（向大海）好容易老爷的客刚走，我正要说话，接着又来一个。我看，我们先下去坐坐吧。

大　那我还是自己进去。

贵　（拦住他）干什么？

四　不，不。

(7)鲁　不，你以为妈怕穷么？怕人家笑我们穷么？不，孩子，妈最知道认命，妈最看得开，不过，孩子，我怕你太年轻，容易一阵子犯糊涂，妈受过苦，妈知道的。你不懂，你不知道这世界太——人的心太——。（叹一口气）好，我们先不提这个。（站起来）这家的太太真怪！她要见我干什么？

(8)蘩　（爆发，眼睛射出疯狂的火）你有权利说这种话么？你忘了就在这屋子，三年前的你么？你忘了你自己才是个罪人；你忘了，我们——（突停，压制自己，冷笑）哦，这是过去的事，我不提了。

周萍低头，身发颤，坐沙发上，悔恨抓着他的心，面上筋肉成不自然的拘挛。

(9)鲁　哦，天哪。我是死了的人！这是真的么？这张相片？这些家具？怎么会？——哦，天底下地方大得很，怎么？熬过这几十年偏偏又把我这个可怜的孩子，放回到他——他的家里？哦，好不公平的天哪！（哭泣）

(10)蘩　(更惊愕)什么？求婚?(这两个字叫她想笑)你跟她求婚?

(11)鲁　就在门房等着见你呢。

朴　什么？鲁大海？他！我的儿子？

鲁　他的脚趾头因为你的不小心，现在还是少一个的。

以上组合问中的非主谓句问句多为疑问词语，如“什么”“怎么”等，往往伴随惊愕、愤懑等语气。

3. 非主谓句与非主谓句组合

(12)贵　哼!(滔滔地)我跟你说，我娶你妈，我还抱老大的委屈呢。你看我这么个机灵人，这周家上上下下几十口子，那一个不说我鲁贵刮刮叫。来这里不到两个月，我的女儿就在这公馆找上事；就说你哥哥，没有我，能在周家的矿上当工人么？叫你妈说，她成么？——这样，你哥哥同你妈还是一个劲儿地不赞成我。

(13)萍　(痛苦地)你难道不知道这种关系谁听着都厌恶么？你明白我每天喝酒胡闹就因为自己恨——恨我自己么?

以上两例为紧缩句，属非主谓句，尽管能指形式较为简短，但所指丰富。

（二）有疑而问

1. 主谓句与主谓句组合

（14）冲　（焦灼）您不愿意么？您以为我做错了么？

蘩　不，不，那倒不。我怕她这样的孩子不会给你幸福的。

（15）四　妈，您不怪我吧？您不怪我这次没听您的话，跑到周公馆做事吧？

以上两例组合问的结构形式相对完整，在口气上相对较为舒缓、内敛。

2. 主谓句与非主谓句组合

（16）朴　（沉思）无锡？嗯，无锡（忽而）你在无锡是什么时候？

鲁　光绪二十年，离现在有三十多年了。

朴　哦，三十年前你在无锡？

鲁　是的，三十多年前呢，那时候我记得我们还没有用洋火呢。

（17）朴　什么？她就在这儿？此地？

鲁　嗯，就在此地。

朴　哦！

鲁　老爷，你想见一见她么？

朴　不，不，谢谢你。

(18)大　(看合同)什么？(慢慢地，低声)他们三个人签了字。他们怎么会不告诉我，自己就签了字呢？他们就这样把我不理啦？

(19)贵　真的么？——那么太太对你呢？

(20)蘩　谁？谁来了好半天啦？

以上是独词句作为问句，与另一个主谓句问句组合。口气相对急促，语势较强。

(21)朴　她还在？不会吧？我看见她河边上的衣服，里面有她的绝命书。

(22)萍　(忍不住)你是谁？敢在这儿胡说？

(23)贵　(向鲁妈)这么晚还不睡？你说点子什么？

(24)贵　他走了？咦，可是四凤呢？

大　不要脸的东西，她跑了。

(25)萍　我对你怎么样？(他笑了。他不愿意说，他觉得女人们都有些呆气，这一句话似乎有一个女人也这样问过他，他心里隐隐有些痛）要我说出来？（笑）那么，你要我怎么说呢？

以上非主谓句问句中的谓语一般都不是光杆动词，有否定副词或连词、语气词与之直接组合。

3. 非主谓句与非主谓句组合

（26）蘩　为什么？怪他？

冲　我总觉得您同哥哥的感情不如以前那样似的。妈，您想，他自幼就没有母亲，性情自然容易古怪，我想他的母亲一定感情也很盛的，哥哥是一个很有感情的人。

（27）鲁　（不信地）哦？（慢慢看这屋子的摆设，指着有镜台的柜）这屋子倒是很雅致的。就是家俱太旧了点。这是——？

（28）朴　什么？说吧？

鲁　（泪满眼）我——我只要见见我的萍儿。

朴　你想见他？

鲁　嗯，他在哪儿？

朴　他现在在楼上陪着他的母亲看病。我叫他，他就可以下来见你。不过是——

鲁　不过是什么？

朴　他很大了。

(29)大　(冷冷地望着鲁妈)妈,我知道您的意思,自然只有这么办。所以,周家的事我以后也不提了,让他们去吧。

鲁　(迷惑,坐下)什么?让他们去?

萍　(嗫嚅)鲁奶奶,请您相信我,我一定好好地待她,我们现在决定就走。

(30)四　鬼么?什么样?(停一下,鲁贵四面望一望)谁?

贵　我这才看见那个女鬼呀,(回头低声)——是我们的太太。

四　太太?——那个男的呢?

贵　那个男鬼,你别怕,就是大少爷。

四　他?

贵　就是他,他同他的后娘在这屋子里闹鬼呢。

四　我不信,您看错了吧?

(31)朴　为什么?(停,向四凤)药呢?

蘩　(快说)倒了。我叫四凤倒了。

朴　(慢)倒了？哦？(更慢)倒了！——(向四凤)药还有么？

四　药罐里还有一点。

以上例句中，构成组合问的问句在结构形式上均为非主谓句，在表述上十分便于衔接，同时对语境的依赖性很强。

二、不同话轮之间的组合问

依据话轮数，分如下情形讨论。

(一)二轮话轮组合问

根据话轮之间的关联情况，可分为以下三种情况。

1. 诉诸人称代词等指示语关联

(32)四　不，不，你放开我。你不知道我们已经叫你们辞了么？

萍　(难过)凤，你——你饶恕我么？

(33)大　(冷冷地)他在哪儿？

贵　(故意地)他，谁是他？

大　董事长。

贵　（教训的样子）老爷就是老爷，什么董事长，上我们这儿就得叫老爷。

（34）蘩　哦，（看四凤，想着自己的经历）嗯，（低语）难说的很。（忽而抬起头来，眼睛张开）这么说，他在这几天就走，究竟到什么地方去呢？

四　（胆怯地）你说的是大少爷？

蘩　（斜看着四凤）嗯！

上例通过对代词等的解释和明确关联起来。

2. 直接利用疑问词语等疑问标记关联

（35）四　（沉下脸）怎么样？（冷冷地看着鲁贵）

贵　（打量四凤周身）嗯——（慢慢地拿起四凤的手）你这手上的戒指，（笑着）不也是他送给你的么？

（36）蘩　（笑）我怕你是胆小吧？

萍　怎么讲？

（37）四　什么？

贵　你听啊，昨天不是老爷的生日么？大少爷也赏给我四块钱。

（38）四　为什么？

贵　为什么？我先提你个醒。老爷比太太岁数大得多，太太跟老爷不好。大少爷不是这位太太生的，他比太太的岁数差得也有限。

(39)蘩　(向萍)他上哪儿去了？

萍　(莫名其妙)谁？

以上是直接通过疑问词语关联前后两个话轮的情形，《雷雨》中也不乏两个话轮均为有疑而问的完整问句组合。

(40)朴　你知道么？

鲁　也许记得，不知道老爷说的是哪一件？

(41)朴　(喘出一口气，沉思地)侍萍，侍萍，对了。这个女孩子的尸首，说是有一个穷人见着埋了。你可以打听得她的坟在哪儿么？

鲁　老爷问这些闲事干什么？

朴　这个人跟我们有点亲戚。

鲁　亲戚？

(42)大　我们老远从矿上来，今天我又在您府上大门房里从早上六点钟一直等到现在，我就是要问问董事长，对于我们工人的条件，究竟是允许不允许？

朴　哦，——那么，那三个代表呢？

大　我跟你说吧，他们现在正在联络旁的工会呢。

3. 前后两个话轮形成语用推理

《雷雨》中更多的问句组合是两个话轮，至少有一个并非真正的有疑而问的情形，二者形成语用推理。

3.1 前疑后信。即前一个话轮是有疑而问，后一个话轮是无疑而问。

(43)萍　(转头问冲)父亲没有出去吧？

冲　没有，你预备见他么？

(44)鲁　(想鲁贵)我走的时候嘱咐过你，这两年写信的时候也总不断地提醒你，我说过我不愿意把我的女儿送到一个阔公馆，叫人家使唤。你偏——(忽然觉得这不是谈家事的地方，回头向四凤)你哥哥呢？

四　不是在门房里等着我们么？

(45)朴　哦，——他们没告诉旁的事情么？

大　告诉不告诉于你没有关系。——我问你，你的意思，忽而软，忽而硬，究竟是怎么回子事？

(46)鲁　哦。——老爷没有事了？

朴　(指窗)窗户谁叫打开的？

3.2 两个话轮均为无疑而问。两个话轮较为充分地利用言外之意关联起来。例如：

（47）萍　怎么，你要我陪着你，在这样的家庭，每天想着过去的罪恶，这样活活地闷死么？

蘩　你既知道这家庭可以闷死人，你怎么肯一个人走，把我放在家里？

（48）蘩　（不自主地，尖酸）哦，你每天晚上回家睡！（觉得失言）老爷回家，家里没有人会伺候他，你怎么天天要回家呢？

四　太太，不是您吩咐过，叫我回家去睡么？

（49）蘩　四凤跟老爷检的衣裳，四凤不会拿么？

贵　我也是这么说啊，您不是不舒服么？可是老爷吩咐，不要四凤，还是要太太自己拿。

（50）蘩　你忘记了我不是病了么？

冲　对了，您原谅我。我，我——怎么这屋子这样热？

（51）冲　你给太太再拿一个杯子来，好么？(四凤下)。

蘩　（目不转睛地看着他们）冲儿，你们为什么这样客气？

(52)冲　你不知道母亲病了么?

蘩　你哥哥怎么会把我的病放在心上?

3.3 前信后疑。即两个话轮,前为无疑而问,后为有疑而问。例如:

(53)四　不是半夜里闹鬼么?

贵　你知道这鬼是什么样儿么?

(54)冲　爸爸,怎么鲁大海还在这儿等着要见您呢?

朴　谁是鲁大海?

冲　鲁贵的儿子。前年荐进去,这次当代表的。

(二)三轮话轮组合问

(55)贵　(望着她,停下工作)四凤,你听见了没有?

四　(厌烦地,冷冷地看着她的父亲)是! 爸! 干什么?

贵　我问你听见我刚才说的话了么?

四　都知道了。

(56)贵　他叫你干么?

四　谁知道。

贵　(责备地)你为什么不理他？

四　噢，我(擦眼泪)——不是您叫我等着么？

贵　(安慰地)怎么，你哭了么？

四　我没哭。

贵　孩子，哭什么，这有什么难过？(仿佛在做戏)谁叫我们穷呢？穷人没有什么讲究。没法子，什么事都忍着点，谁都知道我的孩子是个好孩子。

(57)冲　客走了？

朴　(点头，转向繁漪)你怎么今天下楼来了？完全好了么？

蘩　病原来不很重——回来身体好么？

(58)朴　(看表)还有三分钟。(向周冲)你刚才说的事呢？

冲　(抬头，慢慢地)什么？

朴　你说把你的学费分出一部份？——嗯，是怎么样？

（三）四轮及以上话轮组合问

(59) 朴　蘩漪！（蘩漪抬头。鲁妈站起，忙躲在一旁，神色大变，观察他。）你怎么还不去？

蘩　（故意地）上哪儿？

朴　克大夫在等你，你不知道么？

蘩　克大夫？谁是克大夫？

朴　跟你从前看病的克大夫。

(60)四　还有什么？

萍　（忽然地）你没有听见什么话？

四　什么？（停）没有。

萍　关于我，你没有听见什么？

四　没有。

萍　从来没听见过什么？

四　（不愿提）没有——你说什么？

萍　那——没什么！没什么。

(61)鲁　（严厉地）凤儿，（看着她，拉着她的手）你看看我，我是你的妈。是不是？

四　妈，你怎么啦？

鲁　凤，妈是不是顶疼你？

四　妈，您为什么说这些话？

鲁　我问你，妈是不是天底下最可怜，没有人疼的一个苦老婆子？

四　不，妈，您别这样说话，我疼您。

(62)四　哥哥哪点对不起您，您这样骂他干什么？

贵　他哪一点对得起我？当大兵，拉包月车，干机器匠，念书上学，那一行他是好好地干过？好容易我荐他到了周家的矿上去，他又跟工头闹起来，把人家打啦。

四　(小心地)我听说，不是我们老爷先叫矿上的警察开了枪，他才领着工人动的手么？

(63)朴　她为什么不再找到周家？

鲁　大概她是不愿意吧？为着她自己的孩子，她嫁过两次。

朴　以后她又嫁过两次？

鲁　嗯,都是很下等的人。她遇人都很不如意,老爷想帮一帮她么?

朴　好,你先下去。让我想一想。

鲁　老爷,没有事了?(望着朴园,眼泪要涌出)老爷,您那雨衣,我怎么说?

"老爷,没有事了?"此前出现过,表现了言语主体十分复杂的感情。

三、双重组合问

即话轮内部及话轮之间的组合问,是组合问的复合。

(64)四　钱!?

贵　这两年的工钱,赏钱,还有(慢慢地)那零零碎碎的,他们……

四　(赶紧接下去,不愿听他要说的话)那您不是一块两块都要走了么?喝了!赌了!

贵　(笑,掩饰自己)你看,你看,你又那样。急,急,急什么?我不跟你要钱。喂,我说,我说的是——(低声)他——不是也不断地塞给你钱花么?

四　(惊讶地)他?谁呀?

贵　(索性说出来)大少爷。

四　(红脸,声略高,走到鲁贵面前)谁说大少爷给我钱？爸爸,您别又穷疯了,胡说乱道的。

贵　(鄙笑着)好,好,好,没有,没有。反正这两年你不是存点钱么？(鄙吝地)我不是跟你要钱,你放心。我说啊,你等你妈来,把这些钱也给她瞧瞧,叫她也开开眼。

四　哼,妈不像您,见钱就忘了命。(回到中间茶桌滤药)

贵　(坐在长沙发上)钱不钱,你没有你爸爸成么？你要不到这儿周家大公馆帮主儿,这两年尽听你妈妈的话,你能每天吃着喝着,这大热天还穿得上小纺绸么？

四　(回过头)哼,妈是个本分人,念过书的,讲脸,舍不得把自己的女儿叫人家使唤。

贵　什么脸不脸？又是你妈的那一套！你是谁家的小姐？——妈的,底下人的女儿,帮了人就失了身份啦。

(65)鲁　周？这家里姓周？

四　妈,您看您,您刚才不是问着周家的门进来的么？怎么会忘了？(笑)妈,我明白了,您还是路上受热了。我先跟你拿着周家第一个太太的相片,给您看。我再跟你拿点水来喝。

(66)鲁　你?(笑)三十年我一个人都过了,现在我反而要你的钱?

朴　好,好,好,那么你现在要什么?

(67)萍　怎么?他们两个怎么样了?

朴　你不知道刚才这个工人也姓鲁,他就是四凤的哥哥么?

萍　哦,这个人就是四凤的哥哥?不过,爸爸——

以上分类描写表明,《雷雨》组合问在整个语篇中较为频见。《雷雨》组合问的能指组合情形相对于此前讨论过的《水浒传》而言更为复杂。除了语言形式自身的发展外,话剧《雷雨》的叙事性及对话性更突出恐怕是主要原因。话剧在一定意义上是较为纯粹的对话艺术,在对话中叙事,在叙事中对话,在叙事对话中构建语境,表达主题,推进情节,塑造形象。

原载于张春泉《叙事对话与语用逻辑》,中国社会科学出版社,2011年

附录Ⅲ

『不』与非自主变化动词超常组合的句法语境模式

汉语中的动词值得研究。刘丹青指出："在类型上汉语是一种动词型语言或者说是动词优先的语言。"[1]马庆株先生于1988年在《自主动词和非自主动词》一文中提出，"自主动词和非自主动词是汉语动词里的基本类别"：二者的语法功能、语义特征等均有不同；"自主动词从语义上说是能表示有意识的或有心的动作行为的"，"能由动作发出者做主，主观决定、自主支配的动作行为"；非自主动词即"表示无意识无心的动作行为"，"动作行为发出者不能自由支配的动作行为，也表示变化和属性"。[2]因此，可以将非自主动词进一步分为属性动词和变化动词。

关于非自主动词的研究，学界已有不少成果，例如陆俭明的《现代汉语语法研究教程》（第三版）[3]，邢福义、汪国胜的《现代汉语》[4]，庞佳的《〈水浒传〉非自主动词研究》[5]，王建勤的《"不"和"没"否定结构的习得过程》[6]等都有关于非自主动词的科学的描写和解释。

就否定副词与"非自主动词"的组合搭配，以上论著主要着眼于常规情况，即"没"与非自主变化动词的搭配情况等。一般认为，自主动词既可以受"不"否定，也可以受"没"否定；非自主动词中的属性动词一般用"不"否定，变化动词一般用"没"否定。但是，通过对大量语言事实的考察，我们发现，非自主动词中的变化动词（以下称"非自主变化动词"）也可以受"不"否定，即具体言语事实中存在一定量的"不"与非自主变化动词搭配使用的情况。这里，我们在已有研究成果的基础上，进一步探究"不"与非自主变化动词的超常规搭配情况。

本文的语料主要来源于北京大学CCL语料库（检索时间：2015年1月27日）。笔者主要通过对"不+非自主变化动词"进行穷尽式的检索，例如"不病""不看见"等来完成，然后从中筛选符合研究条件的语例。在CCL语料库检索了70个非自主动词，发现“没”和“没有”与非自主动词搭配共18619例，“不”与非自主动词搭配共32931例。显然，“不”与非自主动词组合的情形较“没(没有)”更为常见！这一实际用例上的超常规呈现也是我们所说的“超常搭配”的重要内涵之一。

本文考察的“不”与非自主变化动词搭配组合形成的词组列举如下：不败、不爆发、不爆炸、不失业、不下岗、不崩溃、不崩塌、不变形、不变质、不病、不产生、不发生、不沉溺、不倒闭、不倒塌、不掉、不丢、不龟裂、不看见、不听见、不发抖、不犯病、不犯法、不犯规、不犯罪、不分泌、不感染、不害羞、不忽略、不忽视、不荒废、不见、不看到、不枯竭、不枯萎、不垮台、不老化、不退化、不流行、不漏、不蔓延、不梦见、不迷恋、不呕吐、不碰见、不破裂、不坍塌、不痊愈、不生锈、不生长、不失败、不失火、不失眠、不失事、不衰败、不衰竭、不死亡、不瘫痪、不褪色、不脱落、不脱销、不忘记、不误会、不陷落、不陷入、不遗忘、不涌现、不相遇、不着凉、不滋生。

一、“不”和“没(没有)”

“不”和“没(没有)”都是现代汉语中常见的否定副词。在现代汉语中，动词的否定形式主要依靠“不”或“没(没有)”来实现。吕叔湘先生在《现代汉语八百词》中提到“没(没有)”与“不”的区别时说道：“没有”主要用于对客观事实的描述，且大多指过去和现在，不能指将来。“不”主要用于主观意愿的表达，这包括主观判断、主观态度、主观评价、主观推测等等，带有说话人自己的主观感情色彩，且可指过去、现在和将来。[7]例如：

(1)昨天你去他家了吗？

——A.没去。

——B.*不去。(*表示不正确或者不符合正常语用习惯的回答，下同。)

(2)那你明天打算去吗？

——A.不去。

——B.*没去。

以上两个例子中，例(1)用“没”进行否定，是对说话者“昨天没去他家”的客观描述；例(2)用“不”进行否定，是说话者对“明天是否去他家”的主观想法，表示一种主观意愿，而且是指将来；但“没(没有)”一般没有这种用法，这主要是从时态和语态方面对这两个词做出了区分。需要说明的是，与非自主变化动词组合时，“没”和“没有”只是音节韵律上有所区别，一般在语义、语法和句法环境配置上并无实质性区别，故本文“没”和“没有”将不做严格区分。

再进一步分析可以发现，“不”一般是否定常见的、经常发生的动作或现象，而“没(没有)”往往是否定不常见的、不经常发生的动作或现象。例如：

(3)这里常年不下雨。

(4)她今天没带钥匙。

例(3)用否定副词“不”形成的否定形式来表示一种经常发生的现象,而例(4)则用“没”形成的否定形式来表示一种不常见、不常发生的动作行为。

否定副词“没(没有)”与非自主变化动词的组合一般不受条件限制。相对而言,否定副词“不”与非自主变化动词在某些情况下也可以进行搭配。这些搭配虽然受一定条件限制,但使用频率很高,心理现实性强,甚至如前文所统计,在使用用例上高于“没(没有)”与非自主变化动词的组合。这种超常情况颇耐人寻味,值得关注。

“不”与非自主变化动词的超常组合有其语义语法条件,也有句法语境条件。就语义语法条件而言,非自主变化动词在语义语法上:表示将来可能发生的动作;表示某种负面结果;可做结果补语;可看作形容词;表示规则规律。以上是零句法语境条件下的情形,本文讨论其在非零句法语境条件下的情形。“不”与非自主变化动词的搭配可以构成常见固定结构,具有一定的构式义(独特的语境依赖性和语境义),主体性较为凸显。具体分述如下。

二、框架整体固化:“不+非自主变化动词”作为固定结构

“不”与非自主变化动词的搭配中有一类属于本次研究的特殊情况,即“不+非自主变化动词”构成人们在日常言语交际中经常出现的某种固定搭配,包括一些词组等固定短语。这里所说的固定搭配是指它们在语表形式上具有一定的稳固性,经常同时出现,已经受到

人们的普遍认可，从而被频繁使用。

1."不"与非自主变化动词搭配于常见短语

在一些常见的固定搭配中，也经常出现"不"与非自主变化动词进行搭配的情况。当然，这同样属于情况比较特殊的一类，数量不多，如"昏迷不醒""念念不忘""永生不忘""过目不忘""大难不死"等。"昏迷不醒"是个联合式短语，其中"昏迷"与"不醒"是并列结构，"不醒"即"没有醒"。"念念不忘"中"不忘"即"没有忘"；"大难不死"中"不死"即"没有死"。例如：

(1)既要有经验，还要有足够的敏感性，不能对已经出现的东西视而不见。

(2)妹夫，好久不见，到俺家喝两杯去。

(3)可现在马承林去关里几个月了，不见踪影，也不知他去干什么了。

(4)这叫作因小失大，只见树木，不见森林。

(5)风雨无阻，不见不散。

(6)真是伸手不见五指，到处是漆黑一片。

以上例子中的"视而不见""好久不见""不见踪影""只见树木，不见森林""不见不散""伸手不见五指"，再如"过目不忘""前事不忘后事之师""时刻不忘""念念不忘""终生不忘""滴水不漏""天网恢恢疏而不漏""一字不漏"等，其中"不见""不忘""不漏"等搭配在这些常见短语中已被人们普遍认同并频繁使用，已经成为比较稳固的搭配了。

2.“V不V”格式

“V不V”格式是比较特殊的一种情况，且非自主变化动词中只有一部分动词可以进入这种格式。这种表述形式主要表达了一种还未发生的事情或者还未发生的情况、还未实现的行为，只是说话人对未来结果的一种猜测、询问、推断等不确定的语气。例如：

(1)这样犯法不犯法？

(2)你才不管这些，你根本不在乎我着凉不着凉。

(3)现在化肥便宜，你们家又不缺钱买，干吗抛头露面要淘这臭粪，害羞不害羞？

(4)这种款式流行不流行？

(5)失败不失败我也不好说。

(6)不管什么死亡不死亡，我抬起手想摸着它。

在以上几个例句中，能进入“V不V”格式的非自主变化动词皆不可以表示已经发生的事情或情况。例如只能说“听见没听见”，而不能说“听见不听见”，只能说“有没有”，而不能说“有不有”，因为“听见”“有”都表示一种已经实现的行为或结果。

此外，否定副词“不”与非自主变化动词的超常搭配还可以是出现在复句中，表示对照，其所在分句充当条件句或者结果句，或者与其他分句并列出现，其前后往往会出现“既不……，也不/又不……”，或“即便不……”，或“不但不/非但不……，而且/反而……”以及“既不、又不、还要、也、又、而且”等词语，或表示假设，或表示转折，或表示并列。例如：

（1）它不但不产生空气污染物或放射性废料，而且它的副产品是优质的淡化海水。

（2）县食品公司50吨的冷库长期闲置未用，既不产生效益，还要支付维护费用。

三、套嵌成分插入：“不+非自主变化动词”与语气标记语配套搭配

这里所说的语气标记语包括“怎能”“怎么会”等反问标记语，“绝”“决”等副词、助动词或情态动词的省简形式。

1.“不+非自主变化动词”与反问标记语

在否定副词“不”前边加上“怎能”“怎么会”“岂能”“岂”“怎么可能”等表示质疑、反问或疑问语气的词语，或者是在其后加上“才怪呢”，表示已经发生的事情、情况或动作行为，或者表示在某种条件的影响下一定会发生或发生的可能性非常大的结果、事件、情况或者是某种动作行为。例如：

（1）都五十的人了，像这样怎能不病？

（2）气盛则膨胀智昏，一仰一俯，形诸笔墨，人格失衡，文章岂能不病？

(3)一个人干得比全单位人的还要多，跑上，忙下，还有横向联系，哼，不病才怪呢！

(4)整个部队即失其重心，如此，我们军队怎么能不败、不崩溃呢？

(5)穷人卖了肾或其他器官又引起其他疾病，岂不成为社会负担？

(6)在这样广阔的土地上和强大的抗日军民的包围中，他们怎能不发抖呢！

(7)她一个人站在最前面，恰好迎着风口，吹了半个多时辰，怎会不着凉？

除了以上例句中出现的“不病、不败、不崩溃、不成为、不发抖、不着凉”等词组之外，在表述反问语气的句子中较为频繁出现的词组还有“不倒闭、不倒塌、不产生、不堕落、不感染、不看见、不垮台、不失败、不衰败、不陷入、不滋生”等。

2.“绝不/决不/毫不/永不/从不+非自主变化动词”

“绝不/决不/毫不/永不/从不＋非自主变化动词”，即“不”的前面嵌入表示程度、范围、时间、频度等的副词“绝”“决”“毫”“永”“从”等，所嵌入的副词在功能上主要起加强语气的作用。在这个意义上，从语用角度我们把它们视为语气标记语。这种常见搭配通常表示一种强烈的、绝对性的否定语气，或多或少包含一些夸张的成分在内，从而表现出某种坚定的意志或决心、信心，或者表现出一种坚强的精神，或者表示一种坚定的承诺、保证或期望。从语义方面来看，除了“毫不”中的“不”往往相当于“没有”之外，“绝不、决不、从不、永不”中的“不”往往相当于“不会、不可能”。例如：

(1)经常就是不到疯狂、成熟、极端状态决不垮台。

(2)万一发生事端，各部务必要采取积极行动，要有决不失败的决心和准备，不可有半点失误。

(3)他们注意针对社会上的拜金主义、个人主义倾向，明确要求在抓生产经营和改革的同时，绝不忽视对职工的思想、道德、文化教育。

(4)绝不虚度，绝不荒废。

(5)一个奋进中的民族从不沉溺于对往事的缅怀。

(6)伊戈尔从不荒废时光。他读很多很多的书，什么都懂。

(7)这种精神是长期积淀的、世代相传的、永不枯竭的民族之魂。

(8)29年如一日，他始终以扎实的行动，实践着雷锋精神，像一颗永不生锈的螺丝钉，在人武战线的平凡岗位上闪光。

以上例句中的非自主变化动词“垮台、失败、忽视、荒废、沉溺、枯竭、生锈”等跟在“决不、绝不、从不、永不”等词后面时，整个搭配往往表达了一个整体的意思，表现出一种坚定的意志、决心或信心，或是一种值得赞扬的主观精神，再或者是可信度很高的承诺与保证，充满着浓厚的主观感情色彩，往往包含着说话者本人的主观态度。

同类型的另一种搭配情况是“无不/无一X不/难免/不得不/不能不/不可能不/没有不/未有不/没法不+非自主变化动词”。这种常见搭配是通过双重否定来实现对某一事实、现象或者某动作行为的强烈肯定，起到加强语气的作用，强调某结果、某动作行为或某件事等，表示一种极浓的主观色彩。这种双重否定加上某种结果、动作或事件的搭配通常强调的是必须要做某事或必须要实现某种结果。例如：

(1)江河冲出堤岸，一路咆哮，所经城镇、乡村，无不遭受巨大灾害。

(2)凡是唯才是举、任人唯贤的人，事业上无不取得成功的。

(3)醒秋心里纷乱，晚上乱梦如云，自从到法国以来，无一夜不梦见她的母亲。

(4)难免不感染上孤独症。

(5)“孤独的老人”的事实，表现了金钱世界的残酷无情，使人不得不产生一种面对现实的思考和人生的感慨。

(6)运气好的话，一天下来收入高达一万法郎。这不能不成为诱惑。

(7)我当时不太同意小帅的处理方式，我想人在那个状态下是不可能不爆发的，而且当时已经憋到不行了，特别需要爆发。

(8)这样的民族、这样的军队，是毫无希望的，是没有不衰落和不垮台的。

(9)黩武穷兵的政策，虽可以收效一时，到头未有不失败的。

(10)我一听见教育就多吃十片迷叶，不然，便没法不呕吐！

当说话人想要强调某件事、某种情况或者某行为动作时，有时会采用双重否定的方式，而非自主变化动词往往可以与这些双重否定结构相搭配。

3.“不+助动词或情态动词的省简形式+非自主变化动词”

在具体语境中，“不”加非自主动词中的变化动词表示的是一种人的主观意愿或思想感情倾向。这里的“不”往往是“不”加助动词或情态动词的省略或者简化，例如“不愿、不想、不要、不能、不会”等。比如有些语境中“不忘”是对“不能(不要)忘记”的简化。例如在“人谁不死，但要死得其所”中，“不死”其实是“不会死”的简化。再如“无论遇到什么苦难都不能死，我不仅不死，还要好好活着”中的“不死”是“不能死”或者“不要死”的简化。再如“时刻不忘”及“外出疗伤，不忘带上复读机，强化英语学习”中“不忘”其实是“不要忘记”的简化。再例如“你早不病，晚不病，偏偏在这时候病”也可以理解为它表达的是一种人的主观意愿或者思想感情倾向，表达了说话人对所发生事情、结果或是行为动作的不满、不情愿等主观上的不愿意。这种情形下的助动词或情态动态也可视为语气标记语。

从词的概念意义方面来看，在非自主变化动词中，凡是可以通过人为控制、主观努力来创造某种条件，使得可以间接造成或者促使结果向着另一面转化或改变的动词均可以与否定副词“不”进行搭配。这一类非自主变化动词有很多，例如“沉溺、倒塌、犯规、犯罪、害羞、失败”等，其共性就在于人们可以通过对自身进行约束、强迫性管理等，从而通过改变过程改变最终结果。整个搭配在句中同整个交际环境相联系之后，则往往会体现出一种情感色彩意义，体现出说话人对所指对象或有关现象的主观态度、愿望以及各种感情倾向，或是褒义，或是贬义，或显示了肯定、喜爱、赞扬的主观态度，或显示了否定、厌恶、贬斥的主观态度，整个搭配体现出的这种情感色彩倾向或与该动词本身一致，或者相反。例如：

(1)他注重感情，却不滥用感情；他珍惜感情，却不沉溺感情；他善待感情，却不玩弄感情。

(2)抵抗住压力使东西不倒塌。

(3)他对工作非常热心，既不偷懒，也不犯规。

(4)我当时开放、爽快，见了游客不害羞，所以打定主意做游客的生意。

(5)乱下手谕，主观武断，焉能不败。

综上所述，否定副词“不”与非自主变化动词的上述超常组合的固化模式，并不违反语言的使用习惯与搭配原则。这些搭配或者带有较为强烈的主观色彩、主体性，包含这些搭配的语句往往带有较为强烈的语气。这些搭配或者呈现客观规律，在所指上往往游移于主观与客观两端，尤以主观化主体性为主，多为非常态（也是一种“超常”）。否定副词“不”与非自主变化动词超常组合的固化模式，带有一定的构式特征。这些组合的存在有其必要的语用价值，其有利于人们在日常交际过程中更加适合语境，更为恰当得体地表达，更好实现话语交际目的。

参考文献：

[1]刘丹青.汉语是一种动词型语言——试说动词型语言和名词型语言的类型差异[J].世界汉语教学，2010，24(1).

[2]马庆株.自主动词和非自主动词[J].中国语言学报，1988(3).

[3]陆俭明.现代汉语语法研究教程（第三版）[M].北京：北京大学出版社，2005.

[4]邢福义，汪国胜.现代汉语[M].武汉：华中师范大学出版社，2003.

[5]庞佳.《水浒传》非自主动词研究[D].武汉：中南民族大学，2011.

[6]王建勤."不"和"没"否定结构的习得过程[J].世界汉语教学，1997(3).

[7]吕叔湘.现代汉语八百词（增订本）[M].北京：商务印书馆，1999.

原载于《宁夏大学学报》2018年第5期，署名张春泉、牛欣桐

附录Ⅳ

语义语法现象的个案分析

汉语语义对语法有一定的制约作用，“决定词的语法属性的最终因素是词汇语义”[1]。又如王力先生所言：“假使我们简单地说‘名词是指称事物的，动词是指称行为的’等等，虽然说得不够全面，但是并没有犯原则上的错误。正是在这一个基础上，连小学生也能判断‘人’和‘马’是名词，‘走’和‘跑’是动词。也正是在这一个基础上，就汉语来说，为了教科书的可接受性，用不着给词类下一些太复杂的定义，只要抓住词类反映客观存在这一个要点就行了。差不多每一部语法书对每一实词下定义的时候，都先指出这一点。”[2]

汉语语法在一定意义上是一种语义语法。“‘语义语法’，又叫‘语义功能语法’，是中国学者通过大量汉语语法研究的实践，在吸收了传统语法、结构主义语法、格语法、功能语法、认知语法和语义学等众多语言学理论的基础上而建立起来的语法理论。”[3]王维贤先生则是从更普遍意义上阐述语义之于语法的重要性：“现代语言学有语义化倾向，是指现代语言学重视语义研究及语义对结构的影响。语言交际的本质是‘意义—形式—意义’，而非‘意义—意义’。这是一切符号系统的共同特点。当然，组成一个结构的具体的词的词汇意义制约着形式结构的性质，但这种制约是通过词的语法意义来实现的。这是一切符号系统的共同特点。”[4]

虽然对“语义语法”的名称不同论者会有表述上的差异，外延也未必全同，但大家在以下两个方面有共识：其一，语义对语法有重要的影响；其二，汉语的形态不丰富，语义和语法的关系因此尤为密

①赵世举：《试论词汇语义对语法的决定作用》，《武汉大学学报：人文科学版》，2008年第2期。

②王力：《王力语言学论文集》，商务印书馆，2000，第437页。

③邵敬敏：《新时期汉语语法学史(1978—2008)》，商务印书馆，2011。

④王维贤：《现代汉语语法理论研究》，语文出版社，1997，第76页。

切。当今学界有不少关于语义语法的代表性成果，例如刁晏斌的《现代汉语虚义动词研究》是语义功能语法研究的一部著作，多角度、全方位地研究了现代汉语动词中一个不大的封闭类。[①]还有上文所援引的赵世举先生的《试论词汇语义对语法的决定作用》等。

"从吕叔湘、朱德熙、胡裕树、张斌、胡明扬，到陆俭明、邢福义等学者，都为这一理论的建立做出了自己独特而重要的贡献。"[②]王力、王维贤、马庆株、邵敬敏、赵世举、刁晏斌等学者也都有关于语义语法较为系统的代表性成果。邵敬敏的《新时期汉语语法学史（1978–2008）》还较为全面地评述了新时期以来的众多语义语法学者及其成果。[③]

此外，还有关于语义语法的"零敲碎打"式的探究，这或可看作语义语法研究的"轻骑兵"。我们在前修时贤的基础上，也做了一些零敲碎打式的探索，主要是微观层面的个案分析。如《第一人称代词的虚指及其心理动因》[④]《"语用词"的适用》[⑤]《〈论语〉中复现式组合的句法形式及使用动因》《〈论语〉中的复现式话语衔接》《从语用角度看〈孟子〉中的紧缩结构》《〈孟子〉中的条件复句》《白马非马：修辞式推论》等[⑥]，《"不"与非自主变化动词超常组合的句法语境模式》[⑦]《学术

①马庆株：《语义功能语法的新贡献——评刁晏斌〈现代汉语虚义动词研究〉》，《辽东学院学报》2005年第4期。

②邵敬敏：《新时期汉语语法学史（1978–2008）》，商务印书馆，2011，第53页。

③邵敬敏：《新时期汉语语法学史（1978–2008）》，商务印书馆，2011，第56–61页。

④张春泉：《第一人称代词的虚指及其心理动因》，《浙江大学学报》2005年第3期。

⑤张春泉：《论接受心理与修辞表达》，中国社会科学出版社，2007，第271–295页。

⑥张春泉：《叙事对话与语用逻辑》，中国社会科学出版社，2011，第23–123页。2016年重印时整合概括修订为《显性话语衔接：以〈论语〉为例》《中性话语衔接：以〈孟子〉为例》《隐性话语衔接：以〈白马论〉为例》，见该书重印本，中国社会科学出版社，2016年重印，第20–98页。

⑦张春泉，牛欣桐：《"不"与非自主变化动词超常组合的句法语境模式》，《宁夏大学学报》2018年第5期。

话语系统的个案分析》[①]《话语建构理据的多维探究》[②]等笔者关于问句、术语的系列论文和专著似亦可位列其中。我们这里拟从微观视角继续个案分析某些语义语法现象。

一、词类家族特殊成员：语符聚合轴上有意义的观测点

这里所说的特殊词类，并不是平时不常见、不常用的词类，而是指具有某些容易被忽略的语法特征（尤指语义语法特征），或在同类词中有特别个性差异的子类（个体）。研究者对这些词类现象的观察往往可以有多种学术视角。此外，需要说明的是，笔者关于特殊词类并非穷尽列举，仅为举隅。

（一）形式动词的“非形式”特征

形式动词，“在使用上有两个特点，一是要求后面由一个动词来作它的宾语，二是这个作宾语的动词只能是双音节的，不能是单音节”[③]。形式动词后面所跟的动词一般不可AA式重叠，偶可ABAB式重叠。这似可说明，其后接动词不宜是“均质”的。且形式动词后“作宾语的双音节动词也只能是双音节自主动词，不能是双音节非自主动词”[④]。

形式动词一般包括“进行、予以、加以”等，在语义上都含有[+影

①张春泉：《学术话语系统的个案分析》，西南师范大学出版社，2018。
②张春泉：《话语建构理据的多维探究》，西南师范大学出版社，2018。
③陆俭明：《现代汉语语法研究教程》，北京大学出版社，2003，第14页。
④陆俭明：《现代汉语语法研究教程》，北京大学出版社，2003，第183页。

响]或[+处置]义素，只是这个“影响”或“处置”比较笼统，不甚具体，具体的内容往往通过相应的实义动词体现出来。此外，在语体上可常见于事务体、学术体等书面体。例如：

(1)人民政府定期对学校校舍安全进行检查；对需要维修、改造的，及时予以维修、改造。(本文例句如不作特别说明，均出自北京大学语料库“ccl.pku.edu.cn”，查询时间为2020年7月29日)

(2)对违反学校管理制度的学生，学校应当予以批评教育，不得开除。

(3)对落后地区、对薄弱学校、对处境不利的受教育者在教育资源配置上予以额外补偿。

(4)有下列情形之一的，依照有关法律、行政法规的规定予以处罚……

(5)如果我们不能提出自己的基本需求，政府又依据什么来予以保障呢？

(6)侵犯师生合法权益，扰乱正常教学秩序等紧急情况，责成主管单位予以制止，并提出处理建议……

以上诸例，“予以”都带有一定的“给予”义。例(1)、例(2)、例(3)“予以”之前均有“对”构成介词结构介引相关情况。“予以”之后均有语义更实的动词。

(7)从教育计划到教育制度，从教材内容到教学方法，进行全面的监督、检查。

(8)教育不仅通过自身的科研机构进行科学研究和设计，而且培养出大量具有创造精神的人。

(9)文化传播可以通过多种途径进行，如迁徙、通商、战争、教育、学术交流、旅游、体育竞赛、访问演出、通讯、卫星传播等。

上例语序较为特殊，“文化传播”置于“进行”之前，含有一定的被动含义。此种情形下，“进行”更不宜换为“加以”和“予以”。

(10)在工业革命后使用近代机器生产的社会里，国家应该而且必须对生产进行干预而不应放任；放任主义在工业革命后已经完全不适用。

(11)蒋廷黻在1935年离开清华去南京做官时，他的近代史研究尚处在进行的过程中，还没有达到融史料与思考于一炉的整合期。

(12)汉隶，又称今隶、八分书，是指在秦隶的基础上进行加工、变化，逐渐发展而成的一种隶书。

以上各例句子中均有实义动词。“进行”的[+过程]义素较为凸显。

(13)有了这一系列自上而下的一整套法律、条例、法规、民约，并切实加以贯彻执行，实施义务教育才能得到保证。

(14)作为富人，关注的不应仅是自己的孩子，同时应对贫穷孩子加以关注，对比自己更穷，更需要教育的西部及农村孩子进行帮助。

(15)这些模式也不是非常成熟，它们将随着网络教学的发展而被不断地加以改进、完善。

(16)对于一个历史事实的有无，有时则用形式逻辑中的“排中律”来加以判断，非有即无，非无即有，排除了“无”也就说明了“有”……

(17)模因仿照基因而得名，它指一些思想或观念通过人类文化加以散播，并一代一代地相传下来。

(18)把人类语言和这些动物“语言”加以比较，可以进一步认识人类语言的特点。

“加以”，表示对某一事物施加某种影响。其后的实义动词也是双音节的，与“予以”和“进行”类似。这些双音节动词相对于单音节动词而言，可以“自带”某种影响的方式或结果。

以上各例“予以”“进行”“加以”的句法功能、语体分布是相近相似的，但不宜互换，语义使然。

因为形式动词表意不具体，所以后面须接相对更具体的动词表意。因为往往含有[+过程]义素，所以其后所跟的动词一般不可AA

式重叠，因后者表示短时态或尝试态，与“过程”在某种意义上相悖。因为带有一定的处置性，所以其后所跟的动词一般是双音节的。双音节动词相对于单音节动词而言，前者可以凸显“处置”的结果或方式等。也因为“处置性”，所以做宾语的动词应为自主动词。

以上似可表明形式动词具有诸多非形式因素，其跟语义的关系较为密切，尤为微妙，这大概是“形式动词”在学界尚有不同的名称的原因之一。关于“形式动词”的概念术语形式，代表性的说法有“傀儡动词”“无色动词”“虚义动词”“虚化动词”“先导动词”“代动词”“形式动词”等。[①]基于以上原因，我们倾向于刁晏斌先生的看法，可以名之为“虚义动词”。

（二）唯谓形容词：作为一个试用型术语

我们所说的“试用型术语”，是指在正式的出版物上使用过一段时间，随后同一出版物吸收学界的意见和建议后停止使用的术语。“唯谓形容词”即属此列。

黄伯荣、廖序东的《现代汉语》（增订四版）明确述及“唯谓形容词”。黄伯荣、廖序东的《现代汉语》（增订五版）和黄伯荣、廖序东的《现代汉语》（增订六版）载：“形容词表示形状、性质和状态等，分以下两类……性质形容词……状态形容词……”即第五版、第六版已经修订调整为两类，删去了“唯谓形容词”这个术语。

应该说，“唯谓形容词”这个术语有利于描述形容词词类家族中的一类成员（子类），但是由于汉语词类（形容词等）和句法成分（谓语等）之间的复杂关系，诚如黄伯荣、廖序东《现代汉语》（增订四版）上

①李桂梅：《形式动词句式的认知与功能研究》，语文出版社，2017，第12页。

册“绪论”在讲“现代汉语的特点”时明确提出，“词类和句法成分关系复杂”[①]，“唯谓形容词”这个概念术语有语义杂糅之嫌，不利于合逻辑清晰地表述语法体系。

宏观上，该术语表述与现代汉语语法特点的描述有些抵触：既然词类和句法成分关系复杂，二者对应关系不甚严整，则在表述词类“形容词”的术语里不宜出现句法成分“谓”，即句法成分与词类不宜纠缠杂糅，如果纠缠杂糅，则不利于“术语”表意的单一性、明晰性。微观上，黄伯荣、廖序东《现代汉语》（增订四版）下册第11页在对形容词进行细分时，在同一个层面分出“性质形容词”“状态形容词”“不定量形容词”“唯谓形容词”，有分类标准不统一之嫌。“性质”“状态”和“不定量”是按照意义分的，而“唯谓”则主要是着眼于句法结构而言的。此外，在黄伯荣、廖序东《现代汉语》（增订四版）下册正文中，关于词类的术语有且仅有“唯谓形容词”是如此命名的。[②]

事实上，此前学界已有学者研讨过该术语。“把它们归入形容词，实在勉强得很。如果不打算单独作一词类，至少应当给它一个名叫‘非谓形容词’，以便跟一般形容词有所区别。是不是有与此相反的‘唯谓形容词’呢？‘难’‘容易’‘多’‘少’‘对’‘错’等等有点像。可是怎样区别于表示状态的不及物动词又是个问题。”[③]“唯谓形容词”使用于《现代汉语》后，学界也有相关讨论。姚晓波的《唯谓形容词和副词——〈现代汉语〉（增订四版）词类部分评价》认为：“唯谓形容词的研究还不充分，科研的基础还比较薄弱，教学语法应侧重系统性、易

①黄伯荣、廖序东：《现代汉语》（增订四版）上册，高等教育出版社，2007，第8页。

②该著在述及区别词时，有一个注释“因此有的书称它为非谓形容词”，见该版第13页。该版未直接采纳“非谓形容词”这个说法。

③吕叔湘：《汉语语法分析问题》，商务印书馆，1979，第33页。

于教学，唯谓形容词的立类缺乏充足语料的支持。”[①]“从目前我们所能见到的材料来看，唯谓形容词的存在是大可怀疑的。希望今后论说唯谓形容词的学者提供更为翔实的材料，希望今后《现代汉语》的编者采取更加审慎的态度。”[②]可贵的是黄伯荣、廖序东的《现代汉语》很快进行了有效的学术互动，《现代汉语》（第五版）和《现代汉语》（第六版）均删除了“唯谓形容词”。“唯谓形容词”至少在《现代汉语》那里成为试用型术语。

作为重要的相关术语解释的相应“配套”修订，也颇值得关注。黄伯荣、廖序东《现代汉语》（增订四版）下册关于“句法结构”的解释是：“句法成分是句法结构的组成成分。句法结构指由词逐层组装成的短语里或句子里的词类系列。”[③]黄伯荣、廖序东《现代汉语》（增订五版）和（增订六版）均修订为：“句法成分是句法结构的组成成分。句法结构是由若干词按语法规律组成的。”[④]显然，后者关于“句法结构”的解释更抽象一些，尤为重要的是不再提“词类”系列了，规避了句法成分和词类之间的混淆风险。

“试用型术语”的形成有其学术自身的原因。就“唯谓形容词”而言，它的确在某种意义上反映了汉语词类划分的复杂性，可看作汉语语符聚合轴上的一个有意义的观测点。但终究汉语的词类和句法成分还是应该区分的。相对而言，作为词类划分依据的形态、意义和功能可能更纠结。“这里我们还需要进一步指出的是，词的形态、词的语法意义、词的语法功能这三者是互相关联的，不是互相排斥的。实际

①姚晓波：《唯谓形容词和副词——〈现代汉语〉（增订四版）词类部分评价》，《渤海大学学报：哲学社会科学版》2009年第3期。

②邵霭吉：《“唯谓形容词”考辨》，《云南师范大学学报：对外汉语教学与研究版》2008年第5期。

③黄伯荣、廖序东：《现代汉语》（增订六版）下册，高等教育出版社，2007，第4页。

④黄伯荣、廖序东：《现代汉语》（增订六版）下册，高等教育出版社，2007，第4页。

上，词的语法功能是词的语法意义的一种外在表现，而词的形态又是词的语法功能的外在表现形式。在给词的具体分类的过程中，其分类根据可以从上面这三方面去提取。”[①]一定意义上因为汉语的形态不丰富，“词所具有的表示类别作用的功能，实际就是词的语法意义，如计数功能、指代功能、连接功能等”[②]。或可认为，试用型术语“唯谓形容词”通过试用而停止使用的这一现象也反映了语义之于语法(尤指词的语法性质)的重要性。

(三)区别词的“另类”

区别词是不作谓语的形容词，往往成对或成组出现。但是日常使用过程中，成对或成组的区别词中会有一些另类。这些“另类”的附加义值得关注。例如：

(1)高等(教育)、中等(教育)｜低等(教育)

“大中小学”可以说，但是高校、中学对应的全称是“高等学校”“中等学校”，小学的全称则不是“小等学校”。可以说“高等教育”“中等教育”，但不说“低等教育”。可以将中小学教育概括为“基础教育”，只是“基础(教育)”与“高等(教育)”仍很难说是成组出现的严格意义上的区别词。显然，“低等(教育)”有歧义，也有附加义，该附加义可能会引起接受者的某种心理不适。

(2)(电影)主角｜(电影)次角

与“低等(教育)”类似，电影“主角”对应的是“配角”，往往不说“次角”。

①陆俭明：《现代汉语语法研究教程》，北京大学出版社，2003，第35页。

②陆俭明：《现代汉语语法研究教程》，北京大学出版社，2003，第35页。

(3)上古(文学)、中古(文学)、近代(文学)、现代(文学)|当代(文学)

人们常说上古(文学)、中古(文学)、近代(文学)、现代(文学)、当代(文学),而“现代”和“当代”如果不做特别界定或说明,易引起歧解。这多少有些类似于“今文经学”和“古文经学”中的“古”和“今”。大概因为如此,有时人们把“现代”和“当代”合在一起,即“现当代”。文学史的断代或可名之为:先秦(文学)、魏晋隋唐(文学)、宋元明清(文学)、民国(文学)、共和国(文学)等。

(4)古代(汉语)|现代(汉语)

“古代汉语”可以简称为“古汉语”,而“现代汉语”则不宜对应简称为“现汉语”。“现阶段”可以说。“现”不是区别词,“古”是区别词。“现阶段”无对应的“古阶段”,可以说“上一阶段”和“下一阶段”,这里的“上”“下”是区别词。

(5)老年、青年、少年、童年、婴儿|中年

上面这一组词语,其中“中年”的“中”与“老”“少”“青”“幼”等不在一个逻辑层面上,“中”是“另类”。此外,少年、青年可以直接说,一般不说“少年人”,但可以说“青年人”“中年人”“老年人”。“少年”还没成“人”?这些表述都值得探究。

另外,具有区别词作用的方位词“东、西、南、北”在指别具体方位上,有时也颇有意思。例如一般说“东北”“东南”“西北”“西南”,而不说“北东”“南东”“北西”“南西”。通常是将“东”和“西”放在前面。之所以如此,可能是与太阳东升西落有关。先民对于方位的判定,太阳可作为较为直接的“醒目”的标记物。

（四）“一起”：副词抑或名词

“在一起吃饭”中的“一起”是什么词性？类似的还有“一块儿”。陆俭明先生指出：“‘一起’、‘一块儿’，经常作状语，如‘我们一起/一块儿走吧’。一般都把它们看作副词。可是，它们又可以作介词‘在’的宾语，如‘大家在一起/一块儿玩儿。这里的‘一起/一块儿’，怎么处理？这目前也是难办的事。”[①]虽然“一起”很常见，但对其语法性质的定性还是“难办的事”。

邢福义先生指出：“在多数情况下，‘一起’是处所名词。它表示‘同一个处所’的意思，有时兼表时间，即表示‘同一处所和同一时间’。作为处所名词，它可以用在‘在、到’的后边。如果‘在、到’是动词，它就是宾语；如果‘在、到’是介词，它就跟‘在、到’一起组成介词结构作状语或补语。”[②]根据邢福义先生的观点，这是一种“多数情况下”的情形。此外，“有时，‘一起’作状语，单纯表示时间，怎么变换都无法让它出现在‘在、到’后边。这样的‘一起’，才不是名词，而是副词”[③]。

吕叔湘的《现代汉语八百词》（增订本）指出：一起，“〔名〕同一个处所”[④]，“用于‘在、到’等少数动词后”，还用于“动+在（到）+一起”，亦用于“在+一起+动”。[⑤]此外，“〔副〕表示在同一地点或合到一处。前边常有‘同、跟、和’组成的介词短语”[⑥]。

以上三家的意见不尽一致，但都重视语义。

---

①陆俭明：《现代汉语语法研究教程》，北京大学出版社，2003，第53页。

②邢福义：《语法问题探讨集》，湖北教育出版社，1986，第321－322页。

③邢福义：《语法问题探讨集》，湖北教育出版社，1986，第322页。

④吕叔湘：《现代汉语八百词》（增订本），商务印书馆，1999，第608页。

⑤吕叔湘：《现代汉语八百词》（增订本），商务印书馆，1999，第608页。

⑥吕叔湘：《现代汉语八百词》（增订本），商务印书馆，1999，第608页。

“在一起”其后的词汇意义较实的动词性成分往往明确，或凸显“在一起”的具体事项。“在一起”其后也可不接其他成分。“在一起”对主语也有一定的要求，往往要求其所指为复数，后面的实义动词也蕴含了非单数主体实施或完成的义素。这与纯粹做状语的介宾结构“在家”“在图书馆”不同。后者“在”的宾语可被替换，具有选择性，而“在一起”则使与之直接组合的主语和另一谓语中心语一般都须蕴含共同义素[非单独]，选择性不强。“在一起”与其前后成分在语义上的交叉性相对明显，其与其后的谓语中心语一起构成承接关系就有了词汇语义基础。换一个角度看，“一起”补充了主语和另一个谓语中心语的共同语义，使主语和谓语在语义上的和谐完整有了可能。

我们以为，诚如陆俭明先生所言，“一起”词性的断定的确较难。类似的还有“连”字句里“连”的词性。杨宏业的《“连”字句与“甚至”句的对比研究》关于“连”的词性，列举了“介词”说、“助词”说、“副词”说、“连词”说、“语气词”说、“兼类词”说、“标记”说、“准量词”说等8种意见。[①]这大概和本文所列举的其他语法现象类似。这些现象都很常见，分析常见现象出现的较大分歧似可以说明汉语语义之于语法的重要性：因不是较纯粹的形态问题，所以容易形成正常的见仁见智的局面。

（五）介词“对”和“对于”的“隔”与“不隔”

同作为介词，“对”和“对于”都表示对待，二者多有纠结。学界对二者的看法有共识，也有一些分歧。

共识主要是，“对”和“对于”许多场合都可以通用。

---

①杨宏业：《“连”字句与“甚至”句的对比研究》，硕士学位论文，北京大学，2013，第2-3页。

丁声树的《现代汉语语法讲话》讲道："'对于'跟'对'中间没有明确的界限。凡用'对于'的地方都可以用'对'，但是用'对'的地方就不一定都能换成'对于'。"①

吕叔湘的《现代汉语八百词》（增订本）指出："（'对'）表示对待。用法大致同'对于'。用'对于'的句子都能换用'对'；但用'对'的句子，有些不能换用'对于'。"②

黄伯荣、廖序东的《现代汉语》（增订六版）说道："'对于''对'标记或介引动作的对象或与动作有关的人或事物。这两个介词在许多场合可以通用。一般说能用'对于'的地方也能用'对'，但是能用'对'的地方不一定都能用'对于'。"③

究竟哪些具体情形下可以通用，丁声树的《现代汉语语法讲话》讲得相对更细致。"再从用'对'的句子看，'对'用在主语前面的句子，大都可以换用'对于'。"④以"主语"为参照物，"'对'字用在主语后面的时候，动作性弱的可以换用'对于'，动作性强的不能"⑤。丁声树的《现代汉语语法讲义》还补充道："大致说，能换成'对于'的'对'，在它的宾语后头可以有语音停顿，比如'对村里的情形不十分了解'，可以读成'对村里情形，不十分了解'。但是像'爸爸对我好'，'对我'之后就不能有停顿。这一类语音上不能停顿的'对'字句，'对'字大都不能换成'对于'。"⑥

什么情况下不可通用，学者们有不同的视角。

①丁声树：《现代汉语语法讲话》，商务印书馆，1961，第104页。
②吕叔湘：《现代汉语八百词》（增订本），商务印书馆，1999，第182页。
③黄伯荣、廖序东：《现代汉语》（增订六版）下册，高等教育出版社，2007，第39页。
④丁声树：《现代汉语语法讲话》，商务印书馆，1961，第104页。
⑤丁声树：《现代汉语语法讲话》，商务印书馆，1961，第104页。
⑥丁声树：《现代汉语语法讲话》，商务印书馆，1961，第104-105页。

丁声树的《现代汉语语法讲话》认为："'对于'后面的宾语有时候在意义上是动词的受事……用'对于'的句子，'对于……'往往可以挪到主语前面……有时候，'对'字前后的成分带有并列的意味。"①

吕叔湘的《现代汉语八百词》(增订本)认为："表示人与人之间的关系，只能用'对'。""'对……'可用在助动词、副词的前或后，也可用在主语前(有停顿)，意思相同。""'对于……'不能用在助动词、副词之后，只能用在另两个位置。"②

陆俭明的《现代汉语语法研究教程》认为："由'对于'组成的介词结构作状语时，一般要求中心语是个复杂形式，而由'对'组成的介词结构作状语时，没有这种要求。"③

关于双音节词"对于"起源的认识，有一定的分歧。

一种意见是"对"和"于"黏合成词。黎锦熙的《新著国语文法》第十一章"介词细目"在讲完"于"之后，紧接着讲道："至'关于''对于'等，也已黏合成词，径可用作整个的介词，纳入本项之内。"④这里本项即"介所在"。此外，还有"介所向"。⑤类似地，吕叔湘、朱德熙的《语法修辞讲话》认为："'对于'的用法，一部分是从文言的'于'字化出来的，所以有时候就只有一个'于'字。有时候'对'字的意思特别显著，又就只用一个'对'字。但是最普通的形式还是'对于'。"⑥向熹的《简明汉语史》(下)则明确从汉语史的角度谈到"对于"等双音节虚词的来源："在发展中，虚词也和实词一样，存在着复音化的趋势。有的

①丁声树：《现代汉语语法讲话》，商务印书馆，1961，第105页。

②吕叔湘：《现代汉语八百词》(增订本)，商务印书馆，1999，第182页。

③陆俭明：《现代汉语语法研究教程》，北京大学出版社，2003，第190页。

④黎锦熙：《新著国语文法》，商务印书馆，1992，第150页。

⑤黎锦熙：《新著国语文法》，商务印书馆，1992，第151页。

⑥吕叔湘、朱德熙：《语法修辞讲话》，辽宁教育出版社，2002，第86页。

是单音虚词连用为复音虚词……有的是单音虚词加附加成分构成复音虚词……有的是词组凝固为复音虚词，如‘然而’‘虽然’‘因此’‘所以’等。”[①]

第二种意见认为，“对于”的产生是介词发展中的强化现象。周芍、邵敬敏的《试探介词“对”的语法化过程》言：“‘对于’的产生是介词‘于’在衰退中的‘强化’效应。它在短短100年内经历了产生、广泛使用及逐渐衰退过程，在当代汉语中已经明显淡出。”[②]论者将“对”和“于”先分开讨论：“为什么会出现‘对于’？这应该是介词发展中的强化现象。语法化中的强化(reinforcement)是指在已有的虚词或虚语素上再加上同类或相关的虚化要素，使原有虚化单位的句法语义作用得到加强。在虚化成分过分弱化时，它就有可能强化自身用以保存语法力量。由引进‘言谈者’‘所对者’到引进‘对待对象’，‘对’的功能更加丰富，相对而言，‘于’的使用范围又缩小了一部分，在这样的情况下，它便与介词‘对’结合组成复合介词，以被强化的形式出现了。‘对’的‘对象’义比‘于’具体明确，‘于’与之结合后，便借助其相对具体的词项来强化自身因语法化损耗而十分抽象的意义，这样便保存了其在引进‘对待对象’上的功能。”[③]某种程度上类似的观点，太田辰夫的《中国语历史文法》认为“对”“是从原来‘面向’之义发展来的，表示方向”[④]。

第二种意见与第一种意见没有实质区别，一定意义上可以说第二种意见是第一种意见的深化与细化。

①向熹：《简明汉语史》(下)，高等教育出版社，1993，第536页。

②周芍、邵敬敏：《试探介词“对”的语法化过程》，《语文研究》2006年第1期。

③周芍、邵敬敏：《试探介词“对”的语法化过程》，《语文研究》2006年第1期。

④太田辰夫：《中国语历史文法》，蒋绍愚、徐昌华译，北京大学出版社，2003，第236页。

第三种意见，由“于”而发展出“对于”。吕叔湘的《中国文法要略》指出：“‘于’字又可以作‘对于’讲，所联系的补语代表动作包括心理的对象。其实这也是一种‘方面’。”[①]白话文中，“对于”补充“在”，“白话的‘在’字是没有和这个‘于’字相等的用法的，通常用‘对于’”[②]。吕叔湘先生特别强调文言和白话文体语体因素：“文言里的‘于’字实在是一个多方面应用的关系词……白话里把他分化了，一部分固然仍用‘在’字‘于’字的继承字，但另一部分便用别的关系词如‘给’等来代替；还有一部分用‘对于’‘关于’等复词，这里面还保存‘于’字，可是已是次要的成分。”[③]

前面三种关于“对于”来源的意见总体上可概括为：来源于汉语自身的发展，是一定意义上的语法化。与之有所不同，潘允中、金昌吉、李德鹏等先生认为“对于”系受日语影响的摹借词。这可看作第四种观点。

作为表示对待的介词，“于”早于“对于”。潘允中的《汉语语法史概要》认为：“‘五四’以后，受日语翻译的影响，还从‘於’产生出新兴介词‘对於’‘关于’‘由于’等，这是一种摹借词，用以吸收日语成分‘ニ対シテ’‘ニ关ハス’‘ニ由ッテ’的。”[④]受这种观点影响，金昌吉认为：“有些词语并非汉语固有，如‘对于’‘关于’，它们是在‘五四’以后，受日语翻译的影响，从汉语的旧有成分‘于’而摹借创造出来，用以对译吸收日语的‘ニ対シテ’‘ニ关ハス’的。它们也不能说是从动词虚化而来的。”[⑤]一定程度上类似，李德鹏的《现代汉语双音节介

①吕叔湘：《中国文法要略》，商务印书馆，1982，第206页。
②吕叔湘：《中国文法要略》，商务印书馆，1982，第206页。
③吕叔湘：《中国文法要略》，商务印书馆，1982，第209页。
④潘允中：《汉语语法史概要》，中州书画社，1982，第126-127页。
⑤金昌吉：《汉语介词和介词短语》，南开大学出版社，1996，第130页。

词成词研究》认为:"'对于'的形成过程和其他'X于'类介词都不一样。"[①]就"对于"的来源而言,李德鹏赞成金昌吉的看法,只是在时间上,李德鹏认为,"'对于'出现时间要在'五四'之前"[②]。值得注意的是,李德鹏援引的是金昌吉的《汉语介词和介词短语》,金昌吉引用的是潘允中的《汉语语法史概要》。所不同的是,李德鹏只是强调"对于"一个词的特殊性(受日语翻译的影响),李德鹏认为"关于"和"由于"是汉语自身产生的,[③]金昌吉之《汉语介词和介词短语》同时谈及"对于"和"关于"两个词,潘允中同时述及"对于""关于""由于"三个词。

或者可以说,以上论者关于"对于"来源问题的意见并没有实质性的矛盾。由实词虚化而来的两个虚词组合而成的学术主张,与受日语的影响而形成的摹借词的主张,二者只是视角不同而已。前者强调的是"实"(构词方式),后者强调的是"虚"(造词理念)。况且,后者说的是"摹借",而不同于纯粹的"借词",这恐怕也是需要注意的一个观测点。

最后,关于"对于"产生的时间存在不同意见。产生的具体时间还有待进一步考证。

第一种意见认为产生于"五四"以后。向熹的《简明汉语史》(下)指出:"'五四'以后产生了一些新的介词,介词结构的范围扩大了。以'对于'和'关于'为例,现代书面语和口语都用得非常广泛。对于的作用是引出对象……它们的出现,丰富了汉语介词结构的表达内

①李德鹏:《现代汉语双音节介词成词研究》,光明日报出版社,2011,第104页。

②李德鹏:《现代汉语双音节介词成词研究》,光明日报出版社,2011,第104页。

③李德鹏:《现代汉语双音节介词成词研究》,光明日报出版社,2011,第104-105页,第107-108页。

容。”[①]太田辰夫的意见与向熹先生的意见比较接近，“用‘对’‘对于’‘关于’表示关联的用法是很新的，找不出清代以前和清代的用例”[②]。

第二种意见前文已述及，李德鹏等论者认为“对于”产生于“五四”以前。钟兆华编著的《近代汉语虚词词典》给出了例证，“对于”，“介词，表示对待关系。对、于，义同。例：自居官以来，兢兢翼翼，对于王事，诸凡谨慎。(清·无名氏《济公全传》二四回)|看看那娶来的新人，非但愈形骄蹇放纵，并且对于那六岁的孩子，渐渐露出晚娘的面目来了。(清·吴趼人《二十年目睹之怪现状》七一回)”[③]。

此外，从北大语料库“古代汉语”中还可以找到数例“五四”以前的用例。例如：

(1)想小老儿，只此一女，依以为生，今被匪人抢去，只剩小老儿孤独一身；且小老儿家无隔宿之粮，从此冻饿在所难免；而且对于亲家那方，无法交代。小老儿细想与其冻饿而死，倒不如投河一死，万事皆休，也可落得个干干净净。(清小说《三侠剑》)

(2)想当初镖打秦天豹时，若不是邱三爷在一旁奚落明清八义，胜爷岂能将秦天豹打死？所以今天胜爷对于淫贼是非杀不可。这也是想当初邱三爷对于秦天豹之事，不但不加调解，反倒从中怂恿胜爷行凶，并且对胜爷说过：“小弟如有收下不法之人，倘若采花偷窃，三哥你将我嘴巴子翻过来打，打我里面腮帮，打出疙瘩来，不算三哥你欺辱

①向熹：《简明汉语史》(下)，高等教育出版社，1993，第519页。
②太田辰夫：《中国语历史文法》，蒋绍愚、徐昌华译，北京大学出版社，2003，第236页。
③钟兆华：《近代汉语虚词词典》，商务印书馆，2015，第162页。

我。”(清小说《三侠剑》)

(3)我自幼拜祖师爷为师，至如今祖师爷派我出来掌寺，所以一切俱都听祖师爷的指挥，不敢违背祖师爷，你方在此庙二年之久，对于祖师爷就这样藐视，将来对于恩师不问可知了。(清小说《三侠剑》)

(4)仙赐少年老成，既然身列朝班，时时只以国事为念，又因自己年轻，并不把此事放在心上，对于说媒之人，概以未敢擅专，须请命父母为辞。(清小说《八仙得道》)

(5)禹、益二人本是大大的忠良，对于治水一面，完全照两真人所献计策，或疏或导，或浚或开。(清小说《八仙得道》)

(6)而其临终之顷，也必有多少感想，或回溯平生，或垂念来日，总之对于曾经托寓的世界，终有几分割舍不得，这是一定之理。(清小说《八仙得道》)

(7)王小屏又问道：“你这些话儿，不过是皮毛上的议论，我还有一句话要问你：照你这样的说起来，男子的对于女子，是以劳待逸；女子的对于男子，是以逸待劳。一定要此国的攻战力胜过彼国一倍，方才得个平手；就是彼此工力相当，也一定要打败仗，是不是呢？”(清小说《九尾龟》)

(8)如今我把两个开战的国度做个正式比例：男子的对于女子，好像是个悬师千里、深入敌境的国度一般；女子

的对于男子，好象是个坚守险阻、声色不动的国度一般。（清小说《九尾龟》）

（9）皇帝常言变政，以此征之，尚不如守吾人旧习为愈也。尔对于西俗之成见，曾变更否？尔以为吾国风俗果远美于外国否？（清小说《清宫禁二年记》）

（10）京署各官，最重资格，其中若翰林、若御史，以及内阁中书、军机章京、吏部礼部司员，对于同僚之先进者，不论年齿，皆称为前辈。初谒时，必具红白柬三分，登堂拜见，执礼惟谨。（清·朱彭寿《安乐康平室随笔》）

（11）忠也者，臣道之大本也。故后世人主，对于归附及近侍之人，特有命名忠字，以示勖励者。（清·朱彭寿《安乐康平室随笔》）

（12）近人作寿序、墓志等文，对于科第失意者，辄用“目迷五色，坡失方叔”语。（清·况周颐《餐樱庑随笔》）

需要说明的是，“对于”在“五四”以后作为更典型介词的“对于”在语义上和用法（句法）上自产生以来一直有不同程度的变化，这也会影响学者们的理解。是否“典型”和有所“变化”等大概是产生分歧的重要原因。我们认为分歧各方的意见都有一定的道理，而这本身就是很值得关注的现象。就“对于”的来源而言，如果是实词虚化而来，虚化的过程还有待进一步揭示，且“对于”产生之后自身的用法变化较快的理据也需要有效的解释。如果“对于”是受日语影响摹借而来，则需要更直接的证据，且日语原词是如何产生的也是值得深究的。如果“对于”是“五四”之前，特别是日本明治维新之前产生的，则受日语的影响应该是很小的。毕竟，“中国和日本只一水之隔，自古以来就有很密切的关系。不过，在明治维新之前……汉语中几乎不见日语的词语。可是到了明治维新以后，特别是甲午战争以后，情形就改变了过来。由于日本学习西洋文化比中国早些，于是中国人在翻译西洋名词的时候，就往往借用日本人所译的现成译名，不再另译了”[①]。亦如向熹先生所言：“明治维新以后，日本大量吸收西方资本主义文化，利用汉字构成新词翻译大量西方作品。中国落后了，‘五四’前后，这些词大量被中国人接收，反过来对汉语产生了巨大的影响。”[②]此外，若为摹借词，按潘允中先生的意见，“对于”“关于”“由于”三个词是同类摹借的，然而“对”和“对于”的关系，又跟“关”和“关于”，跟“由”和“由于”的关系不全相类。但不管怎样，至少有一点是没有什么争议的，那就是“对于”的产生和用法都与语义直接相关，早于“对于”的“对”和“于”自身都是有一定意义的介词。

二、动态搭配：组合轴上的变换分析

词语有常规搭配，即符合一般语法规则规律的搭配，比如“春风又到江南岸”；也有超常规搭配，如“春风又绿江南岸”，即古人所说的“炼字”。

通常所说的常规与超常规搭配，主要是指句子内部的聚合轴上具有一定联想关系的词语与其他成分的组合。从这个角度看，其主

①史存直：《汉语史纲要》，中华书局，2008，第535页。

②向熹：《简明汉语史》（下），高等教育出版社，1993，第542页。

要是就聚合关系而言的，是较为纯粹的句法结构形式上的组合。我们这里拟讨论与语义关系更密切的动态组合，是改变语序的组合变换，亦即较为典型的动态组合，是在语言线性序列上不同环节的组合。相同的结构体进行组合变换，自身增删和语序调整变换前后的功能效果有别。

（一）"一"：作为口气标记语

在同样的词汇意义较虚的情形下，就语法性质而言，"一"在谓词性成分之前常为副词，在谓词性成分之后常为助词。就语用意义而言，均可表示口气，但在谓词性成分之前表示强化，在谓词性成分之后表示弱化，在拷贝式动词之间也表示某种弱化。我们这里所讨论的"一"，严格说来并非作为实词的数词，而是词汇意义较虚的广义语用标记语。虽然总体而言，其词汇语义较虚，但仍有"遗留"：似乎蕴含有"一下子""整个儿"等意思。

1."V一V"与"VV"

"V一V"与"VV"的形式区别是前者有"一"，其中的"一"，不是数词。因为"一"不宜换为"二""三"等，一般不说"VNV"，即我们一般不说"笑二笑""笑三笑""笑十笑"等，且"V一V"与"VV"在词汇语义上的区别并不明显。换言之，"一"的有无增删对词汇语义的影响不大。"'一'放在两个重叠的单音节动词之间，表示行为不很费力或经历的时间短。这种用法多用于尚未发生的或者经常性的动作。"[①]此外，"行为已经发生的，一般用'了'不用'一'"[②]。从这个意义上说

①北京大学中文系1955、1957级语言班：《现代汉语虚词例释》，商务印书馆，1982，第460页。
②北京大学中文系1955、1957级语言班：《现代汉语虚词例释》，商务印书馆，1982，第460页。

"一"与"了"的语法功能比较接近。

"一"主要起着调节口气的作用。"通过句法格局和语义关系的考察,知道'V一V'同'VV'之间确实存在若干不同之处。但是,从全局看,二者的细微差异主要还是表现为在说话口气上有着不同的语用价值。"①通常加上"一"会使口气有所"舒缓","因为重叠式动词表示短时量,所以用在祈使句里,可以使口气更缓和些"②。

"V一V"有时可变换为"V一下"。例如:

坐坐 | 坐一下

听听 | 听一下

停停 | 停一下

"坐一下"可相当于"坐一坐","听一下"相似于"听一听","停一下"相似于"停一停"。"一"表示短时态、尝试态,减缓口气。

2."一"+V/A

"一"单纯用于动词(非重叠)或形容词之前,则加强语气。"〈书〉助词,用在某些词前加强语气:一何速也 | 为害之甚,一至于此!"③

吕叔湘《现代汉语八百词》(增订本)言:"一"用在动词、形容词前"表示动作、变化是突然出现的或者是彻底的,加强语气"④。"一+动,表示经过某一短暂动作就得出某种结果或结论。"⑤

此种情形尤见于书面语。"一"作为副词,常用于动词前。"一"这种情形在古汉语里也存在。例如:

①邢福义:《汉语语法三百问》,商务印书馆,2002,第77页。

②朱德熙:《语法讲义》,商务印书馆,1982,第67页。

③中国社会科学院语言研究所词典编辑室:《现代汉语词典》,商务印书馆,1996,第1471页。

④吕叔湘:《现代汉语八百词》(增订本),商务印书馆,1999,第599页

⑤吕叔湘:《现代汉语八百词》(增订本),商务印书馆,1999,第600页。

(1)寡人耻之，愿比死者壹洒之，如之何则可？(《孟子·梁惠王上》)

据杨伯峻《古汉语虚词》："一"和"壹"古书用它本来有区别，后来逐渐混乱，几乎无区别了。在重要文契账目数字上，写"一"容易被人窜改，便改写"壹"字，"壹"成为"一"的大写字。因此这里"一"和"壹"也合在一起讨论。[①]①"一"作副词，有"竟"义，表示出乎意外。②"一"作表态副词，表示"的确""真实"。③"一何"连用，表示程度之甚的副词，犹言"何其"。[②]

又据杨伯峻、田树生编著的《文言常用虚词》，"一"是副词：(一)"全都"；(二)"的确""太"；(三)"多么"；(四)"一旦"；(五)"竟然"。[③]相关例句如：

(2)子之哭也，壹似重有忧者。(《礼记·檀弓》[④]

(3)靖郭君之于寡人，一至此乎！[⑤]

另据白玉林、迟铎主编的《古汉语虚词词典》："一"，副词，在句中作状语。[⑥]《古汉语虚词词典》指出：①表示对动作行为或事物的强调、肯定，可译为"确实"。例句如：

(4)公曰："寡人一乐之。"(《晏子春秋·内篇·谏上》)(确实喜欢)

①杨伯峻：《古汉语虚词》，中华书局，1981，第244页。

②杨伯峻：《古汉语虚词》，中华书局，1981，第245-246页。

③杨伯峻、田树生编著《文言常用虚词》，湖南人民出版社，1983，第296页。

④杨伯峻、田树生编著《文言常用虚词》，湖南人民出版社，1983，第297页。

⑤王力等：《古汉语常用字字典》(第4版)，商务印书馆，2005，第450页。

⑥白玉林、迟铎主编《古汉语虚词词典》，中华书局，2004，第395页。

(5)固有无其实而得其名者乎？回一怪之。(《庄子·内篇·大宗师》)(确实奇怪)

②表示动作行为或情况的发生、出现出乎意料。可译为“竟然”。[①]

显然,“一”在语法意义上表示一定的口气;“一”的句法位置不同,其句法功能和语用价值不同。“一”在拷贝式动词之间和动词之后常减缓口气,而在动词之前则加强口气(语气)。为什么有这种互补性呢？或可从如下角度做出解释。“一”,在逻辑上既可以表示单称,又可以表示全称,作为整体。表示单称时,可以是“起点”,起初开始;表示全称时,可以是终点结果。用在中心语的前面时在词汇意义上含有[+整个儿][+一下子]等义素。用在中心语后面时作为逻辑减量的标记。从词性上说,前者为副词,后者为助词,都与程度相关,含有动态性质。“一”在可重叠的单音节动词间应为助词,无实在词汇意义。“一”在不可重叠的单音节动词、多音节的谓词性成分前为副词。“一”在表达功能上做助词时往往减缓语气,做副词时往往加强语气,在词汇意义上都较虚。副词“一”往往做状语,修饰凸显中心语,此种情形下可独立地做句法成分(状语),但是助词“一”则无法独立做句法成分。

(二)数量短语的构形重叠

汉语有较为丰富的量词。数词和量词一起构成数量短语。“由数词和量词组成的数量短语也可重叠,组成‘一A一A’式,或‘一AA’式。例如:‘一队(一)队(的人)’、‘一箱(一)箱(的衣物)’、‘一箱

①白玉林、迟铎主编《古汉语虚词词典》,中华书局,2004,第396页。

(一)箱(地搬)’。这种数量短语重叠后作定语，表示数量多；作状语则表示按次序进行；作主语表示‘每一’。”[①]重叠后的数量短语在语符线性序列上与其他结构体的组合方式不同，其语法意义亦有所不同。分述如下。

1. 做定语

(1)一座高大雄伟的烈士纪念碑前，一列列军人、一队队学生、一排排干部群众肃穆而立，一位当年在老山战斗过的军人讲述着当年他和战友们在老山战斗中的亲身经历……

(2)开进了挖土机、推土机、吊车和一队队戴着安全帽的建筑工人，整个一付大兴土木的架势。

(3)从浙江省东南沿海，到西北山区，每年冬春农闲季节，都有一队队省、市、县干部和一批批乡镇干部，活跃在农村各地。

(4)嘿，这才叫作山呢，一座座、一排排挺挺的峭壁前簇后拥，仿佛一队队训练有素的将士夹道而立，把那条通向山里的石板路挤得窄窄巴巴，曲曲弯弯。当地人给这条狭窄的山间通道起了个挺形象的名字：“瓮圪廊”。

(5)一筐筐鸡，一盆盆鱼，一箱箱高级酒把狭小的院子全占满了。

①黄伯荣、廖序东：《现代汉语》(增订六版)下册，高等教育出版社，2007，第17页。

(6)体重五六十公斤的病人,她们五六个人轮流抬着上楼;一桶桶水、一箱箱药、一件件器械,医疗救治所需要的一切都离不开她们,甚至连病人想吃的方便面、牛肉干、锅巴等都是她们先垫钱买回来的。

数量短语构形重叠后做定语,所修饰或限制的中心语往往是名词性成分,这时重叠后的数量短语表达普通逻辑的量项。做定语的量词的重叠在某种意义上类似于形容词的重叠,表示量的增加。

2. 做状语

(1)随后就是一队队、一片片地,呼啦啦、忙不迭地涌上岸来。

(2)王团长和剑波站在月台上,看着这长长的列车,战士们一队队进入车厢,战马踏着桥板,一匹匹地牵上去,车的后尾是两节客车厢。

(3)您也拉练过吧!穿军装,打红旗,在乡间山野一队队死走。

(4)登上码头后,就和军服颜色差不多的土路融在一起,一队队朝望远镜方向蠕动着。

(5)货到机场,不必检查,不必解冻,王将"服装"过磅,即可一箱箱快速空运北京,并马上通知北京同伙在机场提货。

(6)大部分海产品经过加工包装，一箱箱码放得整整齐齐。

(7)因此，不必再费事地一张张换稿，一次次按键。即使不在一旁看着，也无所谓，可以大大的节省人力与时间。

数量短语构形重叠做状语，其中心语往往是谓词性成分，表示的是动作、行为、心理活动或存在、变化、消失等，这种情形下数量短语所计的就不是可数的事物，即此时不是基数词性质的数，而是序数词性质的数了，故此时数量短语的构形重叠表示按次序。

3. 做主语

(1)可是到哪儿去找衣服呢？众人由于事先没有准备，一个个急得团团转。

(2)紫蓝色的花瓣，凝聚着羊城人民炽热的爱心，一朵朵，一簇簇，一团团，散发出无穷的温馨。

(3)此时已在狱中被关押了8个月之久的“七君子”，见到宋庆龄等人亲自到狱中来看望他们，一个个激动得热泪盈眶。

(4)他们俨然是攻坚的战士，一行行，一队队，在怒吼的寒风中，就像在狂擂的战鼓中向敌人开始了顽强的攻击战。

(5)她们不仅一个个天生丽质，教养良好，而且在人生选择和情感追求上，也都有着非凡的眼光和独特的经历。

(6)据说，汉朝的有名人物张良、韩信、陈平等，原来都曾是楚霸王项羽的部下，只是因为不得重用，一个个离开项羽，投到刘邦麾下，终于遂了心愿，立下赫赫战功，成为一代名将，并在青史上留下辉煌的一笔。

数量短语的构形重叠表示“每一”，强调语词所表达的概念的外延得到了全部的反映。之所以如此，似可以用普通逻辑的项的周延性知识解释。语法上的主语与逻辑上的主项在句子的位置上常常对应，或曰句法上的主语在逻辑上常做主项，而逻辑上“全称的主项周延”，全称的量项在句法形式上常省略或由数词“一”限制，此种情形下的“一”或者表示单称或者表示“所有的”“全部的”等全称。

三、话语义：组合与聚合互动的逻辑支点

以上关于组合与聚合的区分，在某种意义上说，是一种理想状态或权宜之计，是为了表述和探究的方便。事实上，话语实践中，语言符号的组合与聚合可能常常会有牵扯。聚合关系的词语的适用（适当使用）在一定程度上会受到组合关系的制约，这种制约的较为重要的因素是语义。另一方面，组合关系的确定也会受到聚合关系的语符群的影响。这就是我们所说的组合与聚合的互动。例如我们此前提及的“炼字”，其实是“炼词”，比如“绿”和“到”“过”“往”等是聚合关系，但其与“江南岸”又是组合关系，我们曾试着用马斯洛的需求层次理论结合话语义做了一定的解释。又如笔者曾注意到明喻句很少用否定的语句，我们也试着用心理认知规律结合话语义做了一定的解释。或可认为，组合与聚合的这种互动是话语建构的某种常态，话

语义是互动的枢纽，是逻辑支点。"'话语义'是语言在使用时同现实建立联系后所表达的实际意义。"①

(一)修饰语和内涵表达

修饰不等于限制，二者有区别。一般而言，"修饰"并不改变其后紧跟的中心语所表达的概念的外延，而限制则会改变其后紧接的中心语所表达的概念的外延。无论是修饰语，还是限制语，都与其后中心语之间在句法上形成偏正关系。修饰语和限制语自身可以有结构成分，这些成分之间形成组合关系，同类修饰语或限制语之间则构成聚合关系。一般而言，修饰语跟中心语所表达的概念的内涵关系(某种意义上的话语义)更为密切。例如：

(1)老舍是人民艺术家。一岁的老舍是老舍。所以一岁的老舍是人民艺术家。

上例可看作一个"推理"，也是一个句群。从推理的角度看，其结论显然是不正确的。但把"一岁的老舍"换成"舒庆春"，则可通。即：

(2)老舍是人民艺术家。舒庆春是老舍。所以舒庆春是人民艺术家。

为什么结构、功能完全相同的两组句子，例(1)有问题，例(2)没有问题？问题的关键就在于"一岁的老舍"与"舒庆春"不同，二者所表达的概念在普通逻辑上均为单独概念，外延是相同的，但内涵不同。"一岁的老舍"通过修饰语"一岁的"表达了与"舒庆春"不一样的内涵，所以从逻辑上说"一岁的老舍"和"老舍"并不是同一个概念，因

①郑远汉：《论话语义同语言义的联系和区别》，《福建师范大学学报：哲学社会科学版》2008年第4期。

此二者在语符聚合轴上互换后命题的逻辑值会发生改变。但是，“舒庆春”和“老舍”表达的是同一个概念，是用不同的语词形式表达的同一个概念，因此二者互换后不影响命题的逻辑值。

（二）否定副词与周延性表达

否定副词包括“不”“未”“没”等，否定副词与其他副词的直接组合可形成周延性表达。所谓“周延性表达”是说语词所表达的概念的外延得到了全部反映。“如副词‘从’就要求后面必须跟一个否定形式……与之同义的‘从来’就没有这种限制……副词‘万万’只能修饰一个否定形式……与之同义的‘千万’则不是这样……副词‘毫、决、断’等也只能修饰一个否定形式。”[①]为何“从”“万万”“毫、决、断”等“只能修饰一个否定形式”？我们试着从普通逻辑的角度解释这类语法现象。

首先，“从”“万万”“毫、决、断”等副词在此语境下都表示特定全部范围所有情形或极限评注。其次，从逻辑上看，否定的谓项周延。副词主要修饰表达谓项的语词，“从”“万万”“毫、决、断”等副词与否定副词“不”合用可表示穷尽周遍的语义。“从”，“意思同‘从来’。只用在‘不’‘未’前，有文言色彩”[②]。从来，“多用于否定句”[③]。否定便于周延。“中古以后，动词持续时使用的时间副词，似乎以用复音词为常。”[④]这其中包括“从来”等，作者还给出了唐代文献的例证。此外，该书还有另两个例子很有意义：

①陆俭明：《现代汉语语法研究教程》，北京大学出版社，2003，第189页。
②吕叔湘：《现代汉语八百词》（增订本），商务印书馆，1999，第132页。
③吕叔湘：《现代汉语八百词》（增订本），商务印书馆，1999，第132页。
④周生亚：《汉语词类史稿》，中国人民大学出版社，2018，第409页。

(1)我从来除死无大灾。[1]

(2)婶娘,你侄儿虽说年轻,却是他敬我,我敬他,从没有红过脸儿。[2]

“万万”至少在字面义上比“千万”更近极限周遍。诚如张谊生《现代汉语副词研究》(修订本)所言,“万万”是“加强否定的评注性副词”[3]。

“毫”作为副词,与表示略微义的“略”大致相当,“表示略微义的‘略’,如和否定副词‘不’‘无’合用,则表示彻底否定,意为‘丝毫不’‘一点也不’‘毫无’‘全无’”[4]。“决、断”这两个词在张谊生先生的《现代汉语副词研究》(修订本)中作为评注性副词,[5]“凡是含有评注性副词的谓词性短语,一般只能充当表述性成分——谓语和补语,而不能或者说一般不能充当修饰性成分——定语和状语”[6]。而这种句法地位也在一定程度上与逻辑上否定的谓项周延要求相契合。

(三)近代小说里的“众人”言说模式及其特殊语义悖论:作为一种元语言叙事策略

近代小说里有一定量的“众人道”“众人笑/齐道”等叙述。值得注意的是“道”后的成分有时比较长,并非简短的“异口同声”的应答语。例如:

①周生亚:《汉语词类史稿》,中国人民大学出版社,2018,第475页。
②周生亚:《汉语词类史稿》,中国人民大学出版社,2018,第475页。
③张谊生:《现代汉语副词研究》(修订本),商务印书馆,2014,第58页。
④周生亚:《汉语词类史稿》,中国人民大学出版社,2018,第446页。
⑤张谊生:《现代汉语副词研究》(修订本),商务印书馆,2014,第21页。
⑥张谊生:《现代汉语副词研究》(修订本),商务印书馆,2014,第54页。

(1)众人都道："军门大人，我们未始不愿力战，无奈家里都有着老母妻子，战死了没人奉养。没奈何，只得恳求军门大人，开一条生路。多少慈悲慈悲。军门要是肯投降，不光是我们本身沾恩，连我们家属都沾军门大恩呢！"

上例"道"后面内容80个音节，能指形式比较长，所指内容比较丰富。与"道"直接组合的成分里有第一人称代词复数形式"我们"三处，有范围副词"都"，应该不是七嘴八舌的"众声喧哗"。

(2)便问众弟兄："方才我师父几时来的？"众人齐声道："不知，我们在此闲谈已久，并无一人到来。只是方才起了一阵怪风，把帘子都吹开。我们正在此谈论：外面门窗皆闭，此风从何而起？莫非他就是这时候来的？"鸣皋道："这是一定的了。"大家赞叹了一番。

上例"道"后的内容61个字。与"道"组合的成分里也有两处第一人称代词复数形式"我们"，有陈述句和疑问句，应该不是简单的直接引语。

(3)马二先生笑问："你们这是为甚么事？"众人都道："我们生长在南京，也有活了七八十岁的，从不曾看见这样的礼体，听见这样的吹打！老年人都说，这位主祭的老爷是一位神圣临凡，所以都争着出来看。"众人都欢喜，一齐进城去了。

上例"道"的后面内容是60个音节。"道"后的成分也有第一人称复数形式"我们"。

(4)众人都道："这件事我们也奇怪，只为当场并不见有何铁器，所以不疑。既如此，必对你师公诉明，下次会敌，不可徒用空拳，宜以随身军器应敌，兼且防备暗算为妙。"

上例"道"的后面内容是59个音节。"道"后的成分也有"我们"。

(5)凤姐儿道："你们可细细的查，若这一番查不出来，难回话的。"众人都道："都细翻看了，没什么差错东西。虽有几样男人物件，都是小孩子的东西，想是宝玉的旧物件，没甚关系的。"凤姐听了，笑道："既如此咱们就走，再瞧别处去。"

上例"道"后内容是41个音节。

以上用例的"道"的内容在能指形式上比较长。再如：

(6)张躐蹋说道："你们都拥着我做甚么？"众人齐声道："你还敢说道做甚么？你是个钦犯人。礼部大堂老爷出得有榜文在在外面,拿住你的官给赏银百两。"

(7)那大娘子道："可又来!我的父亲见昨日明明把十五贯钱与他驮来作本，养赡妻小，他岂有哄你说是典来身价之理?这是你两日因独自在家，勾搭上了人；又见家中好生不济，无心守耐；又见了十五贯钱，一时见财起意，杀了丈夫，劫了钱；又使见识，住邻舍家借宿一夜，却与汉子通同计较，一处逃走。现今你跟着一个男子同走，却有何理说，抵赖得过？"众人齐声道："大娘子之言真是有理。"

(8)众人喜道:“不瞒大哥说,这老儿我们已在心久矣。只因未得其便。不想却与大哥暗合。”

(9)但听得众人齐声道:“将军披坚执锐,伐无道,诛暴秦,复立楚国社稷,功无与比,应即称王,以副民望。”这数句话正中胜意,只一时不便应允,总要退让数语,方可自表谦恭。

(10)姚百川道:“这都是皇上圣明,从善纳谏,我们有什么胆识呢?”众人都道:“吴可读不就为言事降调的吗?他奏的不过是请把成禄立正典刑,王大臣等就说他是刺听朝政,请旨究诘。不是皇后宽恩,怕就不得了呢!”正在议论纷纷,忽见一人踉跄奔入,向众人道:“恭邸坏了事了,诸位没有知道吗?”众人听了,宛似顶门上轰了一个焦雷,吓一大跳。

(11)众人都道:“妙极,妙极!布置,叙事,词藻,无不尽美。且看如何至四娘,必另有妙转奇句。”

(12)众人齐声道好。次日,同会十人,不约而齐都到纯阳祖师面前,拈香拜祷。

以上诸例只有例(12)“众人”是简短简单简明的齐声说一个单音节形式“好”,这种情形最合乎一般言说的常规常理常态。

按照常理,众人不大可能同时雷同地说出那么长的一段话语。“众人”同时说出雷同的能指形式复杂的话语,是一种特殊的语义悖论：叙事作品中（不同于科技语体中的形式语言），文学语言能指形式复杂的话语是个性化的，而言语主体“众人”并非个体。

复数形式的“众人”是如何能够做到“众口一词”的呢？

我们以为，“众人”后面所“道（说）”的话语（尤指非基本的简短的应答语），不是大家的众口一词，而是小说的作者整理之后的“众人”的共同意思。换言之，“众人”之后的话语，是元语言（或曰元话语），不是对象语言（对象话语）。即这些能指形式未必是众人所说的话语原本照录（直接引语），也不一定是相对于直接引语的间接引语。这里的元语言，是整理、解释、说明“众人”的话语的语言，是非典型的元语言，它与其前纯粹个人所说的话语不属于同一个语层。但是，“众人”“道”后所接的语符成分与“众人道”“众人齐声道”“众人都道”等提示语是同一个语层的。它们都是元语言，是相对更典型的元语言。“众人……道”这个结构中，“众人”和“道”之间的状语是提取公因式模式的描写，且这类状语并不单一，有“齐声”“齐喜”“齐笑”“皆”“喜”“笑”“都笑”“都忙”“赞”“忙劝”“诧异”“听了，都笑”“听了，都扭着脸”“听说，都相视”“听了，都劝说”“都拍手”“皆仰面睃眼”“拍手哄然一笑”“不等说完，便说”“听了，都站起身来，点头拍手”“都冷笑”“赔笑央告”“喜欢问”等。这些状语或者状神态，或者状方式，十分丰富、传神，自然互动。从这个意义上说，“众人齐声道”等与“道”或“说”后的语符的组合是自然的，是典型元语言与非典型元语言的直接组合。

据北大语料库，相关表述在古代汉语和现代汉语两个子库中的大致数量情况可列表（表1）如下：

表1　北大语料库“众人”言说方式总体情况简表

“众人”言说方式提示语	古代汉语子库用例数	现代汉语子库用例数	备注
众人齐声道	48	1	众人齐声道：“请姑娘念。”
众人齐声说	6	6	“现代汉语”用例中，1例是“众人齐声说道”，该例“道”后的内容相对较为复杂，且能指形式较长；其余的5例均是套语，如“不好意思”等。“古代汉语”用例中，4例为“众人齐声说道”
众人齐笑道	2	0	
众人齐道	37	3	
众人皆道	13	0	
众人皆笑道	1	0	
众人都说	66	21	“现代汉语”用例中12例“说”的后面都没有用引号
众人都道	119	4	“现代汉语”用例中2例没有引号标记
大家都说	70	440	“现代汉语”用例中，没有引号标记的396例，占90%。“古代汉语”用例中，没有引号标记的53例，占76%。古汉语里表示“众人”义的“大家”少见

我们知道，近古（这里尤指明清时期）的文本话语在写作时没有现代标点符号，尤其是引号，引号是后人加的。后人在“道”或“说”等言说动词后面加上引号是很自然的；只是在“众人”作为主体时，在彼语境下，作为元语言的内容可以不加引号。事实上，现代汉语小说文本话语中“众人”言语模式锐减似可从侧面说明，有了辅助表情达意

的标点符号的标记，人们大幅减少使用可能会造成某种逻辑语义悖论的“众人(皆)道”。

非单数的言语主体“众人”与非众口一词的异口同声的言语(话语)形式会有约定的“错位”，即某种程度的要求上(或曰理想状态)的整齐一律与事实上的错综复杂(个性)之间的矛盾。这其实也是单一言语主体与多主体的矛盾。我们以为，这是一种宽式语义悖论，也在一定意义上表明语义、语法亦话语修辞的重要理据之一。形成这种宽式语义悖论的原因是把元语言当作了对象语言。小说作者把元语言写得像对象语言，更加生动、鲜活；把“众人”所说的话写得像一个人所说的，并常常使“众人”与作品中特定语境中的主角(主要人物)形成二元对话的格局。这有利于凸显对话性和主体间性，也是话语不平等的某种艺术体现：这些不妨说是元语言叙事策略。此外，把“众人”说的当成一个人说的，还有一个“好处”：便于说书艺人的“说”或再创作，有助于听者的接受，虽然这有可能给当代影视剧的表演带来一定的困惑。

余论

以上我们列举的都是很平常的语法现象，但就这些很平常的现象，仍常有见仁见智的情形，仍需要充分地精细观察、描写和解释。这本身似乎已说明汉语语义语法的重要性。

除了共同语的语义语法现象，汉语方言语义语法现象也值得关注。比如湖北安陆方言有“一斗田”的说法。“斗”，本是容积单位，这里用作面积单位，是表示面积的量词。这大概是一种借代的说法，说的是这个面积代表性的农作物的产量是“一斗”，是一种转喻。类似地，安陆方言还有“一担田”“一升田”的说法。

最后，我们说语义语法现象很重要，并不是说语形可忽略。事实上，语形与语法的关系也很密切，相关领域的研究成果也颇丰富。只是就汉语而言，一方面，可以更加关注语形与修辞、语用、词汇的关系。比如我们曾注意到《鲁迅全集》中有拉丁字母（含字母系列）标记的语码转换（例如“S城”），却很少见日文假名的语码转换（全篇用日文写的除外），而事实上相对于印欧语系的语言，鲁迅可能更熟悉日文。再如语音和修辞的关系问题，我们也在《文学话语的语音修辞：历时视角》一书中做了一些探讨。另一方面，汉语语义和语法的关系亟待全方位、多角度、深层次地研究，包括语义语法的本体和应用。

附录 V

未收入本书的张春泉其他相关文献目录

1. 张春泉：《〈老子〉中的组合问及其互文辩证性》，《北方论丛》2012年第1期。

2. 张春泉：《〈墨子·兼爱〉和《〈庄子·齐物论〉组合问的语用比较》，《当代修辞学》2012年第5期。

3. 张春泉：《孟子》中的疑问句及其语用价值，《毕节师专学报》，2000年第2期。

4. 张春泉：《孟子》排比问的修辞效用，《修辞学习》2007年第3期。

5. 张春泉：《论语》和《孟子》排比问的语用比较，《云南师范大学学报》2007年第6期。

6. 张春泉：《文心雕龙》中的感叹类问句，《当代修辞学》，2010年第6期。

7. 张春泉、张艺娇：《中国辞格审美史·设问审美史》，吉林教育出版社，2019。

后记

问句（尤指设问）是我论文写作的论题之一，我也一直在持续关注相关问题。从2000年3月发表《〈孟子〉中的疑问句及其语用价值》至2020年5月发表《修辞语篇中的问句叙事——〈梅雨之夕〉和〈封锁〉中问句的语用修辞比较》，恰好20年！这本小文集算是一个小结。虽兀兀穷年有所坚持，仍卑之无甚高论。

衷心感谢刊发拙文的《毕节师专学报》《北华大学学报》《湖北师范大学学报》《浙江社会科学》《阅江学刊》《四川文理学院学报》《湖北理工学院学报》《湖北工程学院学报》《修辞学习》《云南师范大学学报》等期刊和其责任编辑。本论文集辑录拙文的"原则"同《话语建构理据的多维探究》和《学术话语系统的个案分析》，这里不再赘述。

感谢我的研究生张艺娇，本文集的文章中有6篇是我和张艺娇合作的。其中3篇我是第一作者，另3篇张艺娇署第一作者。无论我署第一作者，还是张艺娇署第一作者，文章的选题、写作和修改都经过了我们充分的讨论。如今张艺娇硕士毕业已整6年了。从我2007年开始招收第一届硕士生，迄今已14届了。为了尽量不误人子弟，我得先努力在各方面提升自己。感谢我所有的研究生(含硕士生、博士生)和本科生朋友们的特殊鞭策支持。

回首我的求学路,我在众多老师和同人的关爱下,主要在以下几个方面做了一些努力。

总体上,我主要探究对话修辞论、话语修辞(含文学话语、法律话语、学术话语等领域话语)、术语修辞学,兼及科学传播,注重学科视域融通,古今中外融合,个案分析与系统考察结合,书面语和口语并重,修辞现象、形式与理据协同兼顾,尤重实证。

在对话修辞论方面,我从问卷调查和访谈一定量的知名作家及其他修辞主体入手,观察有关修辞行为,描写有关修辞话语,在前修时贤已有成果的基础上提出了广义对话修辞论,阐述了"广义对话是一种言语博弈过程。广义对话的结果是生成或建构有效话语。话语可以分属文学、法律、学术等不同的领域",描写和解释了分布于谈话体(含语录体)、文艺体、事务体中的叙事对话,指出"语用逻辑根于语义理解,表现于话语衔接,基于语用逻辑的叙事对话在话语衔接上呈显性、中性和隐性态质"。出版了《论接受心理与修辞表达》《叙事对话与语用逻辑》等专著和系列论文集。有关理论可直接积极作用于作家改笔、影视剧改编、教材选编、法典修改、词典修订、命名等修辞行为实践,亦可有助于人际和谐和交往理性发展。

在话语修辞研究方面,我在学界已有成果的基础上,全方位、多角度、深层次地探究了话语修辞,较为全面地考察了修辞话语生成的修辞心理、修辞审美、信息传播、科学教育、社会文化、语用逻辑、语义语法、词汇语义等方面的理据,提出话语修辞的动因、过程与效果统一论(话语修辞主要着眼于过程,修辞话语则是相应的结果),注重社会转型时期的特定专书、专题、专人研究（如先秦诸子，南北朝刘勰，近现代马建忠、陈望道、钱锺书等知识分子的话语思想与实践研究），并出版了《话语建构理据的多维探究》《文学话语的语音修辞：历时视角》《文学话语的设问辞格：历时视角的个案分析》《学术话语系统的个案分析》等著作。

在术语修辞学研究方面，我建构了术语认知语义的矩阵模式，在学界首次较为明确地界定了“术语修辞”，初创术语修辞学。研究术语修辞，不断提升公众的认知与审美水平，优化人机对话，在一定数量上问卷调查了当代知识群体认知科学术语情况，着眼于一定量的基础术语，对比分析了《大辞海》《现代汉语词典》和“百度百科”对同一个术语的解释，从术语的认知语义特征、术语的可接受度、术语表达与理解的互动、术语使用过程中语域与语层的转换、术语规范化等方面，多视角探究了术语的认知语义，并出版了专著《术语的认知语义研究》，发表了《科技术语的语域传播论纲》《利奇 Semantics“语义类型”术语群的汉译》《中古非均质语篇中的术语解释模式》《认知与审美交响的术语修辞》等系列论文。

在学术研究的道路上，我才刚刚起步。“路漫漫其修远兮，吾将上下而求索。”感谢引领我前行的各位师友，因为一路上有你们，所以我一定会锲而不舍地坚定走下去。